ULRIKE RENK
Seidenstadt-Morde

TÖDLICHER NIEDERRHEIN Ein Leistungsschwimmer springt von der Rheinbrücke und ertrinkt, eine junge Mutter nimmt eine tödliche Dosis Schlaftabletten – beide hatten keinen nachvollziehbaren Grund für einen Suizid und hinterlassen gleichermaßen nichtssagende Abschiedsbriefe. Guido Ermter, der Chef der Kripo, kann Hauptkommissar Jürgen Fischers Bedenken nicht nachvollziehen. Und auch Martina Becker, die Staatsanwältin, sieht keinen Handlungsbedarf. Erst als sich herausstellt, dass das Baby der Toten verschwunden ist, kommt Bewegung in den Fall. Die Angehörigen des Kindes wähnten es in der Obhut des Jugendamts, doch dort weiß man von nichts. Wer also hat das Baby? Dann stellt sich heraus, dass die beiden mutmaßlichen Selbstmörder im selben Schwimmverein waren. Genau wie der Student Achim Ponzelar, der mit Anzeichen einer schweren Vergiftung im Krankenhaus liegt. Was geht hier vor? Jetzt darf Fischer ermitteln …

Ulrike Renk, Jahrgang 1967, ist in Dortmund aufgewachsen und studierte in den USA und an der RWTH Aachen Anglistik, Literaturwissenschaften und Soziologie. Nach der Geburt ihres zweiten Kindes zog Ulrike Renk an den Niederrhein und schreibt seit mittlerweile fast einem Vierteljahrhundert in der Samt- und Seidenstadt Krefeld. Mit ihrem historischen Roman »Die Australierin«, der auf wahren Begebenheiten beruht, avancierte sie zur Bestsellerautorin.

Veröffentlichungen im Gmeiner-Verlag:
Seidenstadt-Sumpf (2020)
Seidenstadt-Schweigen (2020)
Seidenstadt-Leichen (2017)
Seidenstadt-Morde (2018)

ULRIKE RENK
Seidenstadt-Morde

Kriminalroman

Die automatisierte Analyse des Werkes, um daraus Informationen insbesondere über Muster, Trends und Korrelationen gemäß § 44b UrhG (»Text und Data Mining«) zu gewinnen, ist untersagt.

Bei Fragen zur Produktsicherheit gemäß der Verordnung über die allgemeine Produktsicherheit (GPSR) wenden Sie sich bitte an den Verlag.

Gefällt mir!

Facebook: @Gmeiner.Verlag
Instagram: @gmeinerverlag
Twitter: @GmeinerVerlag

Besuchen Sie uns im Internet:
www.gmeiner-verlag.de

2018 – Gmeiner-Verlag GmbH
Im Ehnried 5, 88605 Meßkirch
Telefon 0 75 75 / 20 95 - 0
info@gmeiner-verlag.de
Copyright der Originalausgabe:
© 2006 Leporello, Krefeld
Alle Rechte vorbehalten

Lektorat: Claudia Senghaas, Kirchardt
Herstellung: Mirjam Hecht
Umschlaggestaltung: U.O.R.G. Lutz Eberle, Stuttgart
Druck: Zeitfracht Medien GmbH, Industriestraße 23, 70565 Stuttgart
Printed in Germany
ISBN 978-3-8392-2260-7

Personen und Handlung sind frei erfunden.
Ähnlichkeiten mit lebenden oder toten Personen
sind rein zufällig und nicht beabsichtigt.

PROLOG

Der Mann ging langsam die Straße entlang. Über ihm wölbte sich der strahlend blaue Himmel. Es war einer der ersten freundlichen Tage in diesem Monat.

Der Verkehr rauschte in Richtung Mündelheim über die Brücke. Am späten Nachmittag würden die Fahrzeuge nach Krefeld zurückkehren.

Der Rhein war angeschwollen, die Ufer überschwemmt. Auf der Uerdinger Seite genossen einige Spaziergänger den Anblick.

Der Mann betrat die Brücke. In der Mitte über dem Rhein blieb er stehen. Hier oben war es deutlich windiger. Eine Weile stand er am Geländer, sah den Schiffen zu. Dann öffnete er seine Wildlederjacke. Er versicherte sich, dass in der Jackentasche das zusammengefaltete Papier war, legte die Jacke über das Geländer, zog seine Turnschuhe aus.

Er kletterte über die Abgrenzung, zögerte nur kurz, sprang. Der Fall zog sich endlos hin und war doch rasend schnell. Auf eine verstörende Art beides zugleich.

So ist das also, dachte er.

Er tauchte ein, schluckte Wasser, kam an die Oberfläche, rang nach Luft und ging wieder unter. Die Strömung riss ihn mit.

Alle Angst war verschwunden.

KAPITEL 1

»Kurz vor fünf, Jürgen!« Oliver Brackhausen steckte nur den Kopf in Hauptkommissar Fischers Büro.

»Verdammte Hacke! Ich komm' gleich!« Jürgen Fischer schob die Unterlagen auf seinem Schreibtisch zusammen. Er nahm noch einen letzten Zug der Zigarette, die zu zwei Dritteln in dem übervollen Aschenbecher verqualmt war. Die Luft in dem kleinen Büro war zum Schneiden, und Fischer stellte das Fenster auf Kippe. Einen Moment verharrte der leicht übergewichtige Hauptkommissar mit den raspelkurzen Haaren in der Farbe von Eisenspänen. Er blickte auf die Straße. Die Bäume trugen schon das erste frische Grün. Die 044 klingelte wütend einen Rechtsabbieger von den Schienen und bog dann in den Ostwall ein. Eine junge Frau mühte sich, ihren Kinderwagen aus der Straßenbahn zu heben. Zwei Männer, ganz wichtig mit Handys an den Ohren, standen unbeteiligt an der Haltestelle. Die Frau hatte ihre langen schwarzen Haare zu einem Knoten zusammengefasst, einzelne Strähnen lösten sich und flatterten im Frühlingswind. Die junge Mutter schimpfte auf die Männer ein, die ungerührt weiter telefonierten. Fischer schüttelte den Kopf.

Die Frau schob den Kinderwagen zur Ampel, beugte sich nach vorne, als wolle sie das Kind beruhigen.

Eine junge Mutter. Fischer nickte, endlich hatte er etwas Ordnung in seine Gedanken gebracht.

Im Besprechungsraum war die Luft abgestanden, es roch nach Bohnerwachs und altem Kaffee, schaler Rauch hing von der Morgenbesprechung im Zimmer.

Fischer öffnete zwei der vier Fenster, setzte sich dann neben Oliver Brackhausen, der noch schnell einige Ermittlungsblätter unterschrieb und sie dann zu Manfred Kleinhüskes schob.

In einer Ecke tuschelten Günther Schmidt und Roland Kaiser von den Einbrüchen miteinander.

Fischer erinnerte sich daran, wie Kaiser sich ihm vor einem halben Jahr vorgestellt hatte. »Kaiser, Roland Kaiser. Erspar dir die Witze, ich kenne sie alle schon und nein, singen kann ich auch nicht.«

Ein halbes Jahr war Hauptkommissar Jürgen Fischer nun schon in Krefeld. Die fremden Gesichter hatten Namen bekommen. Fischer war nach den ersten hektischen Wochen, als ein Verrückter eine weibliche Leiche an der Egelsberg Mühle platziert hatte, schnell akzeptiert worden.

Guido Ermter, der Chef der Kripo, stürmte in den Raum und riss beinahe zwei Stühle um. Der Polizeichef wurde in zwei Jahren 50. Sein Alter sah man ihm nicht an. Die dunklen Haare zeigten kaum graue Spuren, er war groß und muskulös. Nur der Bauch zeugte davon, dass er in den letzten Jahren eine überwiegend sitzende Tätigkeit ausübte. Immer wieder sprach er davon, wieder Sport machen zu wollen, allerdings fand er die Zeit nicht.

»'n Abend. Nach den letzten etwas turbulenten Wochen scheint langsam wieder Ruhe einzukehren. Wollen mal hoffen, dass es so bleibt. Also schnell zu den offenen Fällen.« Ermter ließ sich schwer auf einen Stuhl am Kopfende des Tisches fallen.

»Regine ist noch im Druckerraum. Ein Fax von den Kollegen aus Düsseldorf hängt dort.«

»Es hängt?«

»Der Drucker streikt mal wieder.«

»Scheiß Technik. Geh sie holen, Heinz, sie kann es ja nachher bei den Einbrechern ausdrucken.«

Der Kollege nickte und verließ seufzend den Raum.

Vor zwei Wochen war ein Mann tot im Hafen aufgefunden worden, die Kehle sauber durchtrennt. Sie hatten eine Weile gebraucht, um verwertbare Spuren zu ermitteln, aber seit zwei Tagen war der Fall so gut wie geklärt.

Regine Berg leitete die Ermittlungen. Als sie nun das Besprechungszimmer betrat, bemerkte Fischer deutlich den Unterschied zu den vergangenen Tagen. Der verkniffene Zug um ihren Mund war verschwunden, sie sah fast fröhlich aus.

»Alle da?« Guido Ermter warf einen Blick in die Runde. »Was liegt an?«

»Du wirst es nicht glauben, aber im Reitstall am Breiten Dyk ist die Sattelkammer ausgeräumt worden.«

»Schon wieder?«

»Ja. Das dritte Mal in diesem Jahr. Und das, obwohl zwei Überwachungskameras eingebaut wurden.«

»Irgendetwas Interessantes auf den Bändern?«

»Nö. Ein kluges Köpfchen hat Satteldecken über die Kameras geworfen. Die Spurensicherung war da. Jede Menge Pferdehaare.«

Alle lachten.

»Okay. Wer ist dran? Günther, Roland … ein weiteres Team. Manfred, Heinz?«

»Och komm, Chef, wir hatten die Viecher schon letztes Mal.«

»Na gut.« Ermters Blick fiel auf zwei junge Frauen, die gerade im Durchlauf auf verschiedenen Stationen bei der Kripo in Krefeld gelandet waren. Sie wurden Anwärterinnen genannt.

»Silke und Vera. Ihr seid mit dabei.«

Die beiden nickten ergeben.

»Was noch? Regine?«

»Wir haben das Geständnis. Der Typ hat sich einen Anwalt genommen, es wird ein wenig kitzelig, wir dürfen uns keinen Formfehler leisten. Ich möchte euch also bitten, die Spuren dreimal zu überprüfen und wasserdicht zu machen. Ansonsten seh' ich den Fall als gelöst an. Bromberg hat mir für alles das Okay gegeben, ich wollte morgen noch mal zu ihm, um die Einzelheiten durchzugehen.«

»Staatsanwalt Bromberg? Der ist doch heute Nachmittag mit dem Fahrrad verunglückt. Liegt in den Städtischen, Gehirnerschütterung.« Oliver Brackhausen strich sich das dunkelblonde Haar, das schon viel zu lange keinen Frisör mehr gesehen hatte, hinter das Ohr. Er war mit Anfang 30 der Jüngste im Team.

»Wer ist jetzt Dezernent oder seine Vertretung?«

»Keine Ahnung. War doch erst heute Nachmittag.«

Ermter nickte, raffte dann seine Unterlagen zusammen. »Das war's, oder? Dann wünsche ich ein ruhiges Wochenende.«

»Ich hab noch was, Chef.« Jürgen Fischer räusperte sich.

»Ach ja?« Guido Ermter hatte sich schon halb erhoben, ließ sich aber in den Stuhl zurückfallen.

»Der Todesfall zum Nachteil von Susanne Rühtings.«

»Das war doch ein eindeutiger Suizid. Junge Frau, Tabletten auf dem Wohnzimmertisch, Abschiedsbrief. Da gibt es doch nichts zu rütteln.«

»Ich habe hier zwei ungeklärte Todesfälle. Und irgendwie macht mich einiges stutzig …«

»Zwei? Wieso zwei?«

»Na, der Sprung von der Rheinbrücke vorletzte Woche und dann die Rühtings.«

»Der von der Rheinbrücke hat die Jacke ausgezogen, die Schuhe und ist gesprungen, holldriho! In der Jacke war ein Abschiedsbrief. Suizid.«

»Die Leiche ist nicht auffindbar.«

»Nee, die ist den Rhein runter. Nach den letzten Regenfällen und bei dem Hochwasser ist die längst in Holland, Meisjes gucken. Also wirklich, Jürgen. Du bist urlaubsreif.« Ermter schüttelte den Kopf, verschränkte die Arme vor der Brust. Das Hemd spannte ordentlich über dem Bauch. »Du hast doch jetzt vier Tage frei. Vielleicht hängst du noch ein paar dran. Wäre ja kein Problem im Moment. Schließ die Akten und mach dich auf. Wolltest du nicht wegfahren?«

Jürgen Fischer runzelte die Stirn und fuhr sich mit der Hand über das Gesicht, er spürte die Stoppeln, dabei hatte er sich morgens rasiert.

»Ja, wir wollen nach Amsterdam.«

»Dann viel Spaß.« Ermter erhob sich wieder. Papiere raschelten, Stühle rückten quietschend über das Linoleum.

»Noch was. Ab Montag ist Sabine Thelen wieder mit dabei. Ich wollte sie im Innendienst behalten, aber sie meinte, sie wäre fit genug für den vollen Einsatz. Schont sie trotzdem ein wenig, aber so, dass sie es nicht merkt.«

Alle murmelten bejahend.

»Mann, Mann, Mann. Man könnte meinen, du hättest zu wenig zu tun.« Oliver Brackhausen schlug Fischer freundschaftlich auf die Schulter.

»Nee, Oliver. Ist nur so merkwürdig. Der Abschiedsbrief und so. Da stimmt was nicht.«

»Was soll denn da nicht stimmen?«

»›Es tut mir leid, Susanne.‹ Das könnte auch heißen, dass sich jemand bei Susanne entschuldigt. Von der Syntax her.«

»Syntax? Kommst du jetzt wieder mit schwierigen Worten?« Brackhausen lachte.

»Welche Mutter bringt sich denn um, wenn ihr Säugling nebenan liegt?«

»Eine mit Depressionen, da gibt's ein Fachwort für.«

»Ja, Postnatale Depression. Aber das Kind ist schon sieben Monate alt, ein wenig spät dafür. Und vorher war alles in Butter, keine Probleme oder so.«

»Sie war jung, 22 Jahre, kein Vater weit und breit, überfordert.«

»Mag sein, vielleicht aber auch nicht. Ich möchte den Fall ungerne abschließen, ohne ein wenig mehr ermittelt zu haben. Das Wochenende in Amsterdam kommt mir verdammt ungelegen.«

»Sag das mal deiner Frau.« Wieder lachte Brackhausen.

»Den Teufel werd' ich tun. Die bringt mich um, eiskalt und ohne Rücksicht auf Verluste. Wir haben Hochzeitstag und ich habe ihr die Reise schon lange versprochen.«

»Dann schließ den Fall einfach noch nicht. Lass mir die Akten da. Ich habe sowieso Dienst. Wenn sich etwas ergibt, werd' ich es in dein Körbchen tun, okay? Ich kann dich ja anrufen, wenn eine wirklich heiße Spur auftaucht oder die Leiche von dem Jungen.«

»Ja, zwei Selbstmorde in so kurzer Zeit, das macht mich stutzig. Serienselbstmorde, eine neue Sportart in Krefeld. Das stinkt. Gewaltig.

Brackhausen zog die Augenbrauen hoch, sagte aber nichts. In den letzten Monaten hatten sie oft zusammen ein Team gebildet und waren gut miteinander ausgekommen. Fischer hatte ein bemerkenswertes Gespür für ungewöhnliche Spuren.

»›Es tut mir leid, Susanne. Es tut mir leid, Susanne.‹«

Den Satz wie ein Mantra murmelnd, öffnete Fischer die Tür zu seinem Büro, Brackhausen folgte ihm. Nicht zum ersten Mal fragte sich Jürgen Fischer, ob ihn dieser Fall über Gebühr bedrückte, weil die Tote den gleichen Vornamen trug wie seine Frau.

Hauptkommissar Jürgen Fischer schmiss die Akten mit Schwung auf seinen Schreibtisch, der rote Ordner rutschte über die Kante hinaus und fiel zu Boden.

»Verfluchte Scheiße!« Fischer bückte sich, hob die Akte auf, nahm ein Blatt, das in einer Folie steckte, heraus. »Da, schau mal. Feste Schrift, leicht geschwungen. Nicht zittrig. Schreibt man so einen Abschiedsbrief?«

Brackhausen nahm die Folie.

»Ich wollte eigentlich Schriftproben vergleichen und auch noch mal mit der Mutter sprechen.«

»Jürgen, das übernehme ich, keine Sorge. Ich kümmere mich darum am Wochenende. Das habe ich doch gesagt.«

Fischer legte das Blatt wieder zurück in die Akte, schob die beiden ordentlich aufeinander, richtete sie im 180 Grad-Winkel zur Schreibtischplatte aus.

»Danke.«

»Du brauchst dich nicht zu bedanken. Es ist unser Job, und du willst nur gründlich sein, ist doch gut.«

»Trotzdem danke.«

»Wenn du gute Noten mit nach Hause bringst und dein Zimmer schön aufräumst, ist mir das Dank genug.« Brackhausen grinste.

»Ja, Mami.« Fischer lachte laut.

KAPITEL 2

Dr. Angelika Weymann kontrollierte den Zettel mit der Anschrift. Hin und wieder übernahm sie die Notdienste ihres Kollegen Dr. Walter. Die meisten Patienten des Hausarztes waren ebenso alt wie er, gehörten seit Anbeginn der Praxis fast zum Inventar.

Sie stieg aus ihrem Wagen. Die Ter-Meer-Straße wand sich durch diesen Teil Uerdingens, nette Einfamilienhäuser mit gepflegten Gärten. Hin und wieder zeugten ein frischer Anstrich in einer ungewöhnlichen Farbe und eine Schaukel davon, dass der Generationenwechsel vollzogen worden war.

›Gerda und Willi Claasen‹ stand auf dem polierten Messingschild neben der Klingel.

»Mein Vater ist gestorben«, hatte ihr ein aufgeregter Mann am Telefon gesagt. Sie fand den Namen in der Patientenkartei. 83 Jahre, Herzbeschwerden.

Bevor sie klingeln konnte, wurde die Tür schon aufgerissen.

»Frau Dr. Weymann?« Ein Mann, Ende 40, mit hektischen Flecken im Gesicht, stand ihr gegenüber.

»Ja, das bin ich.«

»Warum ist Dr. Walter nicht selbst gekommen? Mein Vater war schon immer sein Patient.«

Die Stimme des Mannes war unangemessen laut. Trotz der späten Stunde trug er einen Anzug aus feinem Wollstoff und sah aus, als wolle er jeden Moment eine Aufsichtsratssitzung eröffnen. Nur sein Schlips saß so eng, dass er ihm fast den Hals abschnürte. Dr. Weymann hatte den Eindruck, als würde er vor Anspannung platzen.

»Ich vertrete Dr. Walter.« Tatsächlich überlegte sie, die Praxis zu übernehmen.

»Ist er im Urlaub?«

Immer noch versperrte der Mann ihr die Tür. Fröstelnd zog Angelika Weymann die Schultern hoch.

»Hören Sie, Herr Claasen, das sind Sie doch, oder?«

Er nickte widerwillig.

»Ich vertrete Dr. Walter. Sie haben angerufen und den Tod Ihres Vaters gemeldet. Darf ich nun zu ihm?«

Einen Augenblick lang starrte er sie schweigend an, dann gab er den Weg in die Diele frei.

Bei älteren Patienten gehörten Hausbesuche zur Tagesordnung. Oft erkannte Angelika Weymann den typischen Geruch nach alten, staubigen Möbeln, flüchtig gewaschenen Körpern und der leichten Note von Urin. Hier roch es anders. Die Diele war stilvoll und modern eingerichtet mit einem großen Spiegel und einem Kombimöbel aus Schuhschrank und Garderobe in heller Buche oder Ahorn. Unerklärlicherweise duftete es leicht nach Vanille und frisch gebackenem Kuchen.

Herr Claasen führte sie in das Wohnzimmer. Ein dicker, weicher Teppich lag über Terrakottafliesen. Zwei cremefarbene Ledersofas standen sich gegenüber, in der Mitte ein Glastisch. Darauf ein ordentlicher Stapel Bildbände. Eine Frau saß auf dem Sofa, sie erhob sich, als Angelika Weymann den Raum betrat.

»Meine Mutter«, sagte Herr Claasen junior.

Sehr geschmackvoll eingerichtet, dachte Frau Dr. Weymann. Die Frau kam auf sie zu und streckte Angelika die Hand entgegen.

»Gerda Claasen«, stellte sie sich ruhig vor.

Angelika Weymann konnte das Alter der Frau schwer schätzen, im ersten Moment dachte sie, es wäre Claasens Frau. Sie hatte die Haare zu einem festen Dutt im Nacken zusammengesteckt, und die Ärztin konnte nicht erkennen, ob sie hellblond oder schon weiß waren. Frau Claasen war schlank und hielt sich sehr gerade. Strahlend blaue Augen blickten Angelika wach an.

»Angelika Weymann. Ich vertrete Dr. Walter.«

»Ich weiß. Er hat mir erzählt, dass er sehr zufrieden mit Ihnen ist. Wir kennen Dr. Walter schon sehr lange, auch privat.« Frau Claasen lächelte.

Angelika Weymann war schon öfter zu Todesfällen gerufen worden. Meist waren alle Beteiligten voller Kummer und aufgelöst. Die Frau ihr gegenüber strahlte eine Ruhe aus, die im krassen Gegensatz zur Nervosität ihres Sohnes stand.

»Ihr Mann …?« Angelika Weymann ließ die Frage offen.

»Bitte, kommen Sie mit.«

Gerda Claasen führte sie durch einen Flur, öffnete dann eine Tür.

»Er hat sich nicht ganz wohl gefühlt und ist früh zu Bett gegangen. Ich habe noch gelesen. Als ich vorhin nach ihm gesehen habe …« Nun stockte die Stimme der Frau. Sie fasste sich mit den Händen in den Nacken, um die untadelige Frisur zu kontrollieren.

Aha, dachte Angelika Weymann, sie hat sich gut im Griff, aber es sind doch Gefühle vorhanden.

»Ich habe dann als Erstes Lutz angerufen. Er kam sofort.«

»Ihr Sohn wohnt nicht hier?«

Frau Claasen schüttelte den Kopf. »Er wohnt in Krefeld im Musikerviertel.«

Das Schlafzimmer war angenehm kühl. Auch hier war die Einrichtung unbestreitbar elegant. Weiße Schleiflackmöbel, sandgestrahlte Glastüren, geschickt platzierte Halogenleuchten.

Auf der linken Seite des Ehebettes waren die Decken zerwühlt. Angelika Weymann trat näher heran, stellte ihre Tasche ab und beugte sich vor. Die Haut des Mannes hatte die gleiche bleiche Farbe wie das Kissen, auf dem er lag, und schien ebenso zerknittert zu sein. Nur die großen Altersflecke auf der hohen Stirn und den Wangen waren nicht Ton in Ton. Die klauenartigen Hände lagen zusammengeballt auf der Bettdecke. Faltige Haut über scharfen Knochen.

Die Ärztin brauchte nicht viel zu untersuchen. Sie sah mit einem Blick, dass der alte Mann verstorben war. Trotzdem holte sie das Stethoskop aus der Tasche, steckte die Stöpsel in die Ohren, hob die Hand des Mannes an und schob die Decke beiseite. Der Körper strahlte keine Wärme mehr aus, aber die Totenstarre hatte noch nicht eingesetzt. Frau Dr. Weymann knöpfte vorsichtig das Pyjamaoberteil auf, entblößte die weißbehaarte Brust des Toten.

Die Frau hinter ihr zog zischend die Luft ein. Angelika Weymann drehte sich um. Nun zitterte das Kinn der alten Frau und die Augen schwammen.

»Ich muss das tun«, sagte Angelika sanft. »Aber Sie müssen nicht dabei sein.«

Frau Claasen rieb sich die Tränen in die Wangen, die auf einmal zerfurcht aussahen, so als wäre sie in Sekunden gealtert.

»Er war 83. Und schwach. Herzprobleme, schon seit Jahren. Es ist nicht ... nicht überraschend, nicht wahr? Einer von uns wird den anderen alleine lassen, so ist das nun mal. Dass er es sein würde, war eigentlich klar. Ich bin fast 20 Jahre jünger.«

»Mutter, komm …« Lutz Claasen war hinter seine Mutter getreten und legte ihr nun den Arm um die Schultern. »Ich habe Tee gekocht.«

»Ist schon gut, Lutz. Ich möchte bleiben.«

»Kann ich etwas tun, Mutter?« Der bestimmende, wütende Tonfall war aus seiner Stimme verschwunden. Hilflosigkeit lag nun darin.

Die Frau schüttelte stumm den Kopf.

Angelika Weymann knöpfte den Pyjama des Toten weiter auf, suchte nach Lebenszeichen, war nicht überrascht, keine zu finden. Die Augen des Mannes waren geschlossen, der Gesichtsausdruck entspannt. Er war eingeschlafen und würde nie wieder aufwachen.

Die Ärztin zog die Stöpsel aus den Ohren und deckte den Toten sanft zu. Sie drehte sich zu Mutter und Sohn um, nickte.

»Und nun? Wie geht es weiter? Was machen wir jetzt?« Lutz Claasen wurde wieder hektisch.

»Ich muss den Totenschein ausfüllen. Sie müssen ein Beerdigungsinstitut anrufen. Dann nimmt alles seinen Lauf.«

Kurze Zeit später hatte sie alle amtlichen Dinge erledigt. Es gab keinen Zweifel über die Todesursache. Sie packte ihre Unterlagen zusammen, schüttelte den Familienangehörigen die Hand und verließ das Haus.

KAPITEL 3

»Mach, mach, mach!«

Das Rufen des Trainers drang durch das Wasser zu Achim Polieska. Er riss die Arme nach vorne, schwamm noch zwei weitere Züge und erreichte den Beckenrand.

»Achim, was ist los?« Der Trainer sah auf die Stoppuhr und dann zu dem jungen Mann hinunter.

Der stemmte die Arme auf den Beckenrand, zog sich hoch. Mit einer schnellen Bewegung riss er die enganliegende Kappe vom Kopf, schüttelte die langen blonden Haare zurück und wischte sich das Wasser aus dem Gesicht. Seine Brust hob und senkte sich hektisch.

»Das war miserabel. Spring rein und schwimm noch zwei Bahnen, aber diesmal mit Tempo.« Henk Verheyen, der Trainer, runzelte die Stirn. »Na los!«

»Nein, Trainer. Für heute reicht es.« Achim Polieska rieb sich die kleinen und geröteten Augen, die geschwollenen Lider.

»Was? Was ist los mit dir? Wirst du krank?« Verheyen trat näher an seinen Schützling heran, wollte ihm die Hand auf die Schulter legen, aber Achim wich zurück.

»Nein, Trainer. Ich bin nur müde. Es stehen Prüfungen für das Vordiplom an und ich muss lernen.«

»Ich habe dir gesagt, es ist Schwachsinn, jetzt das Vordiplom zu machen. Du wirst dich entscheiden müssen, und zwar bald. Studium oder Sportlerkarriere. Beides gleichzeitig geht nicht. Glaub mir, ich habe schon genug Schwimmer betreut. Dein Ziel waren immer die Weltmeisterschaften, die Olympischen Spiele. Du könntest gut genug sein, aber es ist eine Frage des Trainings und der Konzentration.«

Achim Polieska nickte ergeben. Diese Rede hörten er und die anderen Schwimmer des Vereins wieder und wieder. Er hätte sie mitsprechen können.

»Wie sieht es aus, Achim, noch ein, zwei Sprünge?« Der Trainer schaute hinüber zu dem großen Sprungturm, auf dem drei Jungen herumalberten.

»Hey, ihr!«, schrie er ihnen zu. »Macht, dass ihr ins Wasser kommt, aber dalli!«

»Nee, Henk. Ich will heute auch nicht springen.« Achim bückte sich und hob sein Handtuch auf. Ihn fror. Seit über zwölf Jahren trainierte er schon. Er war das Wasser und die kalte Zugluft gewohnt, normalerweise machte es ihm nichts aus. In der letzten Zeit aber fühlte er sich unwohl in der Schwimmhalle.

Er ging in die Dusche, stellte den Strahl auf hart und heiß und ließ das Wasser auf sich niederprasseln.

Letzte Woche hatte er einen Sprung vom Zehnmeterturm versaut, war schräg aufgekommen. Das Blaulila der Rippenprellung war inzwischen zu einem grünlich-gelben Fleck geworden, schmerzte aber immer noch.

Immer wieder drückte er den Knopf der Dusche, startete den Wasserstrahl von Neuem. Er verlor das Gefühl für Zeit. In seinem Kopf tanzten die Gedankenfetzen. Er ließ sie tanzen, wollte sich nicht konzentrieren, keinem Gedanken nachgehen.

Nach einer Weile stürmte eine lärmende Gruppe Kinder in den Duschraum. Polieska nahm das Handtuch und rubbelte sich trocken, bis die Haut schmerzte, ging zur Umkleide. Das fröhliche Lachen der Kinder klang durch die gekachelten Räume hinter ihm her. So hatte er auch mal hier begonnen. Wohin war seine Fröhlichkeit verschwunden?

Er zog sich an, warf sich die Sporttasche über die Schulter und verließ das Schwimmbad.

Zwei Männer standen im Eingang des Badezentrums, sahen sich suchend um. Instinktiv wusste Achim, dass dies keine Schwimmgäste waren. Er machte den größtmöglichen Bogen um sie.

»Entschuldigung«, hörte er einen der beiden sagen. »Wissen Sie, ob der Schwimmverein Bockum hier trainiert?«

Aus den Augenwinkel sah Achim, dass der Mann einer Frau, die zwei quengelnde Kleinkinder im Zaum zu halten versuchte, einen Ausweis zeigte.

Polizei. Das ging aber schnell. Er ließ den Chlorgeruch des Schwimmbades hinter sich, sog einen tiefen Zug der Frühlingsluft in seine Lungen. Zwei Gärtner mähten die großen Rasenflächen um das Badezentrum. Der Gestank von Benzin mischte sich unter den des frischgeschnittenen Grases.

Achim schloss die Tür seines Wagens auf, schmiss die Sporttasche auf den Rücksitz, stieg ein. Das Knattern der Rasenmäher und die lauten, fröhlichen Rufe der Kinder drangen wie durch Watte zu ihm. Er startete den Motor.

Die Friedrich-Ebert-Straße war wegen der großen Baustelle gesperrt, deshalb nahm er den Weg über die Nordtangente. Kurz überlegte er, ob er nicht statt nach links, Richtung Stadt, rechts fahren sollte. Auf die Autobahn und dann immer weiter und weiter ohne Ziel. Er schüttelte den Kopf, widerstand der Versuchung, fluchte.

Erinnerungen verfolgten ihn wie dunkle Wolken. Hier. Hier im Stadtwald waren sie spazieren gegangen. Hier an der Rennbahn hatte er sie das erste Mal geküsst. Er fuhr weiter, überließ sich dem Verkehrsfluss. Fuhr am Media Markt vorbei, am Nordbahnhof. Hier war er mit ihr essen gegangen. Zu seiner Linken lag das Justizgebäude. Achim verzog das Gesicht zu einem schiefen Grinsen. Er bog vom Ring links ab in die Dionysiusstraße, fand einen Parkplatz auf der Prinz-Ferdinand-Straße in der Nähe seiner Wohnung. Im Krieg war der Großteil der Innenstadt weggebombt worden, doch hier hatte fast ein ganzes Viertel alter Häuser die Jahrzehnte überstanden. Im Gegensatz zum Bismarckviertel waren diese Häuser zum Großteil nicht saniert worden. Es war eines der Krefelder Viertel mit Studenten so wie er. Aus den vielen ehemals großzügigen Wohnungen waren winzige Behausungen geschaffen worden. Achim drückte die Haustür auf. Ein Zettel erinnerte daran, dass die Tür immer abgeschlossen werden sollte, doch niemand hielt sich daran.

Der Hausflur roch streng nach Schimmel und Urin. Feuchtigkeit ließ die alten Holzpaneele wellig werden. Aus einem der oberen Stockwerke wummerte der dröhnende Bass einer Rockband.

Achims Apartment lag im Hinterhaus. Seine Wohnungstür verschloss er sorgfältig, legte die Kette vor. Der Anrufbeantworter blinkte hektisch, aber Achim Polieska ignorierte ihn.

Er warf die Tasche mit den nassen Sachen in die Ecke, mit einem lauten Krachen knallte sie gegen die Heizung.

Dann ließ er sich auf das Sofa fallen, vergrub das Gesicht in den Händen. Die Gedanken an sie ließen ihm keine Ruhe. Hier hatte er sie in den Armen gehalten. Sein Mund erinnerte sich an ihren Mund, seine Zunge an ihre Zunge. Er meinte, seine Hand auf ihrem Gesicht zu spüren. Dann waren seine Finger unter ihren Haaren und hoben sie hoch, zogen sie über sein Gesicht und begruben ihn darunter.

Das durchdringende Schrillen der Türglocke riss ihn aus seinen Erinnerungen. Es hörte nicht auf. Achim steckte die Finger in die Ohren, kniff die Augen zusammen.

»Lass mich, lass mich! Bitte!« Sein Rufen wurde zu einem Wimmern. Er rutschte vom Sofa auf den Boden, stieß mit dem Brustkorb an den Couchtisch, spürte den stechenden Schmerz der Prellung.

KAPITEL 4

»Susanne?« Die Diele war dunkel und Jürgen Fischer wäre beinahe über die Koffer und Taschen gestolpert, die dort standen. »Susanne?«

Im Wohnzimmer brannte die kleine Lampe auf dem Beistelltisch. Seine Frau saß zusammengesunken auf dem Sofa. Ihre Brust hob und senkte sich in regelmäßigen Abständen.

Hauptkommissar Jürgen Fischer überlegte einen kurzen Augenblick, ob er seine Frau wecken sollte, doch dann ging er leise in die Küche und kochte Kaffee. In Gedanken versunken sah er in die Schwärze der Nacht vor dem Küchenfenster.

Das kleine Siedlungshaus war lange der Mittelpunkt ihres Lebens gewesen. Es einzurichten und für ihre Zwecke umzubauen, schweißte sie zusammen. Nie war genug Geld da, um alle Pläne zu verwirklichen, aber das störte sie nicht.

Seit Fischer in Krefeld arbeitete und nur an den freien Wochenenden nach Hause kam, bemerkte er eine stetige Veränderung, in die er nicht mehr mit einbezogen war.

Susanne hatte das Wohnzimmer gestrichen.

»Was ist das für eine Farbe?«, fragte Fischer sie.

»Terrakotta.«

»Ich dachte, du wolltest die Wände weiß haben?«

»Jetzt nicht mehr.«

»Und warum hat Sebastian den Dachboden bekommen? Das ist doch Florians Zimmer.«

»Florian studiert in Berlin. Er hat dort seinen Lebensmittelpunkt. Wenn er uns besucht, kann er im Gästezimmer schlafen.« Susanne sah ihn nicht an, sprach zu schnell, zu hektisch. Für ihn klang es nach Verteidigung, dabei hatte er sie gar nicht angegriffen. Alles, was er wollte, waren Erklärungen.

Lebensmittelpunkt. Das Wort spukte seitdem in seinem Kopf. Wo war seiner? Nicht in Krefeld, vielleicht noch nicht und nicht mehr hier in Münster. Wie ein Fremder pendelte er zwischen zwei Welten, kam nirgendwo richtig an.

»Du bist schon da?« Susanne stand in der Küchentür, rieb sich über das Gesicht. Sie sah müde aus.

Jürgen Fischer zuckte erschrocken zusammen, so als hätte ihm jemand Stromstöße verpasst.

»Ich habe dich gar nicht gehört, Susanne.«

»Aber ich dich.«

»Willst du einen Kaffee?«

Sie schüttelte den Kopf, das lange blonde Haar hatte sich aus dem Zopf gelöst, schwang in Wellen über ihre Schultern. Die Augen spiegelten ihre Zweifel, ihr Mund wirkte klein und verkniffen.

Fischer ging auf sie zu, wollte sie in den Arm nehmen,

doch sie wartete nicht auf seine Berührung. Schnell wich sie aus, ging rückwärts.

»Wollen wir wirklich noch heute Nacht fahren?« Susanne fasste die Haare zusammen, schlang sie zu einem lockeren Knoten im Nacken.

Mit einer fahrigen Bewegung massierte Fischer seinen Nasenrücken, trank dann die Kaffeetasse leer, wusch sie aus und stellte sie neben die Spüle.

»Ja. Lass uns fahren.«

Susanne zuckte mit den Achseln, ging in den Flur, ohne auf ihn zu warten.

»Hallo, Schatz«, murmelte Jürgen in die leere Küche. »Ja, ich freu mich auch, dich zu sehen.« Er seufzte und folgte ihr. Im Flur nahm er Koffer und Taschen, packte alles in den Wagen. Als er einstieg, saß Susanne schon angeschnallt auf dem Beifahrersitz.

Vor mehr als 20 Jahren waren sie das erste Mal in Amsterdam. Eine richtige Hochzeitsreise hatten sie sich nicht leisten können, ein Wochenende in der Stadt der Grachten war das Äußerste. Sie kamen in einer kleinen Pension unter, in der die Scheiben innen beschlugen und es so feucht war, dass man Pilze kultivieren konnte.

Schweigend fuhr er auf die Autobahn.

»Ich weiß nicht, ob das eine so gute Idee war.« Susanne sah aus dem Seitenfenster nach draußen. Lichter huschten vereinzelt vorbei, nur wenige andere Wagen waren unterwegs.

»Was? Amsterdam? Ich hatte dich doch gefragt. Ich dachte … damals, weißt du noch?«

»Ja, ich weiß. Ich meinte, heute Nacht zu fahren. Wir hätten auch bis morgen warten können.«

»Susanne, es tut mir leid, dass ich erst so spät gekommen bin. Ich habe zwei Fälle auf dem Tisch liegen.«

»Du bist nicht unersetzlich.«

Die Doppeldeutigkeit der Aussage ließ ihn stutzen.

»Ich weiß«, murmelte er, zog die Zigaretten hervor.

»Muss das sein? Im Auto rauchen? Du weißt, dass ich das nicht mag.«

Jürgen Fischer ließ die Schachtel wieder in seine Jackentasche gleiten. Die nächste Stunde fuhren sie schweigend. Früher hatten sie oft miteinander schweigen können, es war nicht notwendig, den Raum zwischen ihnen mit sinnlosem Gespräch zu füllen. Nun aber spürte Fischer die Distanz.

Er fuhr gleichmäßige 140 Stundenkilometer. Nach einer Weile hörte er, dass Susanne eingeschlafen war. Sie hatte ihre Jacke als Kissen zusammengeknüllt, lehnte mit dem Kopf am Fenster.

Im grünlichen Licht der Armaturenbeleuchtung konnte er ihr Profil erkennen. Die feingeschwungene Nase, den leicht geöffneten Mund, das Kinn.

Etwas zog sich in ihm zusammen und er merkte, dass er sich danach sehnte, sie zu berühren.

Kurz hinter der holländischen Grenze wäre ihm beinahe ein Reh vor den Wagen gelaufen. Jürgen Fischer bremste scharf. Seine Hände umklammerten schweißnass das Lenkrad. Er spürte plötzlich, wie müde er war. Das Tier erschien nur kurz im zitternden Licht der Scheinwerfer, sah Fischer für einen Sekundenbruchteil an und verschwand dann wieder.

Susanne war ein wenig nach vorne gerutscht, murmelte etwas im Schlaf und rückte sich wieder zurecht.

Ich brauche dringend eine Pause, dachte Fischer.

An der nächsten Raststätte hielt er. Seine Frau öffnete die Augen, sah ihn an.

»Sind wir da?«, fragte sie verschlafen.

»Nein, Schatz, noch nicht. Aber ich brauche eine Zigarettenpause. Willst du auch einen Kaffee?«

Susanne schüttelte den Kopf und kuschelte sich wieder in ihre Jacke. Sie gähnte ausgiebig und schloss die Augen.

Nur wenige Wagen standen auf dem Parkplatz. Die Nachtluft war kühl, roch feucht und nach Kiefernnadeln. Normalerweise lag immer ein Geruch von Asphalt, Abgasen und Frittierfett über Raststätten.

Fischer streckte sich und ging langsam auf das hell erleuchtete Gebäude zu. Er spürte seine Blase.

Pinkeln, rauchen, Kaffee trinken, weiterfahren, dachte er, irgendwann ankommen. Susanne.

Der warme Dunst des Gasthauses schlug ihm entgegen, als er die Tür aufschob. Hier war der Pommesduft, den er vermisst hatte. Aus einem Lautsprecher dudelten Songs einer Rockband aus den 80ern. Streicher, Harfen, Synthesizer. Fischer fühlte sich in einen Kaufhausfahrstuhl versetzt, vierter Stock, Herrenabteilung.

»Kann ich Ihnen was bringen?« Nur ein leichter Akzent, ein warmes Lächeln. Endlich jemand, der freundlich war.

»Einen Kaffee, bitte. Ich geh mal erst …« Fischer zeigte zur Klotür.

Die junge Frau nickte. Ihre roten Locken wippten im Takt. Die Haarfarbe war sicherlich echt, sie hatte den dazugehörigen hellen Teint und die Sommersprossen.

Auch Susanne Rühtings, die Selbstmörderin, war rothaarig gewesen. Nicht so ein stechendes Karottenrot, sondern ein schimmerndes Kupfer. Fischer rieb sich übers Kinn. Der Gedanke an die Frau wollte ihn einfach nicht loslassen. War es ein Fehler zu fahren? Hätte er nicht die Pflicht gehabt, dazubleiben und weiter zu ermitteln?

Das Fenster in der Toilette stand auf, das Rauschen der

Autobahn vermischte sich mit dem der Bäume hinter der Gaststätte. Auch hier roch es nach Kiefern.

Als Fischer in das Restaurant zurückkam, stand schon eine Tasse mit dampfendem Kaffee auf dem kleinen Tischchen am Fenster.

»Noch einen Wunsch?«

Er schüttelte schweigend den Kopf, zog die Zigaretten heraus und zündete eine an. Der erste Zug auf Lunge machte ihn ein wenig schwindelig.

KAPITEL 5

Die automatisch öffnende Eingangstür des Präsidiums wäre Oliver Brackhausen fast ins Gesicht geschlagen. Trotz des Schildes konnte er sich nicht daran gewöhnen, dass sie sich nach außen öffnete.

Obwohl die Umstellung auf Sommerzeit noch nicht so lange her war, war es schon hell draußen.

Zu seiner Überraschung stand trotz der frühen Stunde eine ältere Dame an der Theke und redete ernsthaft auf den diensthabenden Kollegen Dieter Vinkrath ein. Ihre graue Dauerwelle war akkurat in enge Löckchen gelegt, sie trug ein dazu passendes taubengraues Kostüm.

»Und wenn ich es Ihnen doch sage, das ist Absicht!«

Der Kollege sah Brackhausen und nickte ihm zu, ohne eine Miene zu verziehen, dann wandte er sich wieder der Frau zu.

»Also Frau ...«, er sah auf den Schreibblock vor sich, »Frau Wagner, Sie möchten eine Anzeige erstatten? Wegen Ihres Nachbarn?«

»Nein, wegen Benno.«

Oliver Brackhausen war schon fast an der Tür zum Treppenhaus, doch nun blieb er stehen und hörte zu.

»Benno?«

»Ja, das habe ich doch gesagt«, wiederholte die Frau geduldig. »Jede Nacht macht er das.«

»Benno ist der Hund Ihres Nachbarn?«

»Ja, ein Schäferhund.«

»Und was macht Benno nun?«

»Einen Haufen. Jede Nacht direkt vor mein Haus.«

»Haben Sie das gesehen?«

»Nein, natürlich nicht. Er macht es ja nachts. Da schlaf ich.«

»Und was soll ich Ihrer Meinung nach jetzt tun?«

»Das Haus überwachen lassen und ihn festnehmen.«

Oliver Brackhausen drehte sich um und sah den Wachtmeister an. Dieser biss sich auf die Unterlippe und versuchte verzweifelt ernst zu bleiben.

»Ich soll Benno festnehmen lassen?«

»Sagen Sie, machen Sie sich über mich lustig?«

»Nein, Frau Wagner. Ich versuche nur zu verstehen, was Sie wollen. Ich soll also eine Streife an Ihrem Haus vorbeischicken. Nachts. Um zu überprüfen, ob der Nachbarhund der Täter ist, der jede Nacht vor Ihr Haus seinen Haufen macht? Aber da müssen wir schon sehr viel Glück haben, um den richtigen Moment abzupassen, oder?«

Der Wachtmeister räusperte sich. Er vermied es, Brackhausen anzusehen.

»Ich hatte eigentlich gehofft, dass Sie mein Haus observieren.«

»Observieren?«

»Ja, so wird das doch in den Filmen gemacht. Sie haben doch sicher Nachtsichtgeräte?«

Nun hustete der Wachtmeister verzweifelt.

Brackhausen zog schnell die Tür auf und verschwand im Treppenhaus. Als sich die Tür mit einem deutlichen Klicken hinter ihm schloss, grinste er breit.

Im vierten Stock roch es nach Bohnerwachs. Die Reinigungstruppe hatte ganze Arbeit geleistet, kreisförmige Schlieren überzogen den Fußboden.

Brackhausen ging in die kleine, dunkle Küche, um Kaffee zu kochen. Er schien der Erste zu sein, noch war alles ruhig. In der Dose befanden sich nur noch wenige Krümel Kaffeepulver. Oliver Brackhausen grinste immer noch, als jemand den Raum betrat. Die blonde Schönheit, eine der Anwärterinnen. Er hatte ihren Namen vergessen.

»So fröhlich an einem Samstagmorgen?«, fragte sie ihn verblüfft und strich sich die Haare aus dem Gesicht.

»Ja. Kommst du von unten?«

»Nö, ich bin schon eine halbe Stunde hier und habe versucht, mich durch die Akten zu lesen. Sattelraub scheint ja eine beliebte Sportart in Krefeld zu sein.«

»Ja, immer mal wieder. Gibt ja auch genug Ställe.« Brackhausen musste wieder grinsen. »Unten steht eine ältere Dame und möchte, dass ihr Haus observiert wird. Mit Nachtsichtgerät.«

»Ach, ist bei ihr eingebrochen worden?«

»Nein«, jetzt lachte Brackhausen. »Nein, es geht um

Benno, den Hund des Nachbarn. Er scheißt angeblich jede Nacht vor ihr Haus. Wir sollen ihn erwischen und festnehmen.«

»Im Ernst? Den Hund?« Ungläubig sah sie ihn an.

Olivers Schultern bebten vor Lachen. »Ja, Benno.«

Er schüttelte die Kaffeedose. »Wir haben keinen Kaffee mehr. Ich gehe nach unten und frage, ob sie noch welchen haben. Vielleicht kann Dieter berichten, wie es ausgegangen ist, falls er nicht zusammengebrochen ist.«

Im Treppenhaus hallten Brackhausens Schritte. Mit Schwung öffnete sich die Glastür zum Foyer. Hinter dem Tresen stand Dieter Vinkrath mit hochrotem Kopf, hustend.

»Sie haben aber einen ganz schlimmen Husten, guter Mann. Das ist doch nicht ansteckend?« Frau Wagner war noch da und sah den Wachtmeister ernst an. »Also, um noch mal auf das Problem zurückzukommen. Sie können also keine Streife abstellen, um mein Haus zu überwachen?«

Vinkrath schüttelte den Kopf.

»Gut, dann habe ich eine andere Idee. Sie nehmen eine Probe.«

Die Dame zog eine Plastiktüte mit eindeutig braunem Inhalt aus ihrer Handtasche.

Oliver Brackhausen war an der Tür stehen geblieben.

»Eine ... Probe?«, stieß Vinkrath verzweifelt hervor.

»Ja. Für eine DNA-Analyse.«

»Dieter«, unterbrach Kommissar Brackhausen die beiden. »Kannst du uns aushelfen?« Er hielt die leere Kaffeedose hoch.

Dieter Vinkrath nickte. »Bitte entschuldigen Sie mich einen Moment.« Er schaffte es nicht, Frau Wagner anzusehen, die immer noch das Corpus Delicti hochhielt.

Sie gingen in den angrenzenden Raum, schlossen die Tür und starrten sich einen Augenblick stumm an. Vinkrath schüttelte den Kopf.

»Oberservieren …«, stöhnte Dieter Vinkrath. »Nachtsichtgerät.«

»Benno verhaften.« Oliver nickte.

»DNA-Probe …«

»Das sind Krefelds ordentliche Bürger.«

»Wir sollten sie an Ermter verweisen.«

»An Ermter?«

»Ja, an den Chef, der hasst doch Hunde.«

Sie grinsten beide.

»Die unbezahlte Ermittlungstruppe der Stadt, Köter.«

»Ich muss wieder zu ihr. Oh Gott, hoffentlich überlebe ich das. Kaffee steht hinten im Schrank, bedien dich.«

Vinkrath zog seine Jacke zurecht, holte tief Luft und öffnete die Tür. »Frau Wagner.«

Brackhausen schüttete ein wenig Kaffeepulver in die Dose, öffnete dann die Tür.

»Frau Wagner, jetzt verstehen Sie doch, eine DNA-Analyse ist zu teuer und zu aufwendig.«

»Aber ich habe gelesen, dass das in anderen Städten gemacht wird, um den Hundehalter zu ermitteln.«

»Das mag sein. In Krefeld ist das nicht üblich. Ich kann aber einen Antrag stellen und den dem Chef vorlegen. Außerdem kann ich die Streife anweisen, öfter an Ihrem Haus vorbeizufahren.«

Oliver Brackhausen stieg beschwingt die Treppe hoch. Er würde mit seinem Bericht über Frau Wagner die Kollegen bei der Morgenbesprechung erheitern.

KAPITEL 6

»Ja?« Guido Ermter hob verärgert den Kopf, als seine Sekretärin Christiane Suttrop in sein Büro trat. Es war Samstag und eigentlich wollte er gar nicht hier sein.

»Chef, da draußen ist Frau Rühtings, sie möchte mit dir sprechen.«

»Frau wer?«

»Rühtings. Ihre Tochter ist der Suizid von der letzten Woche und sie möchte die Leiche freigegeben haben.«

»Das ist noch nicht geschehen? Himmelherrgottnochmal. Wer hatte den verdammten Fall, der keiner ist? Und wieso kommt die am Samstag hierher? Und weshalb zu mir?«

»Nicht so laut, Chef. Sie steht vor der Tür.« Christiane Suttrop legte den Zeigefinger an die Lippen. »Fischer hatte den Fall, glaub' ich. Der ist aber nicht da. Ich schau' mal in seinem Büro nach. Sprichst du mit der Frau?«

»Hmm.« Ermter schob die Schreibunterlage gerade, richtete sich auf, zog sein Jackett zusammen. Es war zu eng, er beschloss, den Knopf nicht zu schließen.

Fieberhaft überlegte er, was ihm von dem Fall noch im Gedächtnis geblieben war. Die Frau, die sein Büro betrat, entsprach nicht seinen Vorstellungen. Sie schien kaum älter als Mitte 30 zu sein, war jugendlich gekleidet. Die kurzen roten Haare und die vielen Sommersprossen ließen sie noch jünger wirken.

»Entschuldigen Sie die Störung. Ich wusste einfach nicht, an wen ich mich wenden sollte.«

»Frau Rühtings?«

Das Nicken war fast nicht zu erkennen.

»Mein Beileid.« Polizeichef Guido Ermter erhob sich und reichte ihr die Hand. »Nehmen Sie Platz. Was genau kann ich für Sie tun?«

»Susanne, meine Tochter …« Die Frau stockte, schluckte, fing sich wieder. »Der Pfarrer hat mich gefragt, wie das mit der Beerdigung ist.« Ihre Stimme war fast nicht zu hören, Ermter beugte sich weiter vor.

»Und das Bestattungsinstitut sagte mir, sie wäre noch nicht … noch nicht …« Hilflos starrte die Frau ihn an. Ermter nickte.

»Das ist ganz sicher nur ein Versehen. Die Leiche … öhm, Ihre Tochter kann natürlich bestattet werden. Wir haben keine Einwände.«

Ermter war erleichtert, als seine Sekretärin den Raum betrat und ihm schweigend die Akte auf den Tisch legte. Er schlug den roten Pappdeckel auf, blätterte kurz, fand das gesuchte Blatt.

»Welcher Bestatter ist beauftragt?«

Frau Rühtings nannte ihm einen Namen, den er notierte.

»Ich werde mich persönlich darum kümmern. Das alles tut mir sehr leid.«

»Danke.« Sie stand auf, strich ihren Rock glatt und reichte ihm die Hand. »Vielen Dank.«

Ermter sprang auf, führte sie zur Tür. Das waren die Momente, in denen er seinen Job hasste. Er wusste, es gab keine tröstenden Worte.

Sie ging drei Schritte, drehte sich dann noch einmal um. »Und was ist mit Laura?«

»Laura?«

»Ja, mit meiner Enkelin.«

Enkelin, ein Wort, das so gar nicht zu dieser attraktiven und noch relativ jungen Frau zu passen schien.

»Ich weiß jetzt nicht ...«

»Das Jugendamt. Sie haben sie mitgenommen. Ich war etwas aufgelöst letzte Woche, aber nun ... Sie ist doch nicht im Heim, oder?«

»Davon weiß ich nichts. Ich werde mich aber darum kümmern. Ich rufe Sie an, sobald ich etwas weiß. Für gewöhnlich hat das Jugendamt ausgewählte Familien, die Kinder kurzzeitig in Pflege nehmen.«

Die Frau biss sich auf die Lippen, nickte. Ihre helle Haut schien noch eine Spur bleicher geworden zu sein, die Sommersprossen wirkten wie aufgemalt. Eine Woge Mitleid zog durch Guido Ermter. Manchmal war das Schicksal grausam.

Er sah ihr hinterher, bis sie durch die Glastür in das Treppenhaus verschwand, dann wandte er sich an Christiane Suttrop.

»Wie im Leben ist Fischer darauf gekommen, eine weitere Leichenschau anzuordnen? Hat er die Einwilligung von der Staatsanwaltschaft? Er sollte die Akte doch schließen, bevor er fährt.«

»Oliver hat das wohl übernommen. Auf jeden Fall war die Akte auf seinem Schreibtisch.«

»Oliver? Der soll mal zu mir kommen. Dem werde ich Bescheid sagen.«

»Brackhausen ist nicht da. Keiner ist da. Günther hat eine frische Spur und hat alle mitgenommen.«

»So, so. Und wie ich die Bande kenne, werden sie mir nachher ein Pferd oder einen Hund als Täter anbieten. Saubande, verdammte.« Wütend warf Ermter einen Blick auf die Uhr. Es war schon nach eins und seine Frau wartete mit dem Essen. »Ich fahr' nach Hause, komme aber zur

Besprechung heute Nachmittag wieder. Dass sich mir keiner in den Samstagabend verabschiedet, ohne sich meinen Segen abgeholt zu haben.«

Ermter ging zur Tür, hielt inne und drehte sich noch einmal um. »Und, Christiane, ruf den Bestatter an, sag, die Leiche wäre frei. Der Wisch liegt unterschrieben auf meinem Schreibtisch, kannst du ihm faxen.«

Die Tür fiel hinter ihm ins Schloss. Kurz darauf öffnete er sie wieder, stapfte wortlos an seiner Sekretärin vorbei in sein Büro, kam mit der Akte in der Hand wieder zurück. Das Blatt Papier mit der Freigabe ließ er auf Frau Suttrops Schreibtisch flattern.

»Bis später!«

»Wer kocht Kaffee?« Im Flur war der Lärm nach der vorherigen Stille nun fast schmerzhaft.

Zehn Leute drängten sich nacheinander in den Besprechungsraum, redeten lachend durcheinander. Ein Aktenberg fiel klatschend auf den Tisch, Becher und Gläser klapperten, Wasser rauschte.

»Jemand muss den Videorekorder holen.«

»Der steht noch beim Kollegen Kaiser im Zimmer.«

»Ich hol' ihn.«

»Das war ja wohl gar nichts, Günther.« Oliver Brackhausen strich sich das Haar aus dem Gesicht.

»Nicht mehr lange und du kannst einen Zopf machen.« Günther Volkers grinste.

»Ja, klar, hab ich auch vor.«

Ein Kollege schob den Rollwagen mit dem Fernseher und Videorekorder in das Besprechungszimmer.

»Wie ihr bereits gesehen habt, konnten wir auf der Aufnahme den Täter recht eindeutig identifizieren. Zwei Streifen sind unterwegs, die Kollegen in Venlo informiert. Sobald ich nähere Angaben zu Bloomens Aufenthaltsort habe, werden wir uns auf den Weg machen. Es sieht so aus, als hätten wir die Einbruchsserie endgültig geklärt.« Günther Volkers lehnte sich zufrieden zurück.

»Könnt ihr das Ganze noch mal für mich rekonstruieren?« Vera Schmidt, die junge Anwärterin, sortierte ihre Unterlagen. »Ich habe versucht, mich heute Morgen durch die Akten zu lesen. Soweit ich das verstanden habe, gibt es immer mal wieder Einbrüche in die Reiterhöfe der Umgebung. Vor zwei Jahren habt ihr eine Bande festgenommen, diese Fälle sind also gelöst, oder?«

»Ja und nein.« Brackhausen nahm sich eine Tasse Kaffee. »Die Bande, das waren Typen aus Osteuropa. Wir haben sie gefasst und abgeschoben. Aber irgendwie waren wir uns sicher, dass sie nur die Handlanger sind, dass jemand anderes der Kopf der Bande ist und wir ihn noch nicht haben. Das Muster der Einbrüche in diesem Jahr ist das gleiche.«

»Aha. Also meint ihr, jemand sitzt hier, heuert immer mal wieder Banden aus dem Osten an, die dann kommen und seinen Plan ausführen?«

»So in etwa.«

»Und nun habt ihr ihn?«

»Nicht ganz.« Günther Volkers grinste. »Nun können wir uns denken, wer dahintersteckt. Eigentlich ist das ganz einfach, aber manchmal sieht man ja den Wald vor lauter Bäumen nicht, Vera.«

Er schaltete den Fernseher an. »Wenn die Sättel gestohlen wurden, hatte der betroffene Reitbetrieb natürlich ein großes Problem. Die Leute konnten nicht reiten, und die Stunden mussten abgesagt werden. Also mussten die Betreiber schnell neue Sättel kaufen. Das haben sie auch getan. In einigen Reiterhöfen wie diesem hier sind Überwachungskameras installiert worden. Doch der Täter wusste davon und hat die Kameras abgedeckt.« Volkers nahm die Fernbedienung und drückte einen Knopf. »Allerdings haben wir etwas entdeckt. Nämlich eine weitere Kamera. Von der stammen diese Bilder. Die Kamera ist sehr versteckt und nicht offiziell in der Sattelkammer eingebaut worden.«

»Nicht offiziell? Ich versteh' nur Bahnhof.« Vera Schmidt seufzte.

»Die Bilder werden für sich sprechen.« Günther Volkers drehte sich um. »Okay, wir sind ja alle erwachsen. Die Sattelkammer wurde offensichtlich von mehreren Liebespärchen benutzt.«

»Du meinst«, unterbrach Vera ihn, »dass sie in der Sattelkammer Sex hatten?«

»Genau. Irgendjemand hat das gefilmt.«

»Ist nicht dein Ernst.«

»Doch.« Günther drückte den Play-Knopf. »Leider ohne Ton.«

Nach zwei Stunden erreichten sie Amsterdam. Der Verkehr wurde immer dichter, obwohl Mitternacht vorbei war. Susanne hatte nach der Pause nicht mehr geschlafen, trotzdem war kein Gespräch zwischen ihnen aufgekommen.

Früher, so erinnerte sich Jürgen Fischer, nutzten sie lange Autofahrten für intensive Gespräche. Viele Probleme konnten sie im Wagen aus der Welt schaffen. Die Abgeschlossenheit, das Brummen des Motors und die vorbeihuschende Landschaft hatten etwas Beruhigendes.

Selbst wenn sie schweigend nebeneinandersaßen, war doch immer eine große Vertrautheit zwischen ihnen. Fast immer legte Susanne ihre Hand auf seinen Nacken.

Jetzt war alles anders. Das Schweigen stand wie eine dichte Wand zwischen ihnen. Jürgen Fischer seufzte.

»Wir sind gleich da, Schatz. Kannst du mal eben die Wegbeschreibung aus dem Handschuhfach nehmen? Ich habe sie mir ausgedruckt.«

»Das hier?« Susanne Fischer strich sich die Haare aus dem Gesicht und zog einen Stapel Papiere aus dem Fach, schaltete ihr Licht an, las schweigend.

»Das ist ein Todesbefund, Jürgen.« Ihre Stimme klang eisig. »Du hast dir Arbeit mitgenommen? Herzlichen Dank.«

»Was? Nein, darunter muss die Wegbeschreibung sein. Bitte schau noch mal nach.«

Susanne fand die Blätter, leitete ihn mit knappen Worten. Das Hotel lag in der Innenstadt. Hauptkommissar Jürgen Fischer stellte den Wagen in der Tiefgarage ab, nahm die Koffer. Im verspiegelten Aufzug wich Susanne seinem Blick aus.

Es war ein Fehler, dachte Fischer, diese ganze verdammte Reise war ein Fehler. Vielleicht bin ich aber auch einfach nur zu müde. Morgen werden wir die Zeit und die Ruhe finden, um miteinander zu reden.

Der Teppich in ihrem Zimmer dämpfte jeden Schritt, es roch nach teurem Raumspray und echtem Holz. Auf den Kopfkissen lagen zwei Pralinen.

Susanne öffnete den Koffer, nahm ihren Kulturbeutel heraus und schloss die Badezimmertür hinter sich. Auch etwas, das neu war. Die langen Jahre der Intimität ihrer Ehe schienen weggewischt.

Dass er den Todesbefund eingesteckt hatte, war Fischer nicht bewusst gewesen. Während er darauf wartete, dass seine Frau sich fertig machte, und dem gedämpften Wasserrauschen lauschte, nahm er den Befund hervor.

Als sich 20 Minuten später die Zimmertür öffnete, lehnte er immer noch am Fensterrahmen und war in den Bericht vertieft.

»Gute Nacht, Jürgen.«

Erschrocken hob er den Kopf, sah seine Frau an, die den Hotelbademantel eng um sich geschlungen hatte. Fischer legte die Papiere beiseite, kramte seinen Kulturbeutel hervor, ging ins Bad. Er ließ die Tür geöffnet. Es überraschte ihn nicht, dass Susanne schon im Bett lag, als er wiederkam. Sie hatte ihm den Rücken zugewandt und atmete gleichmäßig. Es war lange nach Mitternacht. Fischer war den ganzen Tag unterwegs gewesen, erst Dienst in Krefeld, die Fahrt nach Hause und dann die halbe Nacht im Auto bis Amsterdam. Trotzdem wälzte sich Jürgen Fischer noch lange im Bett herum, ohne Schlaf zu finden.

Das laute, fröhliche Gelächter hallte durch den leeren Flur der vierten Etage des Polizeipräsidiums. Polizeichef Guido Ermter drückte die Glastür zu heftig auf, schmiss sie hinter sich wieder zu. Es schepperte gefährlich.

»Alle beisammen?« Ermter trat in das Besprechungszimmer. »Was soll das hier werden? Ein Videonachmittag?«

Die Außenrollos waren runtergelassen worden, es herrschte ein bläuliches Dämmerlicht von Rauchschwaden durchzogen. durchzogen.

»Hallo, Chef.« Günther Volkers drückte auf die Fernbedienung, das Bild erstarrte.

»Was ist das? Habt ihr euch etwa Material von der Sitte ausgeliehen?« Das Standbild zeigte ein nacktes Pärchen bei einer eindeutigen Handlung.

»Nein, wir sichten Tatortmaterial von dem Sattelraub.«

Volkers versuchte, ein Grinsen zu unterdrücken. »Wirklich, Chef. Ich kann das erklären.«

»Darum bitte ich auch. Und zwar sofort in meinem Büro.« Guido Ermter ließ seinen Blick über die Kollegen schweifen, verließ dann kopfschüttelnd den Raum. In der Tür drehte er sich noch mal um. »Brackhausen, mit dir will ich auch noch reden.«

Die Kollegen warteten, bis sie die Tür von Ermters Büro am anderen Ende des Flures zuknallen hörten, dann sahen sie sich betreten an.

»Der hat aber schlechte Laune. Da wirst du dir wohl eine Abreibung einholen, Günther.«

Jemand drückte einen Schalter, und mit leisem Surren wurden die Rollladen nach oben gezogen.

»Ach Quatsch. Ich kann es ja erklären. Nur keine Bange, der Chef ist gar nicht so.«

»In der letzten Zeit schon. Wahrscheinlich hat ihn seine Frau eine Weile nicht rangelassen.«

»Vielleicht solltest du ihm die Kassette mal ausleihen, damit er auf andere Gedanken kommt.«

»Jau, nachher kauft Ermter sich noch ein Pferd. So eine Sattelkammer hat ja was.«

Alle brüllten vor Lachen.

»Okay, lasst mal fertig werden hier. Vera und Roland, fahrt raus und verhört den Typen, der die Kamera aufgebaut hat. Jemand muss noch mal in Venlo anrufen, ob die dort weitergekommen sind. Ich werde mich jetzt dem Chef stellen.«

»Viel Glück.«

KAPITEL 7

Angelika Weymann schloss die Tür ihres Passat Kombi auf. Sie spürte noch die Müdigkeit der vergangenen Nacht in den Knochen. Zwei Notfälle, ein Todesfall. Nichts Ungewöhnliches für einen Freitagabend. In einer Stunde musste sie wieder in der Praxis sein. Im Kofferraum stapelten sich Plastikblumentöpfe, und die junge Frau stöhnte genervt auf. Sie drehte sich um und ging zurück zum Haus.

Vor knapp zwei Monaten waren sie nach Uerdingen gezogen und noch immer sah es im Flur so aus, als wäre der Umzug erst gestern gewesen. Angelika stolperte über einen Karton, stieß sich das Schienbein.

»Frank? Frank!«

»Was'n?«, kam es grummelig aus dem Schlafzimmer.

»Frank, das Auto ist wieder voll mit Blumentöpfen, ich hatte dich doch gebeten, sie wegzuräumen. Wenn du das nicht machst, mach ich es.«

»Ja, ja.«

»Und die verdammten Kisten müssen auch endlich ausgepackt werden. Ich werde wahnsinnig hier.« Sie spürte die Wut in sich hoch kochen.

Frank murmelte etwas, vergrub sich tiefer in die Kissen. Nur sein dunkler Haarschopf war noch zu sehen.

»Frank!« Nun schrie sie. Er richtete sich halb auf, sah sie mit zerknautschtem Gesicht an.

»Angelika, lass mich in Ruhe, ja? Ich mach' das schon, sobald ich Zeit hab.«

»Das sagst du seit zwei Monaten. Es kotzt mich an.«

»Es war deine beschissene Idee, hierher zu ziehen, nicht meine.«

»Wir beide haben das beschlossen, nicht nur ich. Du bist gemein.«

Wütend knallte sie die Tür hinter sich zu. Draußen sog sie die Luft tief in ihre Lungen. Es roch nach Frühling und Stadt.

»Was zum Teufel hatte das zu bedeuten?« Guido Ermter verschränkte die Arme vor der Brust. Für einen ruhigen Samstag war seine Laune ungewöhnlich schlecht.

»Chef, ich denke, wir haben die Raubserie aufgeklärt.« Günther Volkers rieb sich den Nasenrücken.

»Ach ja? Mit Pornos?«

Zehn Minuten später nickte Ermter zufrieden. »Dann mach dich mal auf nach Venlo und sieh zu, dass du den Typen fasst.«

Volkers richtete sich auf, dehnte die Schultern. »Ja, das ist ein Problem. Die Venloer Kollegen sagen, sein Haus wäre geräumt, und eine neue Adresse haben wir nicht.«

»Scheiße.«

»Nun ja, noch weiß Bloomen nicht, dass wir ihm auf der Spur sind. Er hat zwei Werkstätten. Eine drüben in Venlo, eine andere bei Emmerich. Ich habe einige Leute losgeschickt. Wir werden ihn schon kriegen, keine Sorge.«

Hauptkommissar Günther Volkers stand auf, nickte Ermter zu.

»Schick mal den Brackhausen zu mir«, sagte Ermter, als Günther Volkers die Tür schon fast hinter sich geschlossen hatte. »Und gib mir das Video.«

Volkers biss sich grinsend auf die Lippen.

»So fröhlich?«, fragte Ermters Sekretärin Christiane Suttrop. »Hat der Chef jetzt auch wieder bessere Laune?«

»Jo!«

Die Luft war feucht, und der Geruch von salzigem Wasser lag wie eine Glocke über der Stadt. Jürgen Fischer trat aus dem Hotel heraus in den feinen Nieselregen.

»Wohin möchtest du?«

Susanne zuckte mit den Schultern. Sie hatte das reichhaltige Frühstücksbuffet kaum angerührt.

»Na gut, dann einfach drauflos, ja?« Fischer legte mehr Fröhlichkeit in seine Stimme, als er empfand. In Amsterdam stimmten alle Klischees. Eine bunte Mischung aller Kulturen wimmelte in den engen Gässchen und Straßen. Auf den Grachten tourten Boote, verkündeten lautstark in diversen Sprachen, wo welche Sehenswürdigkeit zu finden war.

Fischer schien es, als wäre der Frühling hier noch nicht so weit fortgeschritten. Die Bäume kahler, die Luft kühler. Seit dem Morgen gingen immer wieder kurze, aber heftige Regenschauer nieder. Er hatte vorsorglich einen Regenschirm aus dem Auto geholt, aber dieser war zu klein für sie beide.

Susanne machte einen abwesenden Eindruck. Hin und wieder nahm sie kurz Jürgens Hand, ließ diese aber gleich wieder los. Verzweifelt suchte Fischer nach Gesprächsthemen, irgendetwas, um die quälende Distanz zwischen ihnen zu überbrücken.

»Du bist so weit weg von mir.«

Sie standen auf einer Brücke, er auf der linken sie auf der rechten Seite. Fahrradfahrer fuhren mit rasantem Tempo zwischen ihnen hindurch.

»Meinst du das metaphorisch?« Das erste Mal stahl sich ein leichtes Lächeln auf ihr Gesicht.

»Ich meine das so, wie ich es empfinde.«

»Keine Semantikspielchen?«

»Susanne.«

Sie schüttelte den Kopf. Die Haare fielen lose über ihre Schultern. Dann drehte sie sich um, legte die Arme auf das steinerne Brückengeländer und starrte in das Wasser der Gracht unter ihr.

Die Zeit schien für Fischer flüssig zu werden, sie tropfte vom Himmel, vermischte sich mit dem stärker werdenden Regen.

Er überquerte die Brücke, legte Susanne die Hand auf den Rücken.

»Du wirst ganz nass. Lass uns etwas essen gehen.«

Nach einer halben Ewigkeit folgte sie ihm, weigerte sich aber, unter den Schirm zu kommen. Kurz vor dem Restaurant legte sie den Kopf in den Nacken, ließ den Regen auf ihr Gesicht prasseln.

»Susanne.«

Sie schüttelte den Kopf, öffnete die Lippen und leckte die Tropfen ab. Dann lachte sie und öffnete die Tür des Bistros. Im Eingang wrang Susanne ihre langen Haare aus und schlang sie zu einem losen Zopf.

Drinnen schüttelte sie sich wie ein nasser Hund, und die fliegenden Tropfen funkelten im Licht.

Jürgen Fischer suchte einen Tisch am Fenster. Der Regen strömte nun an der Scheibe herab und ließ die Straße gallertartig aussehen.

»Was ist los mit dir?« Jürgen Fischer zog die Schachtel Zigaretten aus der Jackentasche. Die Packung fühlte sich feucht an, aber der Suchtstoff hatte keinen Schaden genommen.

»Ob die Suppe wohl schmeckt?« Sie beugte sich über die Karte, gönnte ihm keinen Blick.

»Ich hatte gedacht, dass du dich über das Wochenende freust.«

»Das tue ich doch.«

»Es macht nicht den Eindruck.«

»Seit wann machst du dir über mich Gedanken?« Obwohl sie die Worte leicht dahin sagte, trafen sie ihn tief und taten weh.

»Du hast mich nicht gefragt, was ich von deiner Versetzung nach Krefeld halte, Jürgen.«

»Das stimmt nicht. Ich habe es mit dir besprochen. Gemeinsam sind wir zu dem Entschluss gelangt, dass du mit Basti wartest, bis er die Schule geschafft hat.«

»Stimmt, aber da hattest du die Versetzung schon durch.«

»Susanne …«

»Du brauchst das nicht zu erklären. Ich weiß, wie sehr dich der Fall mit den Mädchen belastet hat. Du hast dich verändert in den letzten Jahren, dich immer mehr und mehr in die Arbeit gestürzt. Wir sind immer weiter in den Hintergrund gerückt.«

So viele zusammenhängende Sätze auf einmal hatte sie schon lange nicht mehr mit ihm gesprochen. Fischer zog stumm an seiner Zigarette. Der Qualm vermischte sich mit dem Geruch nasser Wolle und dem der Küche, waberte durch das kleine Lokal.

»Ich nehme die Suppe.« Ihre Stimme klang gleichgültig.

Fischers Augen schmerzten.

KAPITEL 8

»Die Mutter war heute Morgen bei mir. Ich hatte meine Not, ihr zu erklären, warum die Leiche ihrer Tochter noch nicht freigegeben worden ist.« Polizeichef Guido Ermter verschränkte die Arme vor der Brust und lehnte sich zurück.

»Ja.« Oliver Brackhausen zog umständlich ein Taschentuch aus der Jacke, faltete es auseinander und schnäuzte sich lautstark die Nase. Das tat er, um Zeit zu gewinnen.

»Ein ›Ja‹ reicht mir nicht, Oliver. Hier musste eine trauernde Frau bis zu mir kommen, damit etwas erledigt wird, was selbstverständlich sein sollte. Für sie war es eine unnötige Qual.«

»Ja, das verstehe ich und es tut mir leid.«

Ermter wartete einen Moment, ob Brackhausen noch eine Erklärung anfügen würde. Er wartete vergeblich.

Der Lärm der Stadt hörte sich durch das geschlossene Fenster fern und unwirklich an.

»Also?« Langsam verlor der Polizeichef die Geduld. Es war Samstagspätnachmittag und er wollte nach Hause, die Bundesliga sehen.

»Es ist Fischers Fall. Jürgen hat Bedenken. Irgendetwas störte ihn. Da ich bis Dienstag seine Fälle übernommen habe, versprach ich ihm, mir die Aktenlage noch mal genau anzusehen. Dadurch, dass Günther uns alle mitgenommen hat, bin ich nicht mehr dazu gekommen.« Wie lahm seine Erklärung klang, wusste Brackhausen. Er strich sich die Haare hinter die Ohren.

»Es war ein Selbstmord. Suizid. Das ist schwer genug für die Angehörigen, immer. Wir müssen es ihnen nicht noch schwerer machen. Es gibt doch keinen Hinweis auf einen berechtigten Zweifel, oder?« Ermter stützte die Hände auf den Schreibtisch, kleine Spucketropfen unterstrichen seine Wut. Er wischte sich über den Mund, setzte sich wieder. »Ich habe alles Nötige veranlasst, möchte aber nicht noch mal so was erleben. Meine Anweisungen waren doch klar, oder?«

»Ja, Chef.« Brackhausen zog den Kopf ein.

»Gut.« Ermter wedelte mit der Hand, das Zeichen, dass Brackhausen gehen durfte.

»Ach, noch was«, hielt er ihn an der Tür zurück. »Das Kind. Was ist mit ihm?«

»Das Kind?«

»Ja, die junge Frau hatte doch ein Baby. Die Mutter fragt danach.«

»Was?«

»Susanne Rühtings ... Herrgott, drück ich mich so unklar aus? Das Baby ist vom Jugendamt übernommen worden. Die Großmutter will es jetzt.«

»Was? Vom Jugendamt? Ich dachte, es wäre bei der Oma.«

»Na, anscheinend nicht.« Ermter massierte genervt die Stelle zwischen den Augenbrauen. »Allerdings ... normalerweise gibt es ja zwei Omas. Rühtings Mutter weiß nicht, wo das Enkelkind abgeblieben ist. Klär das. Heute noch.«

»Danke, Chef!« Das sagte Oliver Brackhausen erst, nachdem er die Tür hinter sich geschlossen hatte. »Und danke, Jürgen!«

Der Blick auf seine Uhr zeigte ihm, dass er zu spät kommen würde. Sein Freund hatte Premiere, und bei einer Flasche Bier machten sie es sich häufig samstags gemütlich, um Fußball zu gucken.

»Oliver?« Christiane Suttrop winkte mit einem Zettel. »Es hat jemand für dich angerufen. Eine Frau.« Sie zog die Augenbrauen hoch und grinste.

»Echt? Wer denn?«

Die Sekretärin warf einen Blick auf den Zettel. »Eine Ina. Ina Slobomka.«

»Oh ne.« Brackhausen verdrehte die Augen. Das hatte ihm noch gefehlt. »Die Akte Rühtings, ist die hier?«

Christiane nickte und zog den blauen Aktendeckel aus einer Schublade. Oliver nahm ihn und den Zettel, stapfte dann wütend zur Tür, ließ sie hinter sich zufallen.

Beim Jugendamt konnte er natürlich niemanden erreichen. Trotzdem versuchte er es eine weitere halbe Stunde, bevor er endlich die Nummer auf dem Zettel wählte.

»Du hast angerufen? Hier?«

»Ja.«

»Was ist denn?«

»Ich muss nächste Woche arbeiten.«

»Ja, und?«

»Die Tagesmutter ist krank.«

Oliver biss sich auf die Lippen, er antwortete nicht.

»Hast du gehört?«

»Ich bin ja nicht taub. Was ist mit deinen Eltern?«

»Die sind im Urlaub.«

»Toll. Ja und? Was soll ich jetzt tun? Ich muss auch arbeiten.«

»Überleg dir was. Es ist auch dein Kind.«

Sie legte auf, und Oliver lauschte mit geschlossenen Augen dem Tuten hinterher.

Im Polizeipräsidium am Nordwall war es ruhig geworden. Unten in der Wache würden sie jetzt Fußball gucken oder Karten spielen.

Brackhausen öffnete die Tür zum Flur. Alter Qualm hatte sich unter der Decke gesammelt. Die Tür zum Besprechungsraum stand auf, das Licht brannte, doch es war niemand zu sehen. Auf dem Tisch stand ein Teller mit belegten Brötchen. Der Käse glänzte alt und fettig und die Wurst rollte sich an den Rändern zusammen. In Brackhausens Magen grummelte es. Wann hatte er das letzte Mal etwas gegessen?

Er schmiss die Brötchen in den Papierkorb, schaltete das Licht aus und war froh, dass der Chef ihn offensichtlich vergessen hatte.

Die Pommesbude an der Blumentalstraße machte den besten Döner, fand er. Zehn Minuten später schob er sich auf eine der plastikbezogenen Bänke dort und öffnete eine Flasche eiskaltes Bier.

Der Geruch von gebratenem Fleisch durchdrang die Wohnung. Angelika Weymann zog die leicht quietschende Tür hinter sich zu. Überrascht entdeckte sie, dass die Kartons aus dem Flur verschwunden waren. Das Jugendstilhaus, in dem sie die Erdgeschosswohnung gemietet hatten, war in der Nähe des Uerdinger Krankenhauses. Hier hatte sie ihre Assistenzzeit verbracht und kannte sich aus. Zu Fuß waren alle Geschäfte schnell zu erreichen und die Praxis von Dr. Walter in der Augustastraße auch.

»Ich bin in der Küche.« Franks Stimme klang vergnügt. »Wie war dein Tag?«

Angelika Weymann zog die Schuhe aus und dehnte ihre Zehen. In der kleinen Küche war der Tisch gedeckt, sogar eine Kerze flackerte unruhig in der Zugluft. Es roch köstlich.

»Mein Tag? Anstrengend.« Sie ließ sich auf den Stuhl fallen, zog den anderen heran und legte die Füße hoch. »Aus irgendeinem Grund kommen die Leute lieber zum Notdienst, anstatt die regulären Sprechzeiten zu nutzen.«

»Ist dein Dienst jetzt vorbei?« Frank Weymann drehte sich um und lehnte sich gegen die Arbeitsplatte.

»Bis Montag, ja.«

»Möchtest du etwas trinken? Ich habe Wein im Kühlschrank.«

»Nur Wasser, danke.« Angelika fuhr sich mit den Fingern durch das Haar. Sie war müde und nicht wirklich hungrig. Eigentlich wollte sie sich nur noch auf dem Sofa zusammenrollen und fernsehen.

Mit einem leisen Ploppen öffnete Frank die Weinflasche, schenkte sich ein Glas ein. Dann stellte er die Töpfe auf den Tisch, schob Angelikas Füße vom Stuhl und setzte sich.

»Es riecht köstlich.« Sie nahm sich eine winzige Portion Tagliatelle und Fleisch, drei Blätter Salat, schob alles mit der Gabel hin und her, als gälte es, geometrische Muster anzuordnen. Frank schaufelte unbekümmert Nudeln auf seinen Teller, aß, ohne sie anzusehen, mit sichtlichem Vergnügen. Dann wischte er sich mit der Hand über den Mund, trank mit einem Schluck das Weinglas leer und schob den Stuhl zurück.

»Ich muss noch mal weg.«

»Was? Jetzt? Wohin?«

»Bis später, weiß noch nicht, wann ich wieder da bin. Ich nehme den Wagen, ja?«

Die Tür fiel krachend ins Schloss. Angelika sah sich um. Die Küche war ein Schlachtfeld. Müde stand sie auf, schmiss ihre Mahlzeit in den Müll und räumte das Geschirr in die Spülmaschine. Die Töpfe setzte sie unter Wasser, zu mehr hatte sie keine Kraft. Schließlich nahm sie Franks Weinglas, füllte es und trank mit langen, gierigen Schlucken.

Natürlich wusste sie, wohin er fuhr. Darüber ein Wort zu verlieren, lohnte sich nicht. Jetzt nicht mehr, dachte sie resigniert. Früher war alles anders zwischen ihnen. Sie hatten die Mahlzeiten zu zweit genossen, fast schon zelebriert.

Im Schlafzimmer klemmte die Jalousie, deshalb zog sie sich im Dunkeln aus und verkroch sich ins Bett.

Als Frank unter die Decke schlüpfte, stand der Mond hoch am Himmel und schien ihr ins Gesicht. Ihr Mann schob seine kalte Hand unter ihr Nachthemd, legte sie auf ihren warmen Bauch. Er roch nach würzigem Zigarettenqualm und Alkohol. Noch ein anderer Geruch umgab ihn, süßlich, den sie nicht einordnen konnte. Angelika schloss die Augen und versuchte, in den Schlaf zurückzufinden.

Der Himmel über Amsterdam war aufgebrochen. Die Feuchtigkeit schien sich in Dampf zu verwandeln. Überall glitzerten Regentropfen wie Edelsteine.

Das Essen in dem kleinen Restaurant war gut, sättigend und überraschend preiswert. Anschließend bestellte Fischer einen Kaffee und zündete sich eine Zigarette an.

»Was machen wir jetzt?«, fragte er seine Frau.

»Ich habe nicht die geringste Ahnung.« Sie winkte dem Ober, fragte nach einem Grappa.

Auf der Gracht fuhr ein Ausflugsschiff vorbei. Nur wenige Touristen lauschten den lauten Erklärungen des Kapitäns.

»Wollen wir auch?« Jürgen Fischer zeigte nach draußen.

»Warum nicht?« Susanne kippte den Grappa herunter.

Nach einer Weile fanden sie eine überdachte Ausflugsbarkasse. Die frühe Abendbrise brachte den Geruch nach kühlem Meerwasser mit sich und vertrieb den brackigen Gestank abgestandenen Wassers.

Susanne Fischer griff die Hand ihres Mannes und ließ sie diesmal nicht mehr los.

Arm in Arm gingen sie nach der Grachtenfahrt zurück ins Hotel. Im Zimmer angekommen, stieß Susanne die Tür hinter ihnen zu und küsste ihn hart und fordernd. Schweigend rissen sie sich gegenseitig die Kleider vom Leib, ließen sich aufs Bett fallen und liebten sich.

Es war das erste Mal seit langer Zeit. Sie saugten sich aneinander fest, kämpften ums Vergessen. Susanne biss Jürgen in die Lippe, und er schmeckte den metallischen Geschmack von Blut. Er wurde sich bewusst, dass es zum Teil Leidenschaft war, zum Teil Wut.

KAPITEL 9

Eine Weile dachte Sabine Thelen, das Piepsen gehöre zu ihrem Traum. Sie drehte sich um, versuchte, dem Geräusch einen Sinn zu geben und in die Welt des Unterbewusstseins zurückzufinden. Ihr Kissen war schweißnass und zu warm. Sie schob es beiseite, nahm das andere, drückte ihren Kopf in den kühlen Stoff.

Immer noch piepste es. Der Ton, wurde ihr nun klar, entsprang nicht ihren Träumen, er war real. Sie setzte sich im Bett auf, versuchte, die Quelle zu orten. Die digitale Anzeige ihres Weckers stand auf 4:53 Uhr. Noch war es dunkel, aber das erste graue Licht des Tages war zu ahnen. Eine Amsel rief.

Sabine Thelen stand auf und schlang den alten Bademantel um sich. Er war ihr zu groß und roch sauer nach verschütteter Milch. Sie hatte es noch nicht über sich gebracht ihn zu waschen.

In der Küche wurde sie fündig. Die Tür des Gefrierschranks stand einen Spalt auf und der Alarm erscholl laut und schrill. »Scheiße!« Wieder einmal hatte sie die Tür nicht richtig geschlossen. Das dritte Mal in diesem Monat. Inzwischen war das Gefrierfach derartig vereist, dass sie kaum noch eine Pizzapackung hineinquetschen konnte.

Sabine rieb sich die Müdigkeit aus dem Gesicht und setzte Teewasser auf.

Es half nichts, sie musste das Gefrierfach abtauen. Sabine schaltete den Kühlschrank aus, und das Piepsen verstummte.

Dann goss sie kochendes Wasser in die Kanne, tat zwei Beutel Rotbuschtee dazu. Sie beugte sich über die Kanne und atmete den milden Duft ein. Der Dampf tat ihrem Gesicht gut.

Eine Stunde später hatte sie eine Eisschicht nach der nächsten entfernt. Wasser tropfte leise auf den Fliesenboden.

Sabine nahm mehrere Küchenhandtücher aus dem Schrank und warf sie achtlos auf die Pfütze.

Die Teekanne war inzwischen leer. Sabine Thelen war zu wach, um sich noch einmal hinzulegen. Sie zog sich an, schlüpfte in die Laufschuhe.

Erst vor drei Wochen hatte sie wieder angefangen zu laufen. Es kostete sie einige Überwindung, aber schließlich konnte sie der Versuchung nicht widerstehen. Laufen war ihre Leidenschaft. Trotzdem sah sie sorgfältig die Straße rauf und runter, als sie in der Haustür stand und die kühle Luft des gerade anbrechenden Frühlingstages in ihre Lungen sog.

Es war noch zu früh für Kirchgänger. Noch nicht einmal Gassi gehende Hundebesitzer waren zu sehen. Langsam begann sie mit ihren Dehnübungen.

Oliver Brackhausen hatte darauf verzichtet sich zu rasieren, und ein dunkler Schatten lag auf seinen Wangen und dem Kinn.

An diesem Morgen war das Foyer des Präsidiums verlassen. Keine Bürgerin, die Anzeige erstatten wollte. Aus dem Wachzimmer hörte er das Stimmengemurmel der Kollegen vom Dienst.

Jemand war so umsichtig gewesen, Kaffee zu kaufen. Brackhausen öffnete das Fenster der kleinen Küche im vierten Stock und füllte den Filter der Maschine mit dem duftenden Pulver.

Die Stadt schlief noch. Es war zu früh, um irgendjemanden anzurufen. Trotzdem empfand er die Akte auf seinem Schreibtisch als mahnend.

Noch einmal las er den kurzen Bericht, den Fischer angefertigt hatte. Eindeutig Selbstmord, daran gab es nichts zu rütteln.

Brackhausen nippte gedankenverloren an seiner Tasse und stellte sie zu heftig ab. Der heiße Kaffee schwappte über und eine dunkelbraune Pfütze entstand. Fluchend suchte er nach Taschentüchern, fand keine. Ein Stück Papier musste zum Aufsaugen reichen. Erst anschließend sah er, dass es das Protokoll einer Zeugenaussage war. Der Tag fing nicht gut an.

Polizeichef Guido Ermter versuchte, die Stimmen seiner Frau und seiner Tochter zu überhören. Mit einer fahrigen Handbewegung wischte er ein Fenster in die beschlagene Fläche des Spiegels und seifte sein Gesicht ein. Die Stimme seiner Tochter überschlug sich vor Wut.

Es ist das Alter, dachte Ermter, die Hormone. Es wird vorübergehen. Hastig rasierte er sich, schnitt sich in Kinn und Wange. Fluchend tupfte er kleine Stücke Toilettenpapier auf die Wunden. Er war schon fast zu spät für die Morgenbesprechung. Im Flur kam seine Frau hinter ihm her.

»Manchmal beneide ich dich wirklich.« Ihre Stimme klang nicht freundlich. »Du gehst einfach. Kannst du nicht mal mit ihr reden? Sie macht mich wahnsinnig.«

»Ich rede nachher mit ihr, Sigrid. Tschüss.« Ermter verließ das Haus und fuhr durch das verschlafen wirkende Krefeld zum Präsidium. Er kam sich feige vor.

Die Kollegen waren schon im Besprechungszimmer versammelt. Müde murmelten sie Morgengrüße. Ermter lehnte sich gegen die Wand, verschränkte die Arme vor der Brust. Er bemerkte, dass Oliver Brackhausen seinem Blick auswich. Na warte, dachte er.

»Was liegt heute an?«

»Wir haben einen Hinweis, dass Bloomen sich in Kerken versteckt hält. Irgendwie scheint er spitzbekommen zu haben, dass wir ihm auf den Fersen sind. Bis gestern um halb elf war ich unterwegs.« Günther Volkers gähnte demonstrativ. »Und werde mich jetzt gleich wieder auf den Weg machen.«

»Zusammen mit Roland?«

Volkers nickte.

»Wir haben ein paar Leute in der Nachbarschaft seiner Werkstatt befragt, unser Verdacht scheint sich in jeder Hinsicht zu bestätigen. Er hat Banden losgeschickt, um Reitställe auszurauben, hat die Sättel ein wenig verändert und dann an andere Reitställe, die vorher ausgeraubt worden waren, verkauft. Ein lukrativer Kreislauf anscheinend.«

»Okay.« Guido Ermter nickte zufrieden und strich sich über die Wange. Seine Finger blieben an dem Stück Papier hängen, das er vergessen hatte. Er zupfte es ab und rollte es zu einer kleinen Kugel zusammen, schmiss sie in Richtung Papierkorb.

»Brackhausen?«

»Ich habe gestern niemanden mehr vom Jugendamt erreichen können. Kümmere mich aber gleich darum.«

Christiane Suttrop öffnete die Tür des Besprechungszimmers. Jemand hatte es am Morgen gründlich gelüftet, und nun hing der Duft von frisch gewaschenen Männern und Aftershave in der Luft.

»Morgen, ist der Chef hier?«

Ermter drückte sich von der Wand ab. »Ja, sicher.«

»Ich habe Kollegen aus Holland in der Leitung. Dort ist eine Wasserleiche gefunden worden. Sie fragen, ob es unser verschwundener Selbstmörder sein könnte.«

»Ich komme.«

Oliver Brackhausen stieß erleichtert den Atem aus. Das würde ihm die Gardinenpredigt vorläufig ersparen.

In seinem Büro öffnete Brackhausen das Fenster. Die Luft roch nach Frühling, obwohl es morgens noch kühl war. Auf dem menschenleeren Ostwall fuhr ratternd die Straßenbahn entlang. Irgendwo läutete eine Kirchenglocke.

Oliver Brackhausen schaltete den Computer ein. Es musste hier ein Telefonverzeichnis der Jugendamtsmitarbeiter geben. Nach einer Viertelstunde fand er endlich die gesuchte Nummer.

Minuten später stand er vor Ermters Büro.

»Chef …«

»Ach, Oliver, gut, dass du kommst. Die Wasserleiche in Holland scheint tatsächlich unser Mann zu sein. Ich habe die zahnärztlichen Unterlagen hingefaxt. Fahr du doch runter und sieh ihn dir an, ja?«

»Chef …«

Ermter hatte den Telefonhörer ergriffen und tippte hastig eine Nummer. Dann lauschte er konzentriert und wedelte Brackhausen mit einer ungeduldigen Handbewegung fort.

»Chef, ich habe mit dem Jugendamt …«

»Jetzt nicht, Oliver.«

Brackhausen blies die Wangen auf und stieß die Luft dann mit einem zischenden Geräusch aus. »Na gut. Dann später.«

Er schnappte sich den Zettel mit der Adresse der holländischen Dienststelle.

Im Besprechungszimmer stand die junge Kollegin am Fenster und sah nach draußen.

»Ich muss nach Holland.« Brackhausen strich sich die Haare hinter die Ohren. »Kommst du mit?«

»Wenn ich nicht fahren muss.«

Nur drei Dienstwagen standen im Hof. Brackhausen wählte den Opel. Die Straßen lagen sonntäglich verlassen da und sie kamen zügig voran.

»Eine Wasserleiche, oder?«

»Ja, ein Student der FH. Er ist auf die Rheinbrücke marschiert, hat seine Schuhe und seine Jacke ausgezogen, ist über das Geländer geklettert und gesprungen. Ein Binnenschiffer und eine Handvoll Spaziergänger haben es beobachtet. Er war alleine auf der Brücke. Suizid, kein Zweifel.«

»Aber wenn es doch beobachtet worden ist, warum hat man ihn nicht gleich rausgefischt?«

»Tja, Vera, es war Hochwasser und viel Verkehr auf dem Rhein. Er ist mitten in die Fahrrinne gesprungen und war einfach weg. Natürlich war die Wasserschutzpolizei sofort da. Starke Strömung, Wirbel … was weiß ich.« Brackhausen warf der Kollegin einen Blick zu. Ihre dunklen Haare waren modisch kurz geschnitten, ihr Profil klassisch mit einer geraden Nase. Eine hübsche Frau. Er beugte sich ein wenig vor. Kein Ring am Finger, Oliver Brackhausen grinste.

»Hast du schon mal eine Wasserleiche gesehen?«

»Einmal, kein schöner Anblick.«

Achim Polienska stand schon früh am Sonntag auf. Er öffnete einen Energy-Drink und trank ihn im Stehen mit großen Schlucken.

In Haus und Hinterhof war alles ruhig, nur die Kirchenglocken der Innenstadt riefen die Gläubigen zur Andacht.

Gestern hatten sie bis spät in die Nacht im Schuppen gearbeitet. Er konnte die Muskeln im Rücken spüren, das ständige Bücken und Aufrichten war ungewohnt und machte sich nun unangenehm bemerkbar.

Achim packte seine Sporttasche, er meinte einen leichten Chlorgeruch aus den frischgewaschenen Handtüchern zu riechen. Verärgert schleuderte er die Handtücher in die Ecke und nahm andere, vergrub sein Gesicht in das weiche Frottee, sog den Duft des Waschmittels ein.

Langsam erwachte das Haus, Wasser rauschte in den Rohren, die Treppe knarrte, jemand ließ eine Tür ins Schloss fallen.

Achim schulterte die Tasche, warf einen letzten Blick in den Raum. Der Anrufbeantworter zeigte fünf Nachrichten an. Er hatte nur die erste Nachricht abgehört. Sorgfältig verschloss er die Tür und ging durch den dunklen Flur.

Kurz überlegte er, die Lampen im Schuppen zu kontrollieren, entschied sich dann dagegen.

Achim stieg in seinen Wagen und fuhr zum Badezentrum.

Jürgen Fischer erwachte mit einer dicken Zunge und einem trockenen Gefühl im Mund. Ein deutliches Zeichen, dass er geschnarcht hatte. Der Raum war dämmerig, er konnte das Prasseln des Regens hören. Die Uhr auf seinem Nachttisch zeigte 8:47 Uhr. So lange hatte er schon ewig nicht mehr geschlafen.

Er drehte sich um, suchte unter den Decken nach dem warmen Körper seiner Frau. Sie war nicht da.

»Susanne?« Fischer setzte sich auf und schaltete die kleine Lampe an. Das Bett war zerwühlt. Susannes Decke lag auf dem Boden. »Susanne?«

Fischer sprang auf, zog sich hastig die Hose über. Seine Frau war auch nicht im Bad. Der Spiegel war noch beschlagen und es duftete leicht nach ihrem Parfüm.

Jürgen Fischer duschte und zog sich an. Er fand sie im Frühstückszimmer alleine an einem Tisch am Fenster sitzend. Sie hielt die Kaffeetasse umklammert und starrte nach draußen.

»Guten Morgen.« Fischer nahm die Thermoskanne und schenkte sich Kaffee ein. »Wir haben Pech mit dem Wetter.«

»Ja.«

»Bist du schon lange wach?«

»Du hast geschnarcht.«

Jürgen Fischer angelte die Zigaretten aus seiner Jackentasche, sah im letzten Moment den Blick, den Susanne ihm zuwarf. Er legte die Packung auf den Tisch.

Angelika Weymann ging die Joseph-Görres-Straße entlang bis zur Augustastraße. Erstaunt stellte sie fest, dass der Wagen von Dr. Walter vor der Praxis stand. Die Tür war abgeschlossen. Sie nahm den Schlüssel, trat ein.

»Dr. Walter?«

»Angelika, was machen Sie denn hier? Heute haben Sie doch dienstfrei.«

Obwohl Reinhard Walter die 60 deutlich überschritten hatte, sah man ihm sein Alter nicht an, da er sonnengebräunt und sportlich war. Er stand hinter dem Empfang und blätterte im Terminkalender.

»Und was machen Sie hier?« Angelika lächelte. »Ich dachte, Sie sind segeln.«

»Ja, war ich auch, bis gestern.«

»Wollten Sie nicht zwei Wochen verreisen?«

Reinhard Walter lachte, er hatte ein wunderbares Lachen. Es fing tief unten an und gluckste dann nach oben. »Und was machen Sie an so einem wunderbaren Tag hier?«

»Es war viel los. Ich wollte meine Berichte in Ruhe schreiben.« Angelika Weymann fasste sich in den Nacken, rieb ein wenig. Ihr Hals und ihre Schultern waren verkrampft. Sie atmete tief ein und versuchte, gleichmäßig auszuatmen.

»Ich werde Sie nicht davon abhalten.« Wieder lachte Dr. Walter und wies in Richtung Behandlungsraum. »Bitte, tun Sie sich keinen Zwang an. In fünf Minuten bin ich wieder weg. Sie haben die Praxis noch die ganze nächste Woche für sich.«

Angelika nickte. Im Vorübergehen sah sie, dass der Arzneimittelschrank offen stand. Sie wunderte sich.

Zwei Stunden später konnte sie kaum ihren Kopf bewegen, so verspannt waren die Muskeln ihres Halses. Dr. Walter hatte kurz einen Abschiedsgruß gerufen und war gegangen, das musste schon mehr als eine Stunde her sein. Angelika Weymann stand auf, ließ den Kopf kreisen und streckte sich. Ihr Magen knurrte. Im Kühlschrank der kleinen Teeküche fand sie einen Joghurt. Das Mindesthaltbarkeitsdatum war vor zwei Tagen abgelaufen. Sie riss den Aludeckel ab und aß hastig. Danach fühlte sie sich besser.

Angelika nahm ihr Handy aus der Tasche. Frank hatte sich nicht gemeldet. Der Arzneimittelschrank war immer noch auf. Solch eine Nachlässigkeit war untypisch für Dr. Walter. Sie öffnete die Tür ganz und ließ ihren Blick über die Schachteln und Ampullen wandern. Das Verzeichnis hing an der Schranktür. Angelika legte großen Wert darauf, dass jeder Verbrauch sorgfältig notiert wurde. Sie nickte zufrieden und verschloss den Schrank.

Das Klingeln des Telefons riss sie aus ihren Gedanken.

KAPITEL 10

»Wie heißt der Ort?« Vera Schmidt gähnte ausgiebig.

»Tolkamer. Ist direkt hinter der Grenze. Hast du gestern zu lange gefeiert?« Oliver Brackhausen grinste.

»Das Krefelder Nachtleben gibt ja nicht viel her. Ich war mit einer Freundin in Düsseldorf.«

»Das Krefelder Nachtleben? Na ja, kommt drauf an, was

man möchte. Viel besser sind die Restaurants in Düsseldorf auch nicht, dafür aber teurer.«

»Ach ja? Es gibt gute Restaurants in Krefeld?«

»Sicher. Was magst du denn am liebsten?«

»Im Moment nur Kaffee.«

Kommissar Brackhausen nickte. »Kein Problem, wir können eine Pause machen. Der Mann ist tot, dem ist es egal, wenn wir eine halbe Stunde später ankommen. Ich fahr in Hamminkeln ab, da ist ein nettes Café am Marktplatz.«

»Hamminkeln. Klingt nach Kuhdorf.«

»Täusch dich nicht, die Städtchen am Niederrhein haben ihren Charme. Wo kommst du denn her?«

»Aus dem Sauerland.«

Oliver Brackhausen lachte laut auf. »Das Sauerland. Weltstadtflair, ich verstehe. Was hat dich zur Polizei getrieben?«

»Gerechtigkeit? Keine Ahnung. Das Übliche vermutlich, auf der Seite der Guten stehen. Und dich?«

»Rätsel lösen. Aufklärung. Ich habe immer gedacht, es sei viel schwieriger. Aber meist geschehen Verbrechen impulsiv, selten sind sie wirklich kompliziert, so gut wie nie konspirativ, außer bei den Wirtschaftsleuten.«

»Ja. Einfach. So wie dieser Fall, der wohl keiner ist.«

»Mag sein, sicher ist das allerdings nicht.«

»Wieso, Oliver? Der Typ ist von der Brücke gesprungen, keiner hat ihn gezwungen, es gibt einen Abschiedsbrief.«

Ihre Worte lösten eine quälende Erinnerung in ihm aus. Susanne Rühtings. Sollte Fischer doch recht gehabt haben?

»Manchmal ist nicht alles so, wie es uns erscheint.«

»Oh, der Herr ist Philosoph.« Vera Schmidt lachte.

Oliver Brackhausens Handy klingelte in seiner Jacke, die auf dem Rücksitz lag.

»Soll ich?« Ohne auf eine Antwort zu warten, angelte

Vera die Jacke und nahm das Handy heraus. Oliver warf einen Blick auf das Display, stöhnte auf.

»Nicht drangehen?« Vera Schmidt zog belustigt die Augenbrauen nach oben.

»Um Gottes willen, nein!« Ina Slobombka war der letzte Mensch, mit dem er heute sprechen wollte. Er sah die Ausfahrt nach Hamminkeln und setzte den Blinker. »Let's have a break.«

Der Regen ließ nach, Amsterdam dampfte.

»Was möchtest du unternehmen?«, fragte Jürgen Fischer seine Frau. »Sollen wir das Rijksmuseum besichtigen?«

Davon hatte sie immer geschwärmt.

»Weiß nicht. Ja, gut.«

Diesmal ließ er den Regenschirm im Hotel, sie würden ihn doch nicht benutzen. In der Innenstadt fand ein Trödelmarkt statt. Susannes Augen leuchteten plötzlich. Früher hatten sie oft gemeinsam auf Trödelmärkten gestöbert. Früher – ein Wort, das Fischer immer mehr verstörte. Er sah ihr hinterher. Sie hatte ein rotes Seidentuch um ihren Kopf geschlungen, das wie ein Tüpfelchen hier und dort in der Menge auftauchte. Fischer folgte ihr. Zu seiner Verwunderung blieb sie an anderen Ständen stehen, als er erwartete. Nach einer Weile gab er auf.

»Ich bin dort drüben und trinke einen Kaffee.« Er zeigte zu einem kleinen Café am Rande des Platzes.

»Okay.« Susanne schaute noch nicht einmal auf.

Fischer setzte sich ans Fenster, bestellte und nahm die Zigaretten hervor. Seine Zähne schmerzten, der Kiefer war angespannt. Jemand hatte einen kleinen Schreibblock auf dem Tischchen vergessen. Gedankenverloren holte Jürgen Fischer seinen Kugelschreiber aus der Jackentasche und malte Kreise und Schneckenmuster auf das Papier. Er schreckte hoch, als die Kellnerin ihn nach weiteren Wünschen fragte, nahm noch einen Kaffee.

Das Blatt, stellte er fest, war vollgeschrieben. »Es tut mir leid, Susanne.« Immer wieder nur dieser eine Satz. Er konnte sich nicht daran erinnern, ihn geschrieben zu haben.

Er griff zu seinem Handy und wählte Oliver Brackhausens Nummer.

»Hast du ihn angerufen?« Henk Verheyen musste brüllen. Das Badezentrum in Bockum war mit Teenagern gefüllt. Nur zwei Bahnen waren für den Schwimmverein reserviert.

»Nein.« Achim Polienska zitterte. Er nahm das Badetuch und wickelte sich darin ein.

»Warum nicht? Willst du nicht mehr mitmachen?«

»Das letzte Mal war wirklich nicht toll. Und wenn ich an Christian denke ...«

»Christian? Was hat der damit zu tun? Christian war schon immer ein durchgeknallter Spinner. Er hätte es zu was bringen können, wenn er gewollt hätte.«

»Hat er aber nicht. Jetzt ist er tot.«

»Ja, aber das sollte uns nicht beeinflussen. Jetzt nicht mehr.«

»Und wenn doch?«

»Quatsch. Schwimm noch zwei Bahnen. Deine Zeiten werden immer schlechter.«

»Nein, Trainer. Ich geh' nach Hause.« Achim Polienska schmiss seine Badekappe in die Tasche, band die langen blonden Haare zu einem feuchten Zopf.

»Wie du willst. Ich seh keine großen Chancen mehr für dich, wenn du so weitermachst.«

»Ist mir egal.«

»Ich komm' auf jeden Fall heute Abend vorbei.«

»Bernd auch. Ihr könnt das ja dann zusammen übernehmen. Ich steige aus.«

»Achim.« Henk Verheyen legte ihm den Arm um die Schulter. »Überleg es dir gut. Du brauchst das Geld doch auch, oder etwa nicht?«

»War gestern eigentlich jemand von der Polizei hier?«

»Ja, wegen Christian. Seine Leiche ist noch nicht gefunden worden.«

»Nur deswegen?«

»Wenn ich es dir sage. Sei kein Schisser.«

Angelika Weymann lauschte der Ansage des Praxisanrufbeantworters. Nach dem Piepton rauschte es atmosphärisch in der Leitung. Sie meinte, tiefe Atemzüge zu hören, war sich aber nicht sicher.

Manchmal riefen Leute außerhalb der Sprechzeiten an. Es war eine goldene Regel, dann nicht an den Apparat zu gehen. Es klickte, der Anrufer hatte aufgelegt.

Sie war müde, hungrig und fror. Vielleicht war Frank ja nun zu Hause. Kochen wollte sie nicht, aber essen gehen wäre nett.

Frau Dr. Weymann räumte die Krankenblätter zusammen und legte sie für die Arzthelferin auf einen Stapel. Dann nahm sie ihre Jacke, löschte alle Lichter und verschloss die Praxis.

Die Sonne erwärmte die Luft. Sonntags war sehr viel weniger Verkehr, es roch frischer, nicht so nach Abgasen, und auch der Gestank gegorenen Weizens, der oft aus dem Industriegebiet herüberzog, lag nicht in der Luft. Angelika Weymann hob den Kopf, streckte ihn dem Licht entgegen, schloss die Augen. Die Straßenbahn klingelte einen Radfahrer von der Spur, der sich laut fluchend beschwerte.

Angelika stopfte die Hände in die Jackentaschen, schüttelte sich das Haar aus den Augen und ging langsam zu ihrer Wohnung. Der dunkelblaue Passat war nirgendwo zu sehen. Sie seufzte enttäuscht.

In den letzten Monaten hatte sich ihre Ehe verändert. Sie wusste nicht genau, woran es lag und ob die Veränderung schleichend gekommen war. Mehrfach verdächtigte sie Frank, ein Verhältnis zu haben, doch im Grunde wusste sie, dass es nicht so war. Diesmal nicht.

Eigentlich passten sie gut zusammen. Vor drei Jahren war er aus einem großen Pharmakonzern ausgestiegen, mietete mit ein paar Kollegen ein Labor in Neuss an und stieg im kleinen Rahmen in die Pharmaproduktion ein. Der Schwerpunkt lag auf Kosmetika, die hauptsächlich in Apotheken vertrieben wurden. Sie wusste aber, dass sein Hauptinteresse der Forschung galt. Es war jedoch fast unmöglich, in dieser Branche Fuß zu fassen. Ob seine Launenhaftigkeit daher rührte?

Früher diskutierten sie oft über Entwicklungen und Fortschritte in der Medizin. Bei zwei Projekten betreute sie seine Probanden. Doch nun verschloss er sich immer mehr und mehr.

Es lag auch an ihr, die Arbeit in der Praxis von Dr. Walter nahm sie ganz in Anspruch.

Sie öffnete die Tür und ging den langen Flur entlang bis zum Wohnzimmer. Es war kalt und roch nach dem Essen des gestrigen Abends. Die Heizung funktionierte anscheinend nicht. Im Badezimmer hing der Gasboiler, das Flämmchen war erloschen. Das war schon mal passiert. Sie versuchte, sich daran zu erinnern, was Frank getan hatte, aber traute sich nicht, die verschiedenen Knöpfe zu drücken. Gas war ihr schon immer suspekt gewesen. Sie würde versuchen, ihren Mann zu erreichen.

Polizeichef Guido Ermter fuhr zufrieden nach Hause. Er nahm sich vor, den restlichen Sonntag mit seiner Familie zu genießen. Als er die Haustür des kleinen Reihenhauses aufschloss, duftete es verführerisch. Aus der oberen Etage klangen die schrillen Töne der Teenieband, nach der seine Tochter so verrückt war.

»Mach das leiser!«, brüllte Ermter.

»Du bist schon zu Hause?« Sigrid Ermter kam aus der Küche, wischte sich die Hände an der Schürze ab. »Ich habe noch gar nicht mit dir gerechnet.«

»Nicht viel zu tun. Gott sei Dank.« Guido Ermter küsste sie auf die Wange. »Was ist das da oben?«

»Tokio Hotel. Ich habe schon geschimpft, aber sie hat sich in ihrem Zimmer eingeschlossen.«

»Na warte.« Entschlossen stieg Ermter die Treppe hoch. »Schrei« tönte ihm in dissonanten Tönen entgegen. »Stell sofort die Musik leiser, sonst schrei' ich hier.«

Zehn Minuten später saß der Polizeichef im Wohnzimmer. Die Ruhe aus dem oberen Stockwerk erschien ihm nach dem vorangegangenen Lärm fast schon gespenstisch. Vor ihm stand eine dampfende Tasse Kaffee, die ungelesene Samstagszeitung lag ordentlich zusammengefaltet auf dem Tisch. Er hatte sich auf eine entspannte Lektüre der Zeitung gefreut, doch die Lust war ihm nun vergangen.

»Alles klar?« Sigrid Ermter nahm ihm gegenüber in ihrem Sessel Platz.

»Was machen wir nur falsch mit Julia?«

»Nichts. Das ist so bei Kindern in dem Alter. Sie haben ein Schild an ihrer Stirn, hast du das noch nicht bemerkt? ›Wegen Großbaustelle geschlossen‹. In der Pubertät müssen die Synopsen neu verbunden werden, das führt zu partiellen Ausfällen der Verständigung.«

»Du kennst aber eine Menge Fremdwörter.« Ermter grinste.

»Ich beschäftige mich mit dem Thema. Schließlich habe ich ja auch den ganzen Tag damit zu tun.«

»Ja, ich weiß. Und es tut mir leid, dass ich dich nicht besser unterstützen kann.«

»Die Phase wird vorübergehen, Guido.«

»Hoffentlich.« Guido Ermter dachte an das kleine, hübsche Mädchen, das seine Tochter früher war. Den pubertierenden Teenager konnte er kaum mit dieser Erinnerung zusammenbringen. All diese Hormone, Alarmstufe rot.

»Es ist ein Brief von der Krankenkasse gekommen.« Sigrid Ermter zupfte an der Tischdecke, fegte ein paar Krümel mit der Handkante auf den Boden. »Wegen Julias Spange. Sie trägt sie nicht regelmäßig, und die Kieferorthopädin hat sich beschwert. Wenn die Behandlung abgebrochen wird, müssen wir die ganzen Kosten selbst übernehmen.«

»Aha.« Ermter schloss die Augen. Er wusste nicht, was er darauf antworten sollte.

»Vielleicht kannst du ja mal mit ihr ein ernstes Wort reden.«

»Klar, wenn sie aus ihrem Zimmer rauskommt.«

»Sie wollte zum Training ins Badezentrum, du könntest sie fahren.«

»Ich dachte, sie wollte nicht mehr im Verein bleiben.« Guido Ermter nahm seine Tasse hoch, der Kaffee war inzwischen kalt.

»Julia versteht sich nicht besonders mit dem Trainer. Ich fände es gut, wenn sie weiter Sport machen würde.«

»Ja, ich rede mit ihr.«

Frank Weymann ging an den Käfigen vorbei. Er kontrollierte das Futter und die Wasserbehälter, prüfte die Temperatur. Dann warf er einen letzten Blick auf die Listen, verschloss die beiden Sicherheitsschlösser der Labortür und stellte die Alarmanlage an.

Die Ratten waren gestern geliefert worden. Sie waren etliche Tausend Euro wert. Doch wenn alles so lief, wie Frank es sich vorstellte, würden seine Gewinne das mehrfach ausgleichen.

Die Versuchsreihe war auf drei Wochen angelegt, drei sehr anstrengende Wochen.

Er stieg zufrieden in den Passat und fuhr los. Eine Sache musste er heute noch erledigen.

Frank Weymann schob die CD der »White Stripes« in den Wechsler und drehte die Lautstärke auf. Im Gegensatz zu den Wochentagen war die A 57 am Sonntag nicht verstopft und er kam gut von Neuss nach Krefeld durch. Einen Augenblick überlegte er, ob er die Ausfahrt Zentrum oder Gartenstadt abfahren sollte, und wählte dann die erste.

Es war nicht leicht, in den dicht beparkten Straßen dieses Viertels in der Innenstadt einen freien Parkplatz zu finden. Schließlich gab Frank auf und stellte den Wagen in einer Ausfahrt ab. Das Haus war nicht verschlossen, im Flur roch es nach Essen. Er hämmerte gegen die Wohnungstür im Erdgeschoss des Flügels. Niemand öffnete.

»Ich weiß, dass du da bist, also mach auf!« Seine Stimme war nicht laut, aber drohend, er wusste, dass er gehört wurde.

Wieder drückte er die Schelle und hämmerte gegen die Tür.

»Lass mich in Ruhe!« Die Stimme aus der Wohnung klang dunkel und belegt.

»Was ist denn los mit dir?« Frank Weymann legte die Handflächen auf das raue Holz. »Komm, mach schon auf.«

Aus der Wohnung war ein hohes Wimmern zu hören.

»Nun mach schon!«

Auf der Straße tönte auf einmal ein lautes und langanhaltendes Hupen.

Frank versuchte, es zu ignorieren, nervös trommelten seine Finger auf der Tür. Schließlich wandte er sich ab.

Es war sein Wagen, der wütend angehupt wurde.

»Schon gut. Schon gut.« Er stieg ein und fuhr davon, ohne auf den schimpfenden Autofahrer zu achten, der hinter ihm auf die Prinz-Ferdinand-Straße fuhr.

Oliver Brackhausen schob eine Kassette in den Rekorder, kurbelte das Fenster hinunter. Sie hatten die Autobahn verlassen und fuhren durch Felder in Richtung Hamminkeln. Milde Frühlingsluft vermischt mit dem deutlichen Geruch nach Jauche drang in den Wagen.

»Landluft.« Vera Schmidt lehnte sich zurück und schloss die Augen.

»Gleich gibt es Kaffee und Kuchen, wenn du willst.«

»Ich steh nicht so auf Süßes.«

Kommissar Brackhausen verkniff sich die Bemerkung, die ihm auf der Zunge lag.

»Was ist das für Musik?« Vera öffnete das linke Auge, sah ihn von der Seite an. »Klingt uralt.«

»Nein.« Brackhausen lachte. »Nicht uralt. Einfach nur guter Folk. Tracy Chapman, ›Matters of the Heart‹.

Hier …«, er spulte vor, »das ist eins meiner Lieblingslieder: ›If these are the things‹.«

»Klingt ein wenig nach Warmduschermusik. Aber lass mal, kommt jetzt gerade richtig.«

Sie rutschte ein wenig tiefer in den Autositz und legte die Füße auf das Armaturenbrett.

»Was hörst du denn für Musik?«

Vera Schmidt grinste. »Na, so richtige eben. Linkin Park, Nickelback, Pearl Jam und so. In zwei Monaten ist das Hurricane-Festival bei Hamburg, da fahr ich hin.«

Oliver Brackhausen bremste und fuhr in eine kleine kopfsteingepflasterte Straße ein, dann parkte er den Wagen vor einem Café.

»Wir sind da.«

Hauptkommissar Jürgen Fischer schaltete entnervt sein Handy aus. Er konnte kein Netz bekommen, und der Akku war fast leer. Seufzend schob er das Mobiltelefon in die Jackentasche. Er sah das rote Tuch seiner Frau in der Menge auftauchen, sie kam auf ihn zu.

Ihre Augen strahlten, die Wangen waren von der Luft gerötet, in der einen Hand trug sie eine Plastiktüte. Sie ließ sich auf den Stuhl ihm gegenüber fallen, zog das feuchte Tuch von ihrem Kopf, schüttelte die Haare.

»Du siehst glücklich aus. Warst du erfolgreich?«

»Ja. Etwas Heißes wäre jetzt toll.« Susanne Fischer blickte auf die Tafel an der Wand, bestellte einen Cappuccino.

»Was hast du gekauft? Zeig mal.«

»Nur ein paar CDs. Nichts Aufregendes.«

Sie legte die Tüte auf den Tisch, dankte dem Kellner, nahm den dicken Steingutbecher und wärmte ihre Finger daran.

Jürgen Fischer holte die CD-Hüllen aus der dünnen Plastiktüte. Überrascht drehte er die CDs in seinen Händen.

»Was … was ist das für eine Gruppe? Smashing Pumpkins? Kenn ich gar nicht.« Das Stimmengemurmel in dem kleinen Café schwoll an. Er zog die Augenbrauen zusammen, seine Augen schmerzten.

»Das glaube ich gerne. Flo hat mir mal etwas von ihnen vorgespielt, seitdem find' ich die Musik gut.«

»Florian?« Fischer schüttelte den Kopf, seine Frau wurde ihm immer fremder.

»Ich war neulich mit ihm bei einem Rockkonzert. Es hat wirklich Spaß gemacht. Er hat sich auch nicht geschämt, seine alte Mutter mitzunehmen. Er wird richtig erwachsen. Mit ihm kann ich reden, Jürgen.«

Fischer spürte den deutlichen Frostrand, den sie um seinen Namen legte. Er lehnte sich zurück, betrachtete seine Frau.

»Mit mir kannst du also nicht reden?«

»Wir haben uns voneinander entfernt, Jürgen. Eine ganze Weile habe ich noch versucht, an dich heranzukommen. Aber dann hast du dich versetzen lassen, und ich schätze mal, ich hab's aufgegeben. Beziehung bedeutet Arbeit. Immer. Das hört nie auf. Doch wenn nur einer diese Arbeit leistet, dann ist es sinnlos.«

»Susanne, ich weiß, dass du recht hast. Ich habe Fehler gemacht, das ist mir sehr klar.«

»Schön.«

»Ist das alles, was du dazu sagst? Ich dachte, wir nutzen die Tage hier, um die Bezugspunkte zueinander wieder zu finden.«

»Du machst es dir ganz schön einfach.«

Jürgen Fischer steckte sich eine Zigarette an, seine Hände

zitterten leicht. Er wischte sich mit der flachen Hand über das Gesicht.

»Dann hilf mir doch, Susanne.«

»Ich weiß nicht, ob es dazu nicht schon zu spät ist.« Susanne Fischer hob die Tasse hoch, trank, leckte sich den Milchschaum von der Lippe. Fischer wandte den Blick ab.

»Ja«, sagte seine Frau und blickte aus dem regenblinden Fenster. »Hier hat eine ganze Menge angefangen. So eine wunderschöne Stadt. Ich möchte sie nie wieder sehen.«

KAPITEL 11

Kommissar Oliver Brackhausen lenkte den Wagen vorsichtig auf die Autobahn. Er warf seiner Kollegin einen abschätzenden Blick zu. Noch immer war sie kreidebleich. Schweiß stand auf ihrer Stirn. Sie fuhr sich durch die kurzen Haare.

»Geht es?«

»Hmm.«

»War kein schöner Anblick. Ich hatte dich ja gewarnt.«

»Ja.«

»Das ist häufig so, wenn man Wasserleichen findet.«

»Aber er hatte sich doch einfach nur in den Rhein gestürzt und ist ertrunken … trotzdem sah er aus, als hätte ihn ein Wahnsinniger verstümmelt.«

»Nun ja, der Fluss hat ihn mitgenommen. Die Treibverletzungen entstehen postmortal. Der Tote sinkt auf den Grund, die Fäulnisgase in seinen Gedärmen einerseits und die schweren Extremitäten andererseits führen dazu, dass er sich quasi auf den Bauch dreht. Kopf, Hände, Füße schleifen über den Boden, und so entstehen die Verletzungen. Schiffsschrauben sind für weitere Verstümmelungen verantwortlich, deshalb hatte er wohl nur noch einen Arm. Außerdem musste er ja geborgen werden, mit Haken und Stangen.«

»Klingt, als hättest du ein Lehrbuch auswendig gelernt.«

Brackhausen lachte. »Ich habe mich vorher kurz schlaugemacht.«

»Aber es besteht gar kein Zweifel an der Todesursache, oder?«

»Das wird uns die Obduktion zeigen. Die Kollegen hatten ja noch eine sofortige Leichenschau am Fundort angeordnet. Ist auch ganz gut so. Durch das relativ kühle Rheinwasser ist die Verwesung aufgehalten worden. Fischfraß und das Ablösen der aufgeschwemmten Haut machen jedoch eine zuverlässige Diagnose unmöglich.«

»Er wird jetzt nach Krefeld gebracht?«

»Nach Duisburg. Dort ist der Pathologe.«

Vera Schmidt nickte. Ihre Gesichtsfarbe wirkte wieder normal, beruhigt trat Brackhausen das Gaspedal durch.

»Aber der Fall ist jetzt für uns erledigt?«

Brackhausen strich sich das Haar hinter das Ohr. »Mal sehen.«

»Wieso? Hast du Zweifel?«

»Ich nicht, noch nicht. Aber Fischer.«

»Fischer? Der Bullige mit den grauen Haaren?«

»Fischer ist ein Spitzenmann. Er hat Zweifel, ja. Wieso, weiß ich allerdings nicht. Und bis er aus seinem Urlaub zurück ist, wird dieser Fall wahrscheinlich schon erledigt sein.« Oliver Brackhausen setzte den Blinker, fuhr auf die linke Spur, beschleunigte. »Ich nehme mal an, du möchtest bei der Obduktion nicht dabei sein?«

Vera Schmidt atmete laut aus. »Nicht, wenn ich nicht muss. Ich weiß, ich sollte wenigstens einmal dabei gewesen sein, solange ich bei euch bin …«

»Du wirst sicher noch eine Chance bekommen.«

Polizeichef Guido Ermter drückte einen Knopf, sodass das Fenster seines Wagens herunterfuhr. Dann schaltete er das Radio aus, das seine Tochter wie immer auf EinsLive gestellt hatte, und den CD-Wechsler an. Er wählte Cecilia Bartoli, das Salieri-Album. Die Musik beruhigte ihn und leise mitsummend beschloss er, noch einmal zum Präsidium zu fahren.

Der Flur im vierten Stock lag leer und verlassen da. Irgendwo klapperte jemand auf der Computertastatur.

Die Tür zu Oliver Brackhausens Büro stand offen. Ermter blickte hinein, sah den Kommissar mit dem Rücken zu ihm auf seinem Stuhl sitzen, die Füße auf dem Schreibtisch.

»Na, starrst du Löcher in die Luft?«

Brackhausen zuckte zusammen und hätte beinahe das Gleichgewicht verloren.

»Guido.«

»Schon zurück? Was ist mit der Leiche?«

»Sie ist jetzt wahrscheinlich in Duisburg in der Pathologie. Kein schöner Anblick. Unserer Anwärterin ist es voll auf den Magen geschlagen.«

Die beiden Männer grinsten sich an.

Polizeichef Ermter zog sich den Stuhl heran, setzte sich.

»Na, dann können wir die Akte ja auch bald schließen. Hoffentlich bleibt es so ruhig.«

»Hmm. Ich habe heute Morgen übrigens mit der Frau vom Jugendamt gesprochen.«

»Jugendamt?«

»Wegen Laura Rüthings, dem Baby der Suiziden.« Oliver Brackhausen wies auf den roten Aktendeckel vor ihm auf dem Schreibtisch.

»Ach, ja, ja.«

»Das Jugendamt hat sie nicht übernommen. Die wussten überhaupt nichts von ihr.«

»Was?« Ermter beugte sich vor.

»Ein Vater ist auch nicht bekannt.«

»Und wo ist das Kind jetzt?«

»Ich habe keinen blassen Schimmer. Kann aber auch sein, dass die Akten durcheinander gekommen sind. Sie wollte mich morgen noch mal anrufen.« Brackhausen sah verstohlen auf seine Armbanduhr.

»Scheiße. Sollte da geschlampt worden sein, sind wir in Teufels Küche. Ich möchte das wasserdicht geklärt haben bis spätestens morgen Abend.«

»Aye, Chef. Wird einfach nur ein wenig Chaos in den Akten sein, nichts Dramatisches.«

Auf Guido Ermters Schreibtisch lagen ein ordentlicher Stapel Papiere, zwei Spurenkörbchen und vier abgetippte Verhöre. Er blätterte nur kurz durch die Unterlagen und verließ dann das Präsidium. Hinter seiner Stirn pochte es. Wenn er Kopfschmerzen bekam, deutete das oft einen Wetterwechsel an. Ermter blickte in den immer noch strahlendblauen Himmel, konnte kein Wölkchen entdecken.

Oliver Brackhausen legte seine Füße in den teuren Turnschuhen wieder auf seinen Schreibtisch. Dort lag auch sein Handy. Es war ausgeschaltet. Das Schlimmste war, alleine zu essen, dachte er und seufzte. Weglaufen war keine Lösung, doch etwas anderes fiel ihm nicht ein. Es dämmerte schon, als er aufstand und sich reckte. Seine Beine waren eingeschlafen und kribbelten unangenehm. Auf dem Weg nach Hause hielt er bei dem Chinesen auf der Uerdinger Straße und ließ sich ein Menü einpacken. Menü H5 und N1, dachte er, konnte aber nicht darüber lachen. Das Handy wog schwer in seiner Jackentasche.

Die Rückfahrt zog sich länger hin als die Hinfahrt. Manchmal sprachen sie kurz miteinander. Die Zeit schien langsamer zu werden. Jürgen Fischer entdeckte nie gekannte Ewigkeiten im Abstand zwischen einem gemurmelten Wort und dem nächsten.

Kurz vor zehn Uhr abends hielt er vor dem kleinen Einfamilienhaus. Hauptkommissar Fischer stieg aus, trug den Koffer seiner Frau in den Flur. Dann drehte er sich zu ihr um.

»Ich fahre.«

»Wohin?«

»Nach Krefeld.«

»Du hast noch zwei Tage Urlaub.«

Jürgen Fischer wischte sich über das Gesicht, spürte die Müdigkeit.

»Was ist mit deiner Wäsche, Jürgen?«

»Ich nehm sie mit. Tschüss.« Eigentlich wollte er etwas ganz anderes sagen, aber die Worte kamen nicht über seine Lippen. Nach dem Gespräch in dem kleinen Café in Amsterdam waren sie zum Hotel zurückgegangen und hatten schweigend gepackt. ›Eine wunderschöne Stadt. Ich möchte nie wieder hier hin.‹ Eine Stimme, die entschied ohne Zweifel und Unsicherheit. Susanne hatte entschieden und ihn nicht mit einbezogen.

Er wusste, dass er die Strafe verdiente. Oft genug hatte er ähnlich gehandelt, über ihren Kopf hinweg.

»Wir telefonieren.«

Sabine Thelen stand lange vor ihrem Kleiderschrank. Morgen war ihr erster Arbeitstag seit Monaten. Ihre Dienstwaffe lag beim Chef im Schreibtisch. Wahrscheinlich würde sie sich morgen ein paar salbungsvolle Worte von Ermter anhören müssen. Sie hoffte, dass die Kollegen sie einfach wieder in ihrer Mitte aufnehmen würden, ohne die Ereignisse des letzten Herbstes anzusprechen.

Kommissarin Sabine Thelen nahm Pullover und Jeans aus dem Schrank, hängte die Sachen über die Stuhllehne. Dann setzte sie sich ans Fenster und starrte den Mond an, der in den Wipfeln der Bäume gefangen schien. Ihr Atem war fast das einzige Geräusch, das sie hörte. Alle anderen Menschen hatten aufgehört zu existieren, nur sie war noch da.

Und das leise Wimmern im Nebenzimmer.

KAPITEL 12

Martina Becker legte ihre Aktentasche auf den Schreibtisch und sah sich seufzend in dem kleinen Büro um. Der Aktenrollwagen war mit etlichen Stapeln bedeckt. Dies war ihr erster

Tag in der Staatsanwaltschaft in Krefeld. Anstatt sich gemütlich einarbeiten zu können, musste sie die Fälle des Kollegen Bromberg übernehmen, der letzte Woche mit dem Fahrrad verunglückt war und für unbestimmte Zeit ausfallen würde.

Das Diensttelefon auf dem Schreibtisch klingelte und riss sie aus den Gedanken.

»Becker.« Sie wusste, dass ihre Stimme harsch klang.

»Ermter, guten Morgen … ist das nicht das Büro von Herrn Bromberg?«

»Nein. Ja. Ich meine, nein. Martina Becker. Ich habe die Dezernentenstelle übernommen, und anscheinend hat man mir Brombergs Durchwahl zugeteilt.«

»Unter welcher Nummer erreiche ich Bromberg denn dann?«

»Mit wem spreche ich?«

»Ermter, Guido Ermter. Kripo.«

»Ach, ja, ja. Ich hatte ihren Namen auf der Liste gelesen. Entschuldigen Sie, aber ich bin gerade hier eingetroffen und muss mich erst sortieren. Gibt es etwas sehr Dringendes oder kann ich Sie zurückrufen? Sagen wir, in einer halben Stunde?«

»Ich wollte mit Bromberg nur zwei Haftbefehle absprechen. Am Wochenende hat der diensthabende Dezernent sein Okay gegeben und … wo ist Bromberg denn? Er hat doch keinen Urlaub, oder?«

»Bromberg liegt im Klinikum mit einer schweren Gehirnerschütterung. Ich übernehme seine laufenden Fälle.«

»Du lieber Himmel. Schwere Gehirnerschütterung? Das hatte ich glatt vergessen.«

»Ja. Ich rufe Sie gleich zurück, okay?«

Seufzend legte Martina Becker auf.

Hauptkommissar Jürgen Fischer rasierte sich sorgfältig. Die Wohnung auf der Rheinstraße war winzig und ungemütlich. Er hatte sie teilmöbliert übernommen. Es sollte nur eine provisorische Lösung sein, bis er sich in der Stadt besser auskannte. Eigentlich hatte er vorgehabt, zusammen mit Susanne in Ruhe nach einer größeren Wohnung zu suchen. Wohnklo mit Kochnische nannte er spaßeshalber seine Unterkunft, doch wenn er sich nun so umsah, war der Ausdruck zutreffend. Eine kleine Küchenzeile wurde durch eine Art Tresen vom Wohnzimmer abgeteilt. In das kleine Schlafzimmer passten gerade ein Bett und ein Schrank. Im Badezimmer stand eine alte Waschmaschine, die er bisher nicht benutzt hatte.

Fischers Blick fiel auf die Tasche mit der dreckigen Wäsche, die er von zu Hause mitgebracht hatte. Die Waschmaschine würde schon bald ihre Tauglichkeit zeigen müssen. Fischer seufzte. Der Kühlschrank war leer. Jürgen Fischer hatte es sich angewöhnt, auf dem Weg ins Präsidium in einem kleinen Stehcafé zu frühstücken. Obwohl die Bäckerei klein war, wurde sie gut besucht und manchmal war kaum noch ein Platz zu bekommen.

An diesem Morgen war dem Hauptkommissar nicht nach Gesprächen über das Tagesgeschehen, er ging direkt zum Präsidium.

»Guten Morgen, Oliver.« Hauptkommissar Jürgen Fischer trug zwei Becher mit heißem Kaffee. Die Tür öffnete er mit dem Ellenbogen, bemüht, nichts zu verschütten. Der Kaffee schwappte bedrohlich.

»Jürgen. Was machst du denn hier?« Brackhausen sah ihn erstaunt an. Fischer grinste gezwungen.

»Arbeiten?«

»Aber du hast doch Urlaub.«

»Ich bin eher zurückgefahren. Ist dein Handy kaputt, ich konnte dich gestern nicht erreichen?«

Oliver Brackhausen war soeben erst ins Präsidium gekommen. Obwohl er am gestrigen Abend versucht hatte, Vergessen in drei Flaschen Bier zu finden, hatte er seine Gedanken nicht ausschalten können. In den Schlaf fand er erst spät, und heute Morgen war er mit verdienten Sandpapieraugen und belegter Zunge aufgewacht. Nun zog er seine braune Lederjacke aus, suchte in der Tasche nach dem Handy. Es war immer noch ausgeschaltet, und es widerstrebte ihm, es anzumachen.

»Die Frühbesprechung fängt gleich an.« Immer noch stand Fischer da mit den beiden Tassen in den Händen. Eine reichte er Brackhausen, trank dann vorsichtig. »Gibt es irgendwas Neues?«

»Der Brückenspringer ist aufgetaucht. Im wahrsten Sinn des Wortes. In Holland, direkt hinter der Grenze. Sie haben ihn gestern rausgefischt, und ich habe ihn nach Duisburg bringen lassen. Die Obduktion ist heute Mittag.«

»Aha.«

»Ja, und ich denke, damit ist der Fall erledigt.« Oliver Brackhausen trank einen großen Schluck Kaffee, verbrühte sich. Konnte förmlich spüren, wie sich sofort die Haut am Gaumen löste.

»Scheiße.« Er stellte die Tasse auf den unordentlichen Schreibtisch.

»Zu heiß?«

Brackhausen nickte.

»Und sonst?«

»Günther hat den Sattelraubfall gelöst. Es war der Sattler. Er hat nacheinander alle Reitställe ausrauben lassen, die Sättel ein wenig umgearbeitet und sie dann wieder verkauft. Ein schöner Verwertungskreislauf. Irgendein Spanner hatte eine Videokamera in einem Reiterhof installiert, um Schäferstündchen aufzuzeichnen, und da konnte man den Mann erkennen.«

»Gar keine schlechte Idee. Die Sättel mal zu vergleichen, darauf sind wir nicht gekommen. Hinterher ist man ja immer schlauer.« Jürgen Fischer rieb sich grinsend über das Kinn.

»Sonst war eigentlich nichts.« Brackhausen pustete in den Kaffee.

»Okay, dann gib mir mal die Rüthingsakte zurück. Ich werde mich da noch mal hineinknien.«

Kommissar Oliver Brackhausen kratzte sich am Hinterkopf, strich die Haare glatt, räusperte sich. »Der Chef hat die Akte geschlossen und die Leiche freigegeben.«

»Was?«

Jemand hatte einen Teller mit belegten Brötchen auf den Tisch im Besprechungsraum gestellt. Da gestern niemand die auf Kippe gestellten Fenster geschlossen hatte, war der Raum über Nacht merklich ausgekühlt. Sabine Thelen rieb sich nervös die kalten Finger und nahm hinten in der Ecke Platz. Ermter hatte sie kurz begrüßt und ihr die Dienstwaffe zurückgegeben. Die befürchteten Worte waren bisher ausgeblieben, und Sabine hoffte, dass es dabei blieb.

Nach und nach füllte sich der Raum. Verhaltene Morgengrüße wurden gewechselt. Der eine oder andere Kollege reichte ihr mit ernstem Blick die Hand.

»Guten Morgen!« Polizeichef Guido Ermter ließ mit einem lauten Knall die Tür hinter sich zufallen, blickte in die verschlafen wirkende Runde. »Es ist Montag, liebe Kollegen. Nach einem relativ ruhigen Wochenende können wir also gelassen die neue Woche beginnen.«

Sein Blick blieb an Jürgen Fischer hängen, Ermter zog die Stirn kraus.

»Was liegt an?«

»Wir haben Bloomen.« Günther Volkers strahlte über das ganze Gesicht. »Der Dezernent hat einen vorläufigen Haftbefehl ausgestellt, und wir haben beide Werkstätten durchsucht und sind fündig geworden. Die Sättel habe ich in den Keller bringen lassen, für den Asservatenraum waren es zu viele. Nach und nach werden wir die Bestohlenen einladen und schauen, wem wir was zuordnen können.«

»Wunderbar.« Ermter räusperte sich. »Nun hatte ja Bromberg den Fall betreut, aber Bromberg scheint für längere Zeit auszufallen. Eine neue Staatsanwältin ist eingesetzt worden. Martina Soundso.«

Oliver Brackhausen schob eine Akte in die Mitte des Tisches. »Der Brückenspringer ist in Duisburg eingetroffen und wird heute Mittag obduziert. Die Beweislage ist klar, Fremdverschulden ausgeschlossen. Ich werde trotzdem bei der Obduktion dabei sein, falls nichts anderes anliegt.« Er blickte zu Vera Schmidt. Sie stand in einer Ecke und wich seinem Blick aus. Brackhausen grinste.

»Oliver?« Christiane Suttrop öffnete die Tür des Besprechungszimmers. »Oliver, bist du hier? Da ist jemand für dich.«

Brackhausen verzog gequält das Gesicht und stand auf.

Wenige Minuten später beendete Ermter die Besprechung.

»Und wie hast du dir das vorgestellt? Ich muss arbeiten!« Brackhausens Brüllen war durch die geschlossene Tür seines Büros zu hören.

»Das ist mir egal.« Die Tür öffnete sich und eine junge Frau trat eilig auf den Flur. »Ich bin um halb drei wieder da.«

»Ina! Ina!« Brackhausen wollte sie aufhalten, aber sie verschwand zielstrebig im Treppenhaus.

»Scheiße! Ina, das kannst du doch nicht machen!«

»Hi, Oliver. Probleme?« Sabine Thelen war hinter ihn getreten und legte ihm die Hand auf den Rücken. Er zuckte zusammen.

»Ja.«

»Was denn?«

Ein leises Weinen, das sich immer höher und höher schraubte, kam aus Brackhausens Büro.

»Was …?«

Oliver Brackhausen drehte sich um. »Ist ja schon gut, Mami kommt gleich wieder.« Er ging zurück in sein Büro. Sabine folgte ihm. Auf dem Boden saß ein etwa zweijähriges Kind, das einen Teddybären an sich drückte.

»Finn, Mami kommt gleich wieder.« Hilflosigkeit lag in Brackhausens Stimme.

»Was ist das für ein Tumult hier?« Guido Ermter drängte sich an Sabine Thelen vorbei in das Büro. »Was zum Teufel …?«

»Das ist mein Sohn. Finn.« Oliver hockte sich neben dem kleinen Jungen auf den Boden. Rotz und Tränen verschmierten das Gesicht des Kindes.

»Dein was?«

»Das ist mein Sohn. Die Tagesmutter ist erkrankt und seine Mutter meinte, ich solle mich um ihn kümmern.«

»Ich wusste gar nicht, dass du ein Kind hast.« Sabine Thelen klammerte sich an den Türrahmen. Sie war kreidebleich und ihre Augen brannten.

Das Weinen des Kindes wurde immer durchdringender. Oliver Brackhausen nahm den Jungen in den Arm, wiegte ihn hin und her.

»So geht das aber nicht. Wir sind keine Kinderbetreuungsstätte.« Guido Ermter schüttelte verärgert den Kopf.

»Das ist mir schon klar, Chef.« Brackhausen drehte sich um, das Kind drückte seinen Kopf an Olivers Schulter, der kleine Körper zuckte bei jedem Schluchzer.

»Nun wisch ihm doch mal das Gesicht ab.«

»Ich habe kein Taschentuch.«

Ermter zog ein frisch gebügeltes, blütenweißes Tuch aus seiner Tasche und reichte es Brackhausen. Ungeschickt versuchte der Kommissar, seinem Sohn die Nase zu putzen.

»Warum hast du nie von deinem Sohn erzählt?«

»Er war ein Unfall, nicht geplant. Ich war schon nicht mehr mit der Mutter zusammen, als sie mir von der Schwangerschaft erzählte. Lange habe ich daran gezweifelt, ob ich wirklich der Vater bin. Bin ich aber.« Brackhausen schluckte verlegen. Röte überzog sein Gesicht. »Erst seit ein paar Monaten hab ich wieder Kontakt zu Ina … der Mutter.«

»Und jetzt?«

»Was jetzt?«

Polizeichef Guido Ermter massierte seinen Nasenrücken. »Warum ist er nicht im Kindergarten?«

»Er ist noch keine drei Jahre alt. Und selbst wenn, weißt du eigentlich, wie wenig Betreuungsplätze es für Kinder gibt?«

»Wir hatten nie Probleme, als unsere Tochter klein war.« Guido Ermter schüttelte verwundert den Kopf.

»Das muss aber schon eine Weile her sein, Guido. Heute ist es fast unmöglich, ein Kleinkind unterzubringen.« Oliver Brackhausen spürte, dass er sich ereiferte. Bis vor wenigen Monaten war ihm die Situation auch nicht bekannt gewesen. Nun machte ihn der Gedanke daran wütend.

»Nimm dir frei.« Ermter stopfte die Hände in die Hosentaschen.

»Bitte?«

»Es ist doch sowieso nichts los. Außerdem ist Fischer wieder da. Was macht der eigentlich hier, er hat doch noch Urlaub?« Der Polizeichef drehte sich um und schaute in den Flur.

Die Schluchzer des Jungen wurden leiser, hörten schließlich ganz auf. Ermter lächelte. »Na los, pack deine Sachen und fahr nach Hause, Oliver.«

Oliver Brackhausen versuchte, seinen Sohn auf den Boden zu stellen, damit er sich die Jacke überziehen konnte. Doch das Kind klammerte sich an Olivers Hals und wollte ihn nicht loslassen.

»Verdammt, wie macht ihr Frauen das nur?« Oliver sah zur Tür und erwartete eine hilfreiche Antwort von Sabine Thelen, doch sie war nicht mehr da.

Guido Ermter ging den Flur entlang. Er warf einen Blick in den leeren Besprechungsraum, öffnete dann die Tür zu Hauptkommissar Fischers Büro. Jürgen Fischer saß an seinem Schreibtisch über Unterlagen gebeugt.

»Jürgen, du fährst nach Duisburg zur Obduktion.«

»Ich dachte, das macht Brackhausen.«

»Oliver hat ein privates Problem. Ich habe ihm freigegeben. Er wollte heute auch mit dem Jugendamt sprechen, übernimm du das bitte.«

»Ja, ich habe die Aktennotiz schon gefunden.« Jürgen Fischer lehnte sich zurück und strich sich mit der flachen Hand über das Kinn. »Darüber wollte ich sowieso mit dir sprechen, Guido. Der Todesfall zum Nachteil Susanne Rüthings. Ich habe noch Zweifel.«

Ermter stieß hörbar die Luft aus. »Zweifel? Ja, die hatte ich auch, und zwar an deiner Zurechnungsfähigkeit. Wie kannst du den Fall offen lassen? Er ist absolut eindeutig. Die Mutter war am Wochenende hier und ich musste ihr

Rede und Antwort stehen, weshalb ihre Tochter noch nicht zur Beerdigung freigegeben worden ist.« Ermters Stimme schwoll genauso an wie die Adern an seinem Hals.

»Guido, irgendetwas ist da faul. Das kann ich förmlich riechen.«

»Riechen? Faul? Unsinn! Es war eindeutig eine Selbsttötung. Daran gibt es nichts zu rütteln. Und überhaupt …« Ermter lockerte seinen Schlips. »Weshalb bist du schon wieder hier? Du hast doch noch zwei Tage Urlaub.«

»Es hat geregnet.« Jürgen Fischer schloss die Augen. Das Bild seiner Frau tauchte vor ihm auf, wie sie die Regentropfen mit der Zunge auffing, den Kopf in den Nacken gelegt, völlig selbstvergessen. Er öffnete die Augen wieder, schüttelte den Kopf, als könne er so die Erinnerungen loswerden.

»Bevor du nach Duisburg fährst, will ich Meldung haben, wo das Kind der Toten abgeblieben ist.«

Ermter drehte sich um und verließ den Raum. Jürgen Fischer seufzte. Eine säurehaltige Hitze schien den Raum zu füllen. Er stand auf und öffnete das Fenster, blickte einen Augenblick auf den Ostwall hinunter. Die Akte des Brückenspringers musste in Olivers Büro sein. Fischer beschloss, sie zu holen, bevor er sich mit dem Jugendamt auseinandersetzte.

Brackhausens Zimmer war ein einziges Chaos. Akten und Spurenkörbchen stapelten sich auf dem Schreibtisch, leere Kaffeetassen standen aneinandergereiht auf der Fensterbank. Dort welkte auch eine traurige Grünpflanze vor sich hin, die seit Tagen, vielleicht auch Wochen, kein Wasser mehr bekommen hatte. Jürgen Fischer erbarmte sich ihrer.

Die Akte des jungen Mannes, der von der Brücke gesprungen war, lag aufgeschlagen auf der vollgekritzelten Schreibtischunterlage. Jürgen Fischer warf einen flüchtigen Blick darauf, blieb an einem Satz hängen und setzte sich auf Brackhausens Stuhl. Eine halbe Stunde später hatte er alle Spurenblätter des Falles, alle Zeugenaussagen gelesen. Nachdenklich tastete er nach seinen Zigaretten, stellte fest, dass er nicht an seinem Schreibtisch saß. Er nahm die Akte und ging zurück in sein Büro. Dort steckte er sich eine Zigarette an, inhalierte tief und las die Akte noch mal.

Christian Graz, Student der Fachhochschule, Studienfach Elektrotechnik, Wohnort Krefeld, Marktstraße.

Alle Zeugen hatten in etwa das Gleiche ausgesagt: Der junge Mann war die Rheinbrücke entlanggegangen, hatte Jacke und Schuhe ausgezogen, war über das Geländer geklettert und gesprungen. Ein Mal hatte man seinen Kopf noch auftauchen sehen, dann nicht mehr.

Die Zeugen waren etliche Spaziergänger und zwei Rheinschiffer.

Die Jacke war ordentlich zusammengefaltet auf dem Geländer gefunden worden, die Schuhe standen nebeneinander davor. In der Jackentasche war ein zusammengefaltetes Blatt Papier.

»Es tut mir leid, Christian.«

Fischer sprang auf, wühlte auf seinem Schreibtisch nach der Mappe von Susanne Rüthings, fand sie, nahm beide Akten und lief den Flur hinunter. Ohne anzuklopfen betrat er Ermters Büro.

»Chef ...«

»Was? Kannst du nicht anklopfen?« Ermter herrschte ihn ungehalten an, seine Stirn war in tiefe Falten gelegt. »Raus!«

»Aber Chef ...«

»Raus!«

Erst jetzt bemerkte Jürgen Fischer die Frau, die Ermter gegenübersaß. Sabine Thelen. Ihre Augen sahen rotverweint aus und sie war bleich.

»Entschuldigung, ich wollte nicht stören, aber ...«
»Fischer! Raus!«
Jürgen Fischer schloss die Tür hinter sich, er bemühte sich nicht, es leise zu tun.

KAPITEL 13

Auf der Autobahn behinderte eine Tagesbaustelle den dichten Verkehr. Jürgen Fischer fluchte leise. Nur der Polo hatte als Dienstwagen zur Verfügung gestanden, ein Wagen, den Fischer ungern auf längeren Strecken fuhr. Seit zehn Minuten versuchte er nun vergeblich, sich in die Überholspur einzufädeln, es wollte ihm nicht gelingen, und jetzt hielt auch noch die Baustelle den Verkehr auf. Fischer warf einen gequälten Blick auf die Uhr, er würde zu spät kommen.

Als er schließlich auf den Parkplatz vor dem Pathologischen Institut einbog, stand ihm der Schweiß auf der Stirn. Die Sonne brannte an diesem Morgen herab, als wolle sie sich für das verregnete Frühjahr entschuldigen. Fischer nahm die beiden Aktenordner vom Beifahrersitz und betrat das Gebäude. Er klopfte an die metallene Schiebetür, öffnete sie dann einen Spalt. Es roch scharf nach Desinfektionsmittel vermischt mit dem süßlichen Geruch verwesender Körper.

»Dr. Meyer?«

»Ach, Fischer. Ich dachte, Brackhausen käme. Kommen Sie rein.«

Hauptkommissar Jürgen Fischer schob die Tür ein Stück weiter auf, zwängte sich durch den Spalt und schloss sie wieder. Er stellte sich links von dem Edelstahltisch, auf dem die sterblichen Überreste von Christian Graz lagen.

Der Pathologe hatte die Leiche schon gründlich abgespült. Nun begutachtete er den Toten.

»Im Bericht des holländischen Kollegen stand nichts von einem Schaumpilz. Nun ist der Rhein ja eher unruhig, gerade auch beim herrschenden Hochwasser. Kann gut sein, dass der Mann mehrfach in Ufernähe im Gebüsch gehangen hat.«

»Gibt es Fotos von der Bergung?«

»Ja, sie liegen dort hinten auf dem Schreibtisch.« Dr. Meyer wies vage hinter sich und beugte sich dann wieder über den Toten.

Hauptkommissar Jürgen Fischer ging auf die andere Seite des Raumes. Er vertiefte sich in die Fotos, die zwar nicht besser aussahen als die Leiche auf dem Tisch, doch durch ihren Hochglanzschein eine Distanz schafften.

»Den genauen Zeitpunkt des Todes werden wir nicht feststellen können. Immerhin kann man trotz fehlenden Schaumpilzes mit ziemlicher Sicherheit davon ausgehen, dass der Mann ertrunken ist. Er ist von der Rheinbrücke gesprungen, nicht wahr?« Dr. Meyer nahm die elektrische Säge vom Instrumententisch.

»Ja. Es gibt einen Abschiedsbrief. Suizid, nehmen wir an.«

Dr. Meyer runzelte die Stirn und drehte sich zu Fischer um. »Nehmen Sie an? Gibt es Zweifel?«

»Ich weiß nicht.«

Nach einer guten Stunde spülte der Pathologe die Körperflüssigkeiten des Toten mit einem großen Schlauch vom Tisch ab. Christian Graz war wieder in die Schublade des übergroßen Kühlraumes geschoben worden.

»Ich schreib' den Bericht, so schnell es geht.«

»Waren die Eltern schon da?«

»Ja, heute Morgen. Furchtbar.«

»Kein schöner letzter Anblick.«

»Haben Sie noch Zeit? Wir haben hier den schlechtesten Kaffee der Welt.«

»Und ich dachte, der wird im Krefelder Polizeipräsidium gebraut.« Fischer lachte, obwohl er nicht fröhlich war. Er hatte schon öfter Obduktionen beigewohnt, der Anblick und Geruch waren nichts Neues für ihn. Trotzdem empfand er die Untersuchungen immer noch entwürdigend für den Toten, wenn auch notwendig.

»Milch? Zucker?«

Die beiden Männer nahmen an einem Tisch in der Kantine Platz.

»Danke, nein. Darf ich hier rauchen?« Jürgen Fischer sah sich um.

»Eigentlich nicht, aber tun Sie es ruhig, es hält sich sowieso niemand an das Verbot.«

Fischer schüttelte die letzte Zigarette aus der Packung, dann zerdrückte er die Pappschachtel.

»Halten Sie den Fall für eindeutig?«

»Ich habe ja noch nicht die toxikologischen Ergebnisse, aber etwas wirklich Überraschendes habe ich heute nicht gefunden. Wieso?«

Jürgen Fischer zog an der Zigarette, ließ den Qualm aus seiner Nase strömen. »Christian Graz ist von der Brücke gesprungen, es gibt Zeugen dafür. Er stand alleine auf der

Brücke am helllichten Tag, niemand hat ihn gestoßen. Es gibt auch einen Abschiedsbrief.«

»Aber? Es liegt ein deutliches Aber in Ihrer Stimme.«

»Ich weiß nicht.« Der Hauptkommissar rieb sich mit der flachen Hand über das Gesicht. In den vergangenen drei Tagen war er Hunderte an Kilometern gefahren, hatte wenig geschlafen. Er spürte jeden seiner Knochen, und eine bleierne Müdigkeit drohte irgendwo in seinem Hinterkopf.

»Obwohl er nicht eindeutig ertrunken ist, in der Lunge war zu wenig Wasser, denke ich schon, dass es ein Selbstmord war und Fremdverschulden ausgeschlossen werden kann. Er mag irgendwo mit dem Kopf aufgestoßen sein und ist bewusstlos geworden.«

»Ich weiß, es ist auch nichts, worauf ich den Finger legen könnte. Nur zwei Suizide von relativ jungen Menschen so kurz hintereinander? Weihnachten hat man das ja schon mal, aber im Frühjahr?«

»Meinen Sie die junge Frau? Die hatte ich auch hier.«

»Ist eine Obduktion gemacht worden?« Fischer lehnte sich vor.

»Nein.« Meyer schüttelte den Kopf. »Nein, dazu bestand kein Anlass. Es gab keine Spuren von Gewalteinwirkung, nichts, was mich hätte zweifeln lassen.«

»Die Frau war Mutter, es gibt einen Säugling.«

»Postnatale Depression?«

»Das Kind ist sieben oder acht Monate alt.«

»Dann ist die Geburt zu lange her. Natürlich kann sie trotzdem depressiv gewesen sein oder überfordert. Was sagt der Vater?«

»Es gibt keinen.«

Dr. Meyer lachte. »Es gibt immer einen Vater. Zumindest biologisch. Aber ich weiß, was Sie meinen.«

Der Pathologe schüttete die halbe Zuckerdose in seine Kaffeetasse, trank dann ohne umzurühren und verzog das Gesicht. »Scheußlich wie immer. Der Fall der jungen Frau ist abgeschlossen. Sie wurde schon abgeholt.«

»Ich weiß.« Fischer legte die Stirn in tiefe Furchen. »Das passt mir gar nicht.«

»Ich suche die Akte noch mal heraus und schau sie mir genau an, wenn Sie das beruhigt.«

»Das tut es, Dr. Meyer. Vielen Dank.« Fischer zog ein letztes Mal an seiner Zigarette und ertränkte sie dann in dem Kaffee, den er nicht angerührt hatte.

Im Polizeipräsidium summte es wie in einem Bienenstock. Hauptkommissar Jürgen Fischer war in den Berufsverkehr gekommen und hatte für die Rückfahrt aus Duisburg noch länger gebraucht als für den Hinweg.

Er ging direkt zu Chef Ermters Büro, doch die Sekretärin schüttelte nur den Kopf. »Der Chef ist bei der Staatsanwaltschaft, Jürgen.«

Fischer seufzte genervt.

»Ich versteh nicht, was das soll, Lutz.« Martina Becker presste mit der einen Hand den Telefonhörer ans Ohr, mit der anderen strich sie sich durch die kurzen, dunklen Locken. Dann blickte sie aus dem Fenster des Justizgebäudes auf den Oranierring.

»Ich habe dir doch gesagt, dass ich dir helfe. Aber alles kann ich nicht übernehmen.« Sie holte tief Luft, wollte weiterreden, kam aber nicht dazu. »Lutz … jetzt hör mir doch mal zu.« Staatsanwältin Martina Becker schlug mit der flachen Hand auf den Tisch. »Ich komme heute Abend vorbei und dann reden wir über alles.« Sie knallte den Hörer hin und rieb sich die schmerzende Hand. Es klopfte, und sie kniff seufzend die Augen zusammen. Die ersten Tage in einer neuen Stelle waren immer anstrengend, aber so schlimm hatte sie es sich nicht vorgestellt.

»Ja bitte?«

»Frau Becker? Guido Ermter, ich hatte vorhin angerufen.«

»Ach, der Kripochef. Kommen Sie herein.« Interessiert musterte sie den großen Mann in dem schlecht sitzenden Anzug, der ihr Büro betrat. Mit zwei Schritten war er an ihrem Schreibtisch und streckte ihr die Hand entgegen, bevor sie sich erhoben hatte. Sein Händedruck war feucht und etwas schlaff.

»Ich habe die Unterlagen nur kurz überfliegen können, Herr Ermter.«

»Sie sind ganz neu hier, nicht wahr?«

»Ja. Ich habe vorher in Mönchengladbach und Düsseldorf gearbeitet.«

»Und dann Krefeld?«

»Auf eigenen Wunsch. Ich bin von hier.«

»Tatsächlich? Wohnen Sie auch hier?«

»Nein.« Martina Becker lachte, ein perlendes Lachen, das durch den Raum zu hüpfen schien. »Nein, ich wohne in Moers. Es ist nicht so gut, wenn man in der gleichen Stadt wohnt wie die Klienten und sie beim Einkaufen trifft.«

»Da haben Sie recht.« Ermter zog sich den Stuhl heran und fuhr sich mit der Hand über den Kopf. Eine Geste, als wolle er nicht vorhandene Pomade verteilen. »So habe ich das noch nicht betrachtet. Ich bin wegen Bloomen hier und natürlich auch, um Sie zu begrüßen.«

»Bloomen?«

»Der Sattler. Wir haben ihn, und er ist dabei, ein umfangreiches Geständnis abzulegen. In …«, er sah auf seine Armbanduhr, »in etwa einer halben Stunde ist die Pressekonferenz.«

»Gut, dann komme ich mit. Die Anklage ist ja so weit vorbereitet und kann dem Gericht vorgelegt werden. Unschlüssig bin ich nur, ob wir das Videomaterial verwenden dürfen. Aber wenn er gestanden hat, ist das auch nicht dringend notwendig.«

»Die Beweislast ist eindeutig.«

Das schrille Piepsen von Ermters Handy unterbrach das Gespräch. Der Polizeichef seufzte und griff in seine Jackentasche.

»Ja?« Er drehte sich ein wenig zur Seite und lauschte mit in Falten gezogener Stirn. »Scheiße. Wer ist noch da? Nur Sabine? Wo ist Fischer?«

Martina Becker sah, dass sich sein Nacken rot färbte.

»Gut, gut. Sollen die beiden losfahren. Sofort. Und genügend Streife zur Unterstützung. Ja. Ich komme gleich.«

Er drehte sich wieder zur Staatsanwältin um und erhob sich.

»Anscheinend gibt es eine Geiselnahme im Klinikum.«

Christiane Suttrop legte das Telefon auf, lief dann den Flur entlang bis zu Sabine Thelens Büro. Sie klopfte kurz, öffnete dann die Tür, ohne auf eine Antwort zu warten.

»Sabine? Es gibt eine Geiselnahme im Klinikum. Der Chef hat gesagt, dass du das mit Fischer übernehmen sollst.«

»Ich? Ich wollte gerade gehen, ich hatte das …«

»Es ist niemand sonst im Moment frei. Du und Jürgen Fischer.«

Sabine Thelen stöhnte. Fischer kam aus seinem Büro, steckte sich umständlich die Waffe in das Holster.

»Schusssichere Westen?«

»Sind unten im Wagen. Ihr nehmt den Omega. Zwei Streifen sind schon da, zwei weitere folgen. Viel Glück.« Die Sekretärin nickte ihnen zu.

»Alles klar.« Fischer stieß die Glastür zum Flur auf. »Komm, Sabine.«

Der Aufzug hing irgendwo zwischen dem dritten und vierten Stock. Fischer und Thelen liefen die Treppe hinunter.

Auf dem Ostwall an der K-Bahn-Haltestelle staute sich der Verkehr. Fischer fluchte leise vor sich hin.

»Weißt du irgendwas Genaueres, Sabine?«

»Nein. Ein Mann hat in der Ambulanz eine oder zwei Geiseln genommen. Mehr weiß ich nicht. Ich muss mal eben telefonieren, ja?«

Kommissarin Sabine Thelen tippte sichtlich nervös eine Nummer in ihr Handy.

»Hi. Ja, ich weiß, dass ich schon bei dir sein wollte.«

Fischer warf ihr einen schnellen Blick zu, aber sie hatte sich zur Seite gedreht und die Hand über das Telefon gelegt.

»Wir haben noch einen Einsatz, und ich weiß nicht, wie lange das dauern wird. Tut mir leid.«

Hauptkommissar Jürgen Fischer überholte einen Kleintransporter und scherte dann knapp vor ihm wieder auf die rechte Spur ein. Der Fahrer des Transporters hupte wild. Sabine Thelen war bei dem Manöver mit dem Kopf an die Seitenscheibe gestoßen.

»Verdammt, Jürgen. Pass doch auf!« Sie sah ihn wütend an, sprach dann wieder in ihr Handy. »Hat sie wenigstens getrunken? Gut. Ich melde mich noch mal, wenn es länger dauern sollte.«

»Wir sind gleich da.« Fischer bog in die Einfahrt zum Krankenhaus ein. »Weißt du, wo wir hin müssen?«

Sabine Thelen wies geradeaus. Vor dem Haupteingang

hatte sich eine Menschentraube gebildet. Fischer hielt an und sprang aus dem Wagen. Ein Kollege versuchte, Ordnung zu schaffen.

»Fischer KK 11. Was genau ist passiert?«

»'n Abend. Die Woche fängt ja gut an, nicht wahr?« Der Polizist grinste schief. »Wir sind vor etwa 15 Minuten über den Notruf informiert worden, dass ein Mann in der Ambulanz durchgedreht sei. Da war noch keine Rede von einer Geiselnahme.« Er zog zwei junge Männer vom Eingang weg. »Sie dürfen hier nicht rein.«

»Ne, Alter, wollten wir auch nicht. Wir wollen das nur aufnehmen.« Einer der beiden hielt sein Handy hoch. »Voll krass.«

Sabine Thelen war zu Jürgen Fischer getreten, sie hielt die schusssicheren Westen in der Hand.

»Also«, fuhr der Streifenpolizist fort, »der Typ randalierte in der Notaufnahme, beschimpfte die Leute, schmiss mit Dingen um sich. Er machte einen betrunkenen Eindruck, sagte die Schwester.«

»Ja, und dann?«

»Dann hat er ein Schnappmesser gezogen, einen Assistenzarzt und einen Patienten bedroht. Die anderen Ärzte haben geistesgegenwärtig die Ambulanz geräumt. Georg, mein Kollege ist jetzt drinnen. Verstärkung soll noch kommen. Mehr weiß ich auch nicht.«

»Na gut.« Jürgen Fischer nahm die Weste und zog sie über, dann kontrollierte er seine Waffe. »Lass uns reingehen.«

»Es ist gleich halb elf.« Jürgen Fischer streckte die Arme hoch. »Und wenn ich nicht bald etwas zu essen bekomme, falle ich vom Stuhl.«

Auf dem Tisch stand ein Teller mit belegten Brötchen noch von der Morgenbesprechung. Auf der Salami hatten sich Fettaugen gebildet, der Käse war eingetrocknet und geschrumpft.

»Ich habe Pizza bestellt. Müsste gleich kommen.« Oliver Brackhausen gähnte. »Wo ist Sabine?«

»Nach Hause gegangen.«

»Ach? Wir sind doch noch nicht fertig.«

»Ich weiß, aber es ist ihr erster Tag. Sie war unglaublich nervös und hat immer wieder auf ihre Uhr geschaut. Keine Ahnung, was mit ihr los war. Was ist mit deinem Sohn, Oliver?«

»Der ist bei seiner Mutter. Dass Kinder so anstrengend sind.«

»Verdammt!« Fischer zog heftig an seiner Zigarette. »Ich habe das Jugendamt vergessen.«

»Sag das bloß nicht Ermter, der hängt dich auf.«

Von den beiden unbemerkt hatte sich eine Frau genähert. »Guten Abend, die Herren. Martina Becker, Staatsanwaltschaft.« Die Dezernentin gab Fischer und Brackhausen die Hand.

Jürgen Fischer bemerkte, dass ihr Händedruck erstaunlich warm und fest war. Er musterte die Frau. Sie war klein und ein wenig rundlich, trug eine schwarze Hose und einen ebensolchen Rollkragenpullover. Schlicht und elegant, dachte Fischer und sah ihr in die leuchtend blauen Augen, die im Kontrast zu ihren dunklen Locken standen.

»Einen feinen ersten Tag habe ich mir da ausgesucht«, sagte sie munter. »Also, wie sieht es aus?«

»Heute Abend ist ein Mann, Jonas Krüger, 24 Jahre, in der Notaufnahme des Klinikums durchgedreht. Erst hat er nur randaliert, Sachbeschädigung, aber dann zog er ein Messer und bedrohte einen Arzt und einen Patienten. Er drängte die beiden in eines der Untersuchungszimmer und verrammelte die Tür. Die Notaufnahme wurde geräumt.« Fischer holte Luft und zündete sich eine weitere Zigarette an.

»Darf ich?« Er sah die Staatsanwältin fragend an.

Martina Becker nickte.

»Wir haben versucht, mit ihm Kontakt aufzunehmen. Es gab von seiner Seite keinerlei Forderungen. Uns war nicht ersichtlich, warum er die Leute bedrohte und festhielt. Offensichtlich wurde er immer hysterischer. Mit zwei Kollegen der Streife habe ich die Tür aufgebrochen und den Mann überwältigt. Niemand ist verletzt worden. Der Mann wurde in die geschlossene Abteilung des Alexianer Krankenhauses gebracht.«

Martina Becker runzelte die Stirn. »Drogen?«

»Vermutlich. Das Ergebnis der Tests steht noch aus. Interessant ist, dass ein weiterer junger Mann auch völlig hysterisch und außer Kontrolle am Samstag in die Klinik eingeliefert worden ist. Bei ihm konnten keine gängigen Psychopharmaka nachgewiesen werden, obwohl er alle Anzeichen eines Horrortrips zeigte. Er ist in der Kufa, der Kulturfabrik am alten Schlachthof, zusammengebrochen.«

»Essen!« Oliver Brackhausen stellte die Pizzakartons auf den Tisch. Es roch nach heißem Fett und geschmolzenem Käse, vermischt mit Knoblauch und Oregano.

»Na endlich.« Fischer drückte seine Zigarette aus und nahm sich ein Stück Pizza. Er rollte den Teig zusammen und stopfte das spitze Ende in seinen Mund, kaute, schluckte. Fett rann ihm über das Kinn.

Die Staatsanwältin lachte und nahm sich auch von der Pizza. Hauptkommissar Jürgen Fischer hob die Augenbrauen und sah sie an. »Ist irgendetwas lustig?«

»Sie scheinen fast verhungert zu sein.«

Fischer wischte sich über das Kinn, grinste verlegen.

Sie aßen schweigend und in Gedanken verloren, bis ein Handy klingelte. Für einen Moment war das Geräusch nicht zu orten, dann zog Martina Becker ihr mobiles Telefon aus der Tasche, schaute auf das Display, seufzte und meldete sich.

»Ja, Lutz, es tut mir leid. Ja, ich weiß, dass ich vorbeikommen wollte. Es ging nicht, ich musste arbeiten. Du brauchst ... du ...«

Sie hielt das Telefon etwa zehn Zentimeter von ihrem Ohr entfernt. Eine laute Männerstimme war zu hören. Martina Becker schüttelte den Kopf, hielt das Handy wieder an ihr Ohr.

»Lutz, dein Ton gefällt mir nicht. Ich melde mich morgen.« Sie drückte auf einen Knopf und schaltete das Gerät ab.

»Ärger?« Fischer sah sie an, nahm sich dann ein weiteres Stück Pizza.

»Mein Bruder. Er dreht ein wenig am Rad.«

»Oh?«

»Ja, mein Vater ist am Freitag verstorben, und nun soll ich alles regeln.«

»Mein Beileid.« Jürgen Fischer starrte verlegen auf den Tisch, schob den Pizzakarton an die Seite, ihm war der Appetit vergangen.

»Es kam nicht wirklich überraschend. Mein Vater war schon über 80. Er ist ruhig eingeschlafen. Ein schöner Tod, denke ich.«

»Trotzdem.« Fischer wischte sich über das Gesicht. Plötzlich spürte er die Müdigkeit wieder.

Oliver Brackhausen war in die kleine Teeküche gegangen und kam nun mit drei Flaschen Bier zurück.

»Das ist noch vom Wochenende übrig geblieben. Ich denke, unser Dienst ist zu Ende, oder was meint ihr?«

Zustimmend öffneten sie die Flaschen, prosteten sich wortlos zu.

KAPITEL 14

Oliver Brackhausen trank den Tee in drei großen Schlucken aus. Er war spät dran und musste sich beeilen. Sein Wohnzimmer in der kleinen Wohnung in Bockum sah aus, als wäre eine Bombe eingeschlagen. Eine Legobombe. Mit dem Fuß schob Oliver die Plastiksteine zur Seite und schuf so einen Durchgang. Der Tag mit seinem Sohn war auf ungewohnte Weise anstrengend gewesen, aber Oliver war stolz auf sich. Immerhin hatte der Kleine kaum geweint. Heute hatte die Mutter wieder Zeit für das Kind, aber Ina Slobomka drohte Oliver damit, ihm ein weiteres Mal das Kind zu überlassen.

Bisher waren Brackhausens Kontakte zu Finn eher sporadisch und von einem tiefen Misstrauen begleitet. Kaum jemand wusste, dass sein Sohn existierte. Noch nicht einmal seinen Eltern hatte Oliver von ihm erzählt. Das würde sich nun ändern.

Im Polizeipräsidium war es seltsam ruhig. Vera Schmidt,

die Anwärterin, saß im Besprechungsraum über Akten gebeugt.

»Guten Morgen.« Brackhausen zog sich einen Stuhl an den Tisch. »Was studierst du denn da?«

»Alte Ermittlungsakten.« Vera pustete die Luft aus, sodass ihre Ponyfransen hochflogen.

»Alte Akten, soso.« Brackhausen grinste.

»Ja, ich soll mir ansehen, wie ihr die Spuren und Verhöre aufzeichnet.«

»Warum nimmst du dir nichts Aktuelles?«

»Die laufenden Ermittlungen verfolge ich ja schon. Und es ist nichts wirklich Spannendes dabei. Zwei Selbstmorde. Die Raubserie. Der Durchgeknallte …«

»Ganz schön langweilig hier.« Brackhausen lachte laut. »Was ist mit Kaffee?«

»Kaffee ist so mies wie immer und steht in der Küche.« Vera Schmidt schob ihm ihren leeren Becher zu. »Schmeiß mal 'ne Runde. Wo warst du eigentlich gestern?«

»Gestern musste ich meinen Sohn hüten.«

»Deinen Sohn? Ich wusste gar nicht, dass du Familie hast.« Die Anwärterin sah ihn nachdenklich an.

»Ich wusste das auch nicht.« Sabine Thelen stand lächelnd in der Tür. »Guten Morgen. Da arbeiten wir seit Jahren zusammen und du verheimlichst deine Familie, Oliver? So was. Wie hast du das Betreuungsproblem gelöst?«

»Ina, also die Mutter, arbeitet nur drei Tage die Woche, heute hat sie frei. Morgen auch, aber Donnerstag und Freitag muss sie arbeiten. Was wir dann machen, weiß ich noch nicht.«

»Hier.« Sabine reichte Oliver einen Zettel.

»Was ist das?«

»Das ist die Telefonnummer einer Freundin. Sie ist Tagesmutter. Vielleicht kann sie dein Kind noch aufnehmen.«

Kommissar Oliver Brackhausen nahm das Papier und steckte es schweigend in die Hosentasche.

»Ist Ermter im Haus?« Sabine Thelen kratzte eine Stelle an ihrem linken Handgelenk. Die Haut war dort schon aufgescheuert.

»Willst du auch einen Kaffee, Sabine?« Oliver musterte sie nachdenklich.

»Was ist mit dir? Du siehst müde aus«, fragte er in der Küche und reichte ihr einen Becher.

»Ich bin müde.«

»Ist das nicht alles ein wenig viel? Ich meine, dass du jetzt schon wieder arbeitest.«

»Meine Ärztin hat mich gesundgeschrieben, Oliver. Mir geht es gut und ich wollte auch wieder arbeiten.«

»Ja, aber …«

»Hör auf, du klingst wie meine Mutter und im Übrigen auch wie Ermter. Es nervt.« Sabine hielt ihr Gesicht über den dampfenden Kaffee.

»Sorry.«

»Ich kenn dich jetzt schon seit drei Jahren in dieser Abteilung, Oliver, aber von deiner Familie wusste niemand was. Wie kommt das?«

»Es ist nicht meine Familie.« Oliver nippte an dem Kaffee, verzog das Gesicht. »Mit der Frau hatte ich vor drei Jahren mal eine eher lockere Beziehung. Von dem Kind habe ich erst erfahren, als es quasi schon geboren war.«

Jürgen Fischer fühlte sich das erste Mal seit Wochen ausgeruht und voller Energie. Es dauerte eine Weile, bis er in dem Wäscheberg vor seinem Kleiderschrank ein sauberes Hemd fand. Heute Abend würde er gründlich aufräumen und Wäsche waschen müssen. Auch nach längerem Suchen bekam er kein Paar Socken zusammen, deshalb zog Fischer einen grauen und einen schwarzen Strumpf an und hoffte, dass es niemandem auffiel.

Mit schnellen Schritten ging er die Rheinstraße in Richtung Ostwall entlang. Er dachte darüber nach, was er heute alles unbedingt erledigen musste. Gestern war es zu keinem Gespräch mehr mit dem Polizeichef gekommen. Die Geiselnahme hatte die kleine Tochter der Toten völlig aus seinem Gedächtnis verdrängt. Der Fall Rühtings machte ihm Bauchschmerzen, ohne dass er sagen konnte, warum.

Im fiel die sympathische Staatsanwältin ein. Martina Becker. Wenn die Ergebnisse der Untersuchungen aus dem Krankenhaus heute vorlägen, wollte er mit ihr reden.

Aus einer Bäckerei schlängelte sich der Duft von frischem Brot und süßem Teig nach draußen und stieg ihm in die Nase. Auch heute blieb keine Zeit für ein Frühstück, ein Brötchen auf die Hand musste reichen.

Als Jürgen Fischer im Präsidium ankam, wischte er sich die letzten Krümel des Brötchens aus den Mundwinkeln und holte tief Luft. Ausnahmsweise war der Aufzug im Erdgeschoss, Fischer betrat den Fahrstuhl und drückte den Knopf für den vierten Stock. Die Tür schloss sich leise quietschend, öffnete sich wieder. Keuchend trat Polizeichef Guido Ermter ein.

»Morgen, Jürgen. Alles klar?«

»Nein, nicht wirklich. Ich wollte gerade zu dir.«

»So?«

»Ja, es geht um das Mädchen, das Kind der Toten.«

»Die Mutter hat gestern angerufen, ich konnte ihr keine Antwort geben. Du warst nicht da.«

»Richtig, ich war im Klinikum wegen der Geiselnahme.«

»Und wo ist das Kind?«

»Ich habe nicht den geringsten Schimmer.«

»Was?«

Der Aufzug blieb ruckelnd im vierten Stock stehen.

»Ich habe beim Jugendamt nachgefragt, dort wusste keiner etwas von dem Kind. Niemand hat dort angerufen, es ist auch keiner vor Ort gewesen. Ich habe den Kollegen befragt, der am Tatort war. Er kann sich nicht daran erinnern, das Jugendamt informiert zu haben.«

»Ich versteh' nicht.« Langsam gingen die beiden Männer durch den Flur. Guido Ermter zupfte nervös am Knoten seiner Krawatte.

»Guido, ich habe keinen Hinweis finden können, dass das Jugendamt das Kind in eine Betreuung gebracht hat.«

»Was willst du damit sagen?«

Hauptkommissar Jürgen Fischer stöhnte auf, er fühlte, wie sein Blutdruck langsam anstieg.

»Das Kind ist verschwunden.«

»Du meinst entführt?«

»Wenn wir Pech haben, ja.«

»Hölle.« Ermter blieb stehen, schaute auf den Boden, als könne er dort eine Lösung finden.

»Ich werde noch mal alle Zeugenaussagen durchgehen, mit dem Kollegen zusammen den Tatort rekonstruieren. Es waren ja einige Leute da, die Ärztin, die Mutter, Freundinnen …«

»Von den Zeugenaussagen hätte ich gerne …« Ermter sah auf seine Uhr, »in einer halben Stunde Kopien auf meinem Schreibtisch.«

»Das sind mehr als acht, und in keiner wird etwas über das Kind gesagt, soweit ich das sehen konnte.«

»Nur acht? Dann ist es ja keine große Aufgabe sie zu

kopieren, oder?« Ohne Fischer anzusehen, ging Ermter den Flur hinunter zu seinem Büro.

Im Besprechungszimmer saßen die Kollegen und unterhielten sich lachend.

»Oliver?« Fischer unterbrach das Gespräch, ohne sie zu begrüßen. »Ich brauche Hilfe.«

»Ist was passiert?«

»Vielleicht ist ein Säugling entführt worden.« Aus den Augenwinkeln sah Jürgen Fischer, dass Sabine Thelen die Hand vor den Mund schlug und sich setzte.

»Wann?« Oliver Brackhausen sprang auf.

»Letzte Woche. Das Baby der Suiziden.«

Die Stille im Raum war fast greifbar, doch dann brodelte es los.

Kurze Zeit später hatten sich eine Reihe Leute im großen Besprechungszimmer versammelt.

»Die Mutter hatte den Hausarzt gerufen, aber es kam eine Vertretung, eine Ärztin. Sie stellte den Tod der Frau fest.« Der Polizeibeamte kratzte sich am Kinn. »Es war laut und hektisch. Zwei Freundinnen der Suiziden waren da und weinten, die Mutter war hysterisch, die Ärztin kümmerte sich um sie, gab ihr ein Beruhigungsmittel. Das Baby schrie und ich weiß, jemand nahm es mit nach draußen.«

Jürgen Fischer versuchte, die Unterlagen zu ordnen.

»Als ich am Tatort ankam, war die Ärztin nicht mehr da. Aber eine Frau … sie hatte das Kind im Arm. Daran erinnere ich mich noch.« Fischer schloss die Augen, versuchte, die Erinnerungen an den Abend heraufzubeschwören. Er war nur zufällig am Tatort gewesen. »Ich bin mir sicher, dass sie mir etwas zum Unterschreiben reichte, einen amtlichen Wisch … verdammt, der muss doch bei den Spuren sein …«

Wieder wühlte er durch die Akte, fluchte leise.

»Ich versteh' das nicht ganz, was hat das Jugendamt damit zu tun?« Vera Schmidt hob die Hand, als wäre es eine Schulstunde.

»Also, das ist so«, Oliver Brackhausen strich sich das Haar aus der Stirn hinter das Ohr. »Wenn Eltern etwas passiert, sei es, dass sie einen Unfall haben oder auch wenn sie inhaftiert werden, und keine anderen Angehörigen das Kind betreuen können, dann bestimmt das Jugendamt Pflegeeltern, die schnell einspringen können. Gerade bei kleinen Kindern ist es wichtig, dass sie Trost erhalten. Meist bleibt es bei der Kurzzeitpflege, oft findet man später Angehörige oder jemanden aus dem Freundeskreis.«

»Was ist mit dem Vater des Kindes?«

»Unbekannt.« Fischer zog einen Block Papier zu sich heran, klickte mehrmals den Kuli, schrieb dann. »Wen hätten wir? Die Mutter der Toten, sie war hysterisch … aber wer hat gesagt, dass sie nicht fähig ist, das Kind zu betreuen? Du?« Er sah den Kollegen der Schutzpolizei an, der mit ihm am Tatort gewesen war.

»Nein, die Mutter selbst hat gejammert, sie könne es nicht. Und die Ärztin hat das unterstützt, zumal sie ihr ein hochdosiertes Beruhigungsmittel gab.«

»Okay, was ist mit den Freundinnen der Toten? Haben wir Namen und Adressen? Hat eine von ihnen vielleicht das Kind mitgenommen? Aber warum hätte ich dann etwas unterschreiben sollen? Also gut, wir folgen noch mal allen Spuren. Oliver, du machst die Freundinnen ausfindig.« Er blickte in die Runde. »Nimm Vera mit. Ich werde die Ärztin befragen, zusammen mit Sabine, und dann beim Amt vorbeischauen. Wir bleiben über Handy in Verbindung. Sabine, kommst du mit mir?«

Die junge Kommissarin nickte, schlang ihr Haar schnell im Nacken zu einem Knoten. Hauptkommissar Jürgen Fischer hatte sie letzten Herbst aus den Händen eines Irren befreit und ihr das Leben gerettet. Mehrmals besuchte er sie im Krankenhaus und auch, als sie wieder zu Hause war. Obwohl Sabine immer distanziert geblieben war, keimte eine leise Freundschaft zwischen ihnen auf.

»Wie heißt die Ärztin?« Sabine schloss die Beifahrertür mit einem Knall und griff nach dem Gurt.

»Weymann, Angelika Weymann. Aus Uerdingen.«

Sabine erstarrte mitten in der Bewegung.

»Was ist? Kennst du sie?«

»Ja. Sie vertritt meinen Hausarzt, Dr. Walter. Ich nehme an, dass sie die Praxis übernehmen wird.«

»Ist das ein Problem für dich? Ich meine, dass wir sie befragen? Gibt es irgendwas …?«

»Nein.« Sabine Thelen biss sich auf die Innenseite ihrer Wange. »Doch. Ich weiß nicht. Ermter hat ein psychologisches Gutachten gefordert, um meine Diensttauglichkeit zu überprüfen.«

»Und?«

»Nix und. Ich hab's noch nicht machen lassen. Ich hatte ein langes Gespräch mit der Weymann darüber. Sie wollte mich nicht gesundschreiben, nicht aus psychischen Gründen, sondern aus physischen.«

»Sabine, warum bist du dann wieder im Dienst?«

»Ach komm, Jürgen, das weißt du doch.«

Jürgen Fischer rieb sich über das Kinn, spürte die glatte, frisch rasierte Haut.

»Und was ist mit dem Gutachten? Hattest du deshalb Ärger mit Ermter?«

»Unter anderem. Er hat mir eine Galgenfrist eingeräumt.«

Sabine lachte leise. Jürgen Fischer zog die Stirn kraus. Er machte sich Sorgen um seine junge Kollegin. Inzwischen wusste er, dass sie sich ungerne öffnete und der Meinung war, sie könne ihre Probleme alleine meistern. Eine Einstellung, die ihm vertraut war, da er ähnlich dachte. Vielleicht verstand er sie deshalb so gut.

»Ich kann das Gespräch mit der Ärztin auch alleine führen.« Jürgen Fischer warf ihr einen schnellen Blick zu.

»Ist schon gut.« Sabine Thelen starrte auf die Straße, sah ihn nicht an.

Das Wartezimmer der Praxis in der Augustastraße war brechend voll. Es roch nach Krankheit, alten Menschen und Putzmitteln.

»Haben Sie einen Termin?« Die junge Frau an der Anmeldung lächelte sie freundlich an.

»Nein.« Hauptkommissar Jürgen Fischer zog seinen Ausweis aus der Jackentasche. »Kripo Krefeld. Wir haben ein paar Fragen an Frau Dr. Weymann. Ist sie da?«

»Kripo?« Erschrecken lag in der Stimme der Arzthelferin. Sie stand auf und schloss die Tür zum Wartezimmer.

»Ihre Chefin hat nichts angestellt.« Fischer grinste belustigt. »Es geht um einen Todesfall, den Dr. Weymann bestätigt hat. Eine formale Sache.«

»Ach so. Ja, sie ist da, aber gerade in einer Untersuchung. Sie müssen einen Moment warten.«

Der Weg zurück in die Innenstadt zog sich zäh dahin. Sabine Thelen bat Fischer, sie in der Nähe ihrer Wohnung in der Dürerstraße abzusetzen. Sie bräuchte etwas von zu Hause, erklärte sie. Sein Angebot zu warten, lehnte sie ab. Jürgen Fischer stellte den Dienstwagen auf dem Parkplatz neben dem Präsidium ab. Oliver Brackhausen hatte Fischer auf dem Handy angerufen und mitgeteilt, dass keine der beiden Freundinnen wusste, wo das Baby war.

»Guido, ich schätze, wir haben ein Problem.«

»Es kann doch nicht sein, dass ein Baby einfach so vom Tatort verschwindet.« Guido Ermter schlug mit der flachen Hand auf den Schreibtisch. Sein Gesicht hatte sich dunkelrot verfärbt. Er lockerte den Schlips.

»Ich werde mit der Staatsanwältin reden. Danach sollten wir die Fahndung einleiten und vielleicht eine Presseerklärung vorbereiten.«

Jürgen Fischer holte die Akten aus seinem Büro und machte sich auf zur Staatsanwaltschaft auf dem Preußenring.

»Ach, Fischer, richtig?« Martina Becker stand auf und reichte ihm die Hand. Ihr Händedruck war wieder angenehm fest und warm.

Jürgen Fischer wunderte sich, wie viel Energie die kleine Person ausstrahlte. Sie bot ihm einen Stuhl und Kaffee an. Er setzte sich, versuchte, nicht zu ungeduldig zu wirken. Erst gestern hatte die Staatsanwältin das Büro bezogen, erinnerte er sich, und trotzdem strahlte der Raum schon eine persönliche Note aus. Ein Strauß frischer Blumen zierte die Fensterbank. Zwei silberne Bilderrahmen standen mit der Rückseite zu ihm auf dem Schreibtisch. Er war versucht, sie umzudrehen und anzuschauen.

Martina Becker öffnete einen Schrank, nahm Becher und eine Thermoskanne heraus. »Milch? Zucker?«

Fischer schüttelte den Kopf.

»Sind die Untersuchungsergebnisse da? Waren die beiden auf Crack?« Die Staatsanwältin reichte ihm einen Becher, nahm dann Platz, nippte an ihrem Kaffee und lächelte ihn an.

Hauptkommissar Fischer räusperte sich. »Ich komme wegen eines anderen Falles, Frau Becker. Ein sieben Monate altes Mädchen ist verschwunden, vielleicht entführt.«

Überrascht riss Martina Becker die Augen auf. »Entführt? Wann?«

Jürgen Fischer stellte die Kaffeetasse vorsichtig ab, er hatte nicht getrunken. »Wir wissen nicht genau, ob das Ganze ein großer Irrtum ist, oder ob sie tatsächlich entführt wurde.«

»Bitte? Ich verstehe nicht.«

Mit kurzen Worten umriss Fischer die Situation. Staatsanwältin Martina Becker schüttelte verwundert den Kopf.

»Das gibt es doch nicht. Ich kann nur hoffen, dass das ein Missverständnis ist und die Kleine bald wieder auftaucht. Über eine Woche ist sie schon weg und niemand hat sie vermisst? Unglaublich. Wenn sie entführt worden ist, dann könnte es höllisch schwer werden, sie wieder zu finden.«

»Es gibt da noch etwas.« Fischer legte die beiden Plastikhüllen mit den Abschiedsbriefen auf den Schreibtisch der Staatsanwältin.

KAPITEL 15

»Was für ein Tag.« Angelika Weymann streifte die Schuhe von den Füßen und streckte die Zehen. »Frank? Bist du da?«

In der Wohnung war kein Geräusch zu hören außer dem Klacken in den Heizungsrohren und dem Ächzen im Gebälk.

Die Küche sah immer noch so aus, wie Angelika sie am Morgen verlassen hatte. Angelika räumte lustlos das Geschirr in die Spülmaschine. Ihr Magen knurrte, aber sie konnte sich nicht dazu aufraffen, etwas zu essen zu machen. Sie wählte die Nummer ihres Mannes, lauschte lange dem Tuten, gab dann auf.

Im Bad drehte sie das heiße Wasser der Dusche auf, wartete, bis Dampfschwaden durch das Badezimmer waberten, bevor sie sich auszog und sich unter den Wasserstrahl stellte.

Als heute Morgen die beiden Polizeibeamten in der Praxis aufgetaucht waren, hatte ihr Herz in der Brust geklopft, als wolle es zerspringen. Es war Zufall gewesen, dass sie zur Feststellung der Todesursache zu Susanne Rühtings gerufen worden war. Die Todesumstände waren eindeutig. Hätte sie vielleicht trotzdem Zweifel zeigen sollen? War sie zu oberflächlich vorgegangen?

Sie stellte das Wasser ab, rubbelte sich trocken und zog einen Jogginganzug an. Gerade als sie noch mal versuchen wollte, Frank zu erreichen, schloss er die Wohnungstür auf.

»Da bist du ja endlich.« Angelika hörte den Vorwurf in ihrer Stimme und hasste sich dafür. »Die Polizei war heute in der Praxis.«

»Hallo, Schatz.«

»Hast du gehört, die Polizei …«

»Was gibt es zu essen? Ich habe Hunger wie ein Wolf.« Frank Weymann ging an ihr vorbei, als hätte sie gar nichts gesagt.

»Es gibt gar nichts zu essen.«

»Wie bitte?«

»Ich habe nicht gekocht.«

»Hast du gar keinen Hunger?«

Angelika verschränkte die Arme vor der Brust und versuchte, gleichmäßig zu atmen. Sie spürte einen Knoten im Magen. Ob es Angst oder Zorn war, konnte sie nicht sagen.

»Was ist mit dir, Angelika? Sollen wir essen gehen? Oder etwas bestellen? Ich muss jedenfalls etwas Warmes haben, und zwar bald.«

»Ein kleines Mädchen ist verschwunden, hat die Polizei gesagt. Die Tochter von Susanne Rühtings, Laura.«

»Susanne Rüthings? Muss ich den Namen kennen?« Frank Weymann grinste. »Ich bestell' was beim Chinesen. Willst du auch was?«

»Frank, verdammt! Die Polizei …« Angelika fühlte sich versucht, etwas zu greifen und nach ihm zu schmeißen, irgendetwas. Kalte Wut stieg in ihr hoch.

Ihr Mann zuckte die Schulter und nahm das Telefon aus dem Ladegerät. Mit ruhiger Stimme gab er die Bestellung durch, wiederholte zweimal die Adresse. Dann ging er auf Angelika zu.

Etwas zog sich in ihr zusammen und sie wich einen Schritt zurück, stieß an die Wand. Als sie seine Hand auf ihrem Arm spürte, zuckte sie zusammen.

»Komm, lass uns ins Wohnzimmer gehen.« Er murmelte beruhigend, so als wäre sie ein kleines Kind, das man trösten müsse.

»Du kennst Susanne, Frank.«

»Ja, ich erinnere mich.«

Angelika ließ sich auf das Sofa fallen, nahm die Wolldecke und zog sie über sich.

»Sie hat sich umgebracht.«

»Ich weiß. Henk hat es mir erzählt.«

»Henk ... Mist!« Angelika sprang auf. »Ich sollte doch heute Abend vorbeikommen. Am Wochenende ist ein Wettkampf.« Tränen stiegen ihr in die Augen.

»Nun lass mal. Ich ruf' ihn an und sag' für dich ab.«

Es zischte, als Hauptkommissar Jürgen Fischer die Colaflasche öffnete. Er setzte sie an und trank einen großen Schluck, stieß dann die Luft aus und wischte sich über den Mund. Er dachte daran, wie die Staatsanwältin die beiden Abschiedsbriefe genommen und sie verglichen hatte. Sie schüttelte den Kopf und gab sie ihm mit einem freundlichen Lächeln wieder zurück.

»Sachen gibt's. Zufälle.«

»Sie glauben, dass es ein Zufall ist?«

»Aber natürlich, was denn sonst? Eine große Verschwörung? Ich bitte Sie, Herr Fischer.«

Sie hatte ihn nachsichtig angesehen, wie einen kleinen Jungen.

Fischer spürte den Ärger über ihre Reaktion. Ohnmacht, weil niemand die Ähnlichkeiten der beiden Fälle sehen wollte. Noch nicht einmal die Staatsanwältin, die auf ihn so sympathisch wirkte. Doch da war noch etwas anderes. Etwas, was er nicht einordnen konnte. Ein Gefühl tief in seinem Bauch, als würde sich dort etwas zusammenziehen.

Den ganzen Tag hatten sie fieberhaft versucht, Spuren zu sammeln. Sie befragten die Freundinnen und die Mutter der Toten, die Nachbarn und die Mitarbeiter des Jugendamtes. Keiner hatte wirklich etwas gesagt. Das Kind blieb spurlos verschwunden.

Jürgen Fischer stand auf, draußen dämmerte der Abend. Trotz der süßen Cola hatte er einen sauren Geschmack im Mund. Sein Magen wünschte sich bessere Nahrung anstatt Nikotin und Koffein. Er sah sein Spiegelbild im Fenster und schaute sich selbst in die Augen. Weder der Polizeichef noch die Staatsanwältin wollten seine Theorie hören. Die Akten blieben geschlossen.

Vor einer halben Stunde hatte Ermter eine Pressekonferenz abgehalten. Nun wurde auch öffentlich nach dem Kind gefahndet. Sie hatten eine Sonderleitung eingerichtet und hofften, dass zu den üblichen verwirrten Anrufen auch der eine oder andere brauchbare Hinweis aus der Bevölkerung kommen würde.

Es klopfte an der Tür seines Büros.

»Fischer?« Martina Becker öffnete die Tür einen Spalt.

Hauptkommissar Jürgen Fischer sah sie an. Obwohl sie den ganzen Tag gearbeitet hatte, machte sie keinen erschöpften Eindruck. Ihre Haare lagen ordentlich. Das Licht der Lampe fing sich in dem kleinen Ohrstecker und ließ ihn funkeln.

»Frau Staatsanwältin.« Jürgen Fischer erhob sich.

»Ich habe Hunger. Haben Sie schon etwas gegessen?«

Fischer schüttelte den Kopf.

»Früher waren wir oft im Nordbahnhof. Den gibt es doch noch?«

»Ja, natürlich.«

»Wollen Sie mich begleiten?« Martina Becker lächelte. Ein offenes, freundliches Lächeln. Eine Einladung.

»Sicher, gerne.« Jürgen Fischer nahm seine Jacke und löschte das Licht. »Mein Wagen steht im Hof.«

»Lassen Sie uns die paar Schritte gehen. Ich kann ein wenig Bewegung gebrauchen.«

In der milden Abendluft lag der süße Geruch von Lindenblüten, überlagerte die Abgase der Autos.

Langsam schlenderten sie den Nordwall entlang. Das Schweigen zwischen ihnen war nicht unangenehm, jeder hing seinen Gedanken nach, und Fischer hatte nicht das Bedürfnis, die Stille mit Worten zu füllen. Er ertappte sich dabei, dass er beinahe nach ihrer Hand gegriffen hätte. Früher war er oft in der Abenddämmerung mit seiner Frau spazieren gegangen. Seit Sonntagabend hatte er nichts mehr von Susanne gehört. Mehrfach wollte er sie anrufen, ließ es dann aber bleiben.

Im Nordbahnhof herrschte rege Betriebsamkeit. Viele Tische waren besetzt, fröhliches Lachen tönte durch den großen Raum. Es duftete nach Bratkartoffeln und Zwiebeln. Jürgen Fischer spürte seinen Magen, er hatte plötzlich großen Hunger.

»Es sieht immer noch so aus, wie ich es in Erinnerung habe. Vor ein paar Jahren, lassen Sie mich überlegen, fünf oder sechs, war ich öfter mit Kollegen hier.« Martina Becker wählte einen Tisch am Fenster, zog den Stuhl heran und nahm die Speisekarte.

Gerade als sie bestellen wollten, klingelte das Handy der Staatsanwältin.

»Lutz.« Martina Becker sah Fischer an und verdrehte die Augen. Sie lächelte wieder, so, als hätte sie Fischer einen Witz erzählt.

»Lutz, was ist denn? Ich bin im Nordbahnhof. Essen. Kann ich dich später …? Was? Wenn du meinst.« Sie schaltete das Handy aus, schüttelte den Kopf.

»Etwas Unangenehmes?«

»Mein Bruder. Er nervt. Ich fürchte, er wird gleich vorbeikommen.«

»Hören Sie, ich kann auch wieder gehen. Das ist kein Problem.«

»Um Gottes willen, Herr Fischer, nein. Ich lasse mir doch von meinem Bruder nicht den Abend verderben. Er will nur, dass ich etwas unterschreibe. Ich hatte eigentlich vor, auf dem Nachhauseweg bei ihm vorbeizufahren. Ist mir aber auch recht, wenn er hierher kommt, falls Sie nichts dagegen haben. Dann kann ich mir meine grässliche Schwägerin ersparen.«

War das Flirten?, fragte sich Fischer. Er war sich nicht ganz sicher, zu lange war es her, seit er so eine Situation erlebt hatte. Verstohlen blickte er auf ihre Hände. Sie trug keinen Ehering, aber das musste nichts heißen.

»Geht es um Ihren Vater?« Hauptkommissar Jürgen Fischer schaute die Staatsanwältin mitfühlend an. Der Kellner war wieder an den Tisch getreten, nachdem sie das Handy in die Tasche gesteckt hatte.

»Ich hätte gerne ein großes Pils.« Martina Becker überlegte kurz, warf noch einen schnellen Blick auf die Karte. »Ein großes Pils und einen Speckpfannekuchen.«

»Ich nehme dasselbe.« Fischer zog die Zigaretten aus der Tasche. »Stört es Sie?«

»Nein.« Martina Becker lehnte sich zurück. Sie sah entspannt aus. »Lutz, mein Bruder, er ist drei Jahre älter als ich, aber manchmal habe ich den Eindruck, er sei nie erwachsen geworden. Er hat die Baufirma unseres Vaters vor einigen Jahren übernommen, Claasen, sagt Ihnen das was?«

»Nein, ich bin erst seit einem halben Jahr in Krefeld.«

»Na ja, die Firma lief ganz gut, dann hat er sie unnötig

aufgebläht. Vater warnte ihn, aber Lutz wollte nicht hören. Seit einiger Zeit schrumpft er sie wieder gesund. Wahrscheinlich hofft er, das Erbe werde ihn retten.«

»Erbschaftsangelegenheiten können ganz schön kompliziert sein.«

»Hier sind sie es nicht, dafür hat Vater gesorgt. Trotzdem verfällt mein Bruder in mittelgroße Panik, will alles tausendprozentig richtig machen. Ich soll ihm helfen, er meint, ich hätte Erfahrung.«

»Erfahrung womit?« Jürgen Fischer drehte den Bierdeckel zwischen seinen Fingern.

»Mein Mann ist vor vier Jahren gestorben.«

Fischer zuckte zusammen, versuchte, einen Satz in seinem Kopf zu finden, der angemessen war. Er fand nichts, zog an seiner Zigarette wie aus verzweifelter Notwehr.

»Das tut mir leid«, sagte er schließlich.

»Krebs, wissen Sie? Er hatte Krebs, überall. Es war nichts zu machen. Dabei hat er nie geraucht, war sportlich und Veganer Stufe fünf.«

»Veganer ... was?«

»Veganer Stufe fünf.« Martina Becker lachte. »Den Ausdruck habe ich immer benutzt. Er war mehr als Vegetarier, aß nichts, was einen Schatten warf. Geholfen hat es ihm nicht. Nun schauen Sie nicht so betroffen. Es ist vier Jahre her. Genug Zeit, um mit der Trauer fertig zu werden.«

»Es ist trotzdem schrecklich, stell' ich mir vor.«

»Das war es. Eine Art von Taubheit, Schock, Unglauben, Schmerz, Schuld.«

»Schuld?«

»Ja, Schuld zu überleben. Nicht mitgehen zu können. Alleine zurückzubleiben. Irgendwann wurde mir klar, dass die Schuldgefühle nur ein Symptom des Trauerprozesses sind. Man kommt darüber hinweg, auch wenn man anfangs denkt, es nie schaffen zu können.«

»Haben Sie Kinder?«

»Nein. Eine Weile habe ich das bedauert, aber nun bin ich ganz froh darüber. Und Sie?« Die Staatsanwältin sah ihn an. Es interessierte sie wirklich, dachte Jürgen Fischer, sie betrieb nicht nur Konversation.

»Ja, zwei Jungs. Der eine studiert, und der andere macht gerade sein Abitur, hoffe ich zumindest. Er lebt bei seiner Mutter.«

»Sie sind geschieden?« Ihr Blick wanderte zu seiner Hand. Der Ehering wurde auf einmal ein Gewicht.

»Nein. Nein, ich bin nicht geschieden. Wir leben zurzeit getrennt.« Fischer nahm das Bierglas, trank einen großen Schluck, leckte sich den Schaum von der Lippe.

Ein großgewachsener, schlanker Mann mit leicht angegrauten Haaren trat an den Tisch. »Wenn das nicht Martina Claasen ist.«

»Viktor. Du hier? Heute ist Dienstag, das war doch immer dein freier Abend.«

»Das ist er immer noch. Heute ist nur eine Ausnahme. Ich habe wohl geahnt, dass ich dich hier treffen würde. Bist du zu Besuch in Krefeld, Martina?«

»Nein, ich arbeite jetzt hier.«

Viktor Furth reichte ihr die Hand und sah Jürgen Fischer fragend an.

»Das ist Hauptkommissar Jürgen Fischer«, machte Martina die beiden Männer bekannt.

»Oh, immer noch im Dienste des Staates unterwegs? Dein Vater hatte ja gehofft, dass du mal die Seiten wechselst und richtig Geld verdienst.« Viktor zwinkerte ihr zu, dann wurde er plötzlich ernst. »Ich habe das von deinem Vater gehört. Mein Beileid. Wann ist die Beerdigung?«

»Am Freitag.«

»Bitte entschuldigen Sie mich.« Jürgen Fischer stand auf und ging durch den Raum in Richtung Treppe, die in den Keller zu den Toiletten führte. Er verspürte das dringende Bedürfnis, einen Moment alleine zu sein.

An einem lang gestreckten Tisch rechts saß eine Altherrenrunde. Es schien fast, als würden sie zum Inventar gehören. Ein großer Hund lag vor dem Tisch.

»Kommissar Fischer?« Einer der alten Männer stand auf, und der Hund erhob sich ebenfalls.

Jürgen Fischer musterte den Mann. Irgendetwas an seinem Gesicht kam ihm vage bekannt vor.

»Guten Abend, Herr ...?«

»Da habe ich Sie doch richtig erkannt. Sie wissen nicht, wer ich bin?« Der alte Mann grinste, sein Gesicht wurde von einem Netz aus Falten überzogen. »Jakob Schink. Wir hatten letztes Jahr miteinander zu tun.«

»Ach, natürlich. Herr Schink. Vom Egelsberg, richtig? Wie geht es Ihnen?«

»Ich kann nicht besser klagen, Herr Kommissar. Ich wollte schon die ganze Zeit mal bei der Polizei anrufen, aber irgendwie habe ich es immer wieder vergessen. Und dann komme ich auch so selten in die Stadt, wissen Sie? Meine Enkelin erledigt ja die meisten Sachen für mich.« Schink holte tief Luft. »Nur alle zwei Monate treffen wir uns.« Er wies auf den Tisch. »Alte Kollegen. Früher haben wir gekegelt, aber der Rücken macht das nicht mehr mit, wissen Sie?«

Jürgen Fischer nickte. Er war sich nicht ganz sicher, ob Schink ihm etwas sagen wollte oder nur Konversation machte. Doch nun wurden die Augen hinter der dicken Brille nervös. Schink blickte durch den Raum, als suche er dort einen Ansatzpunkt.

»Wollen wir uns nicht kurz dahinten hinsetzen?« Hauptkommissar Jürgen Fischer zeigte auf den einzigen freien Tisch in der Ecke. »Dort können wir reden.«

Als sie saßen, verschränkte Jakob Schink die Arme und beugte sich dann zu Fischer vor. Er senkte die Stimme, sodass der Kommissar sich konzentrieren musste, um die Worte zu verstehen.

»Vor ein paar Wochen war das.«

Fischer wusste, dass er mit viel Geduld vorgehen musste, wenn er Informationen haben wollte.

»Was war vor ein paar Wochen?«

»Da hat meine Enkelin uns abgeholt. Ben und mich.« Schink wies auf den großen Hund, der sich nun wieder zu Füßen des Mannes gelegt hatte. »Wir wollten spazieren gehen am Rhein. Es war so schönes Wetter, trotz des Hochwassers.«

»Ja?«

»Na ja, ich hab's in der Zeitung gelesen. Das mit dem Mann. Sie wissen schon, der von der Brücke gesprungen ist.«

»Ja?« Jürgen Fischer lehnte sich noch weiter vor, damit ihm kein Wort entging.

»Gesehen hab ich es nicht. Ich meine, wir waren da, aber ich hab's nicht gesehen.«

»Herr Schink, was haben Sie nicht gesehen?«

»Wie er gesprungen ist. Wir waren doch an dem Sonntag da.«

»Sie waren an dem Sonntag in Uerdingen am Rhein, als der Mann von der Brücke gesprungen ist?«

»Ja.« Der alte Mann nickte eifrig.

»Aha. Und?«

»Ich habe darüber nachgedacht, ob das wichtig sei. Und ich kann mich einfach nicht entscheiden. Man will ja auch nicht zur Last fallen.«

»Haben Sie etwas beobachtet?«

»Ich war doch mit Ben spazieren. Meine Enkelin hat eine Freundin besucht, und ich war mit dem Hund spazieren. Am Rhein.«

Jürgen Fischer schluckte. Er versuchte, ganz ruhig und freundlich zu bleiben, bemerkte aber, dass es ihm zunehmend schwerer fiel.

»Ja?«

»Da war dieser Typ, dieser junge Mann. Er hatte einen Rucksack. Den hat er unten an der Brücke versteckt. Seltsam fand ich das und Ben auch. Ben ist ja immer ganz ruhig, aber diesmal hat er geknurrt.« Jakob Schink schaute nach unten. Vor seinen Füßen lag der große Hund.

»Sie haben einen Mann beobachtet, der einen Rucksack am Rheinufer versteckt hat?«

»Nun, so sah es aus. Aber ob das was mit dem Fall zu tun hat, weiß ich nicht. Nur seltsam war, was im Rucksack war, wissen Sie?«

»Sie haben ihn aufgemacht?«

»Ich habe ihn mit nach Hause genommen. Der Rucksack sah fast neu aus. Eine Verschwendung, nicht wahr? Die Leute von heute wissen das einfach nicht mehr zu schätzen. Immerzu werden Sachen einfach weggeschmissen.«

»Was war denn darin?« Jürgen Fischer lehnte sich noch weiter vor.

»Tabletten, jede Menge Tabletten. Und zwei Handtücher.

Und Wäsche. Und Schuhe, Turnschuhe. Alles ordentlich zusammengelegt. Und dann ist er gesprungen.«

»Was?« Der Hauptkommissar richtete sich mit einem Ruck auf.

»Ja, er legte den Rucksack da ab und kurz darauf muss er gesprungen sein. Ich hab's dann in der Zeitung gelesen.«

»Sie glauben, dass Christian Graz den Rucksack dort hingelegt hat? Wieso meinen Sie, dass er es war?«

»Sein Führerschein steckte doch darin.«

Jürgen Fischer setzte sich gerade hin, holte tief Luft. Seine Hand glitt zur Hosentasche, aber die Zigaretten lagen auf dem Tisch bei Martina Becker.

»Herr Schink, das sind wichtige Informationen. Morgen früh kommt jemand von uns bei Ihnen vorbei. Bitte fassen Sie das Fundstück nicht mehr an.«

»Ja, ja. Gut.« Der alte Mann nickte, erhob sich und reichte Fischer die Hand.

»Hier und hier und hier musst du unterschreiben.« Der Mann, der neben der Staatsanwältin saß, trug einen sichtbar teuren Anzug. Jürgen Fischer ging an ihm vorbei und zog sich seinen Stuhl heran. Martina Becker schaute auf.

»Lutz, das ist Hauptkommissar Fischer. Mein Bruder, Lutz Claasen.«

»Aha.« Lutz Claasen machte keine Anstalten, Fischer die Hand zu reichen. »Würdest du jetzt bitte unterschreiben, Martina. Hier ist der Totenschein.«

»Dr. Walter war sicher nicht überrascht von Vaters Tod.« Martina Becker nahm den Totenschein, las die Unterschrift und runzelte die Stirn. »Hat Mutter nicht den Hausarzt gerufen? Hier steht Weymann.«

»Das ist Dr. Walters Vertretung. Martina, ich habe nicht unendlich Zeit.«

Lutz Claasen reichte ihr einen silberfarbenen Stift, aber die Staatsanwältin zog einen einfachen Plastikkuli aus der Tasche, setzte zügig ihre Unterschriften an die erforderlichen Stellen.

»Schönen Abend noch.« Claasen packte die Papiere zusammen und nickte ihnen zu. Er stand schwungvoll auf und wäre beinahe mit dem Kellner zusammengestoßen, der das Essen brachte.

»Nun passen Sie doch auf«, schimpfte Lutz Claasen und ging dann, ohne sich noch einmal umzudrehen.

Martina Becker stöhnte. »Es tut mir leid, er hat keine Manieren.«

Sie lächelte dem Kellner zu.

»Ich bin Kummer gewohnt«, scherzte der Mann und stellte die beiden großen Teller mit den duftenden, riesigen Pfannkuchen vor sie auf den Tisch. Ein gemischter Salat vervollständigte die Mahlzeit.

»Wunderbar, ich kann eine Stärkung gebrauchen.« Martina Becker nahm das Besteck und begann hungrig zu essen.

Sie hat ein schönes Lachen, dachte Fischer, ihr Gesicht öffnet sich dabei. Er fühlte sich wohl in ihrer Gegenwart.

KAPITEL 16

Achim Polieska fror. Das Thermostat der Heizung stand auf 30 Grad, trotzdem fror er. Seine Hände zitterten, sodass er den Stift kaum halten konnte. Er nahm die Daunendecke von seinem Bett und legte sie sich um die Schultern. Er setzte sich wieder an den Schreibtisch.

Die Bücher lagen akkurat Kante auf Kante vor ihm, das Heft mit den Formeln war aufgeschlagen. Er konnte seine eigene kleine Schrift kaum entziffern. Nervös rieb er sich über die Augen, versuchte ein weiteres Mal, sich auf die Unterlagen zu konzentrieren.

Ein Geruch stieg ihm in die Nase, schnüffelnd hob er den Kopf. Es roch nach Chlor und Schwefel, meinte er.

Er nahm das Raumspray aus der Schreibtischschublade, sprühte, sog die Luft tief ein. Ihm wurde übel. Im letzten Moment schaffte er es bis zur Toilette. Zitternd erbrach er sich. Kalter Schweiß sammelte sich auf seiner Stirn. Aus der Ferne hörte er ein Geräusch. Ein Hämmern oder Klopfen. Doch er konnte nicht ausmachen, woher es kam und was es bedeutete. Achim schloss die Augen und rutschte auf die Fliesen.

Der Mann vor der Tür klopfte noch mal, zog dann einen Schlüsselbund aus der Hosentasche und suchte den passenden Schlüssel. Die Tür öffnete sich leicht und geräuschlos. Er fand den jungen Mann röchelnd und keuchend auf dem Fußboden im Bad.

Zehn Minuten später dröhnte das Martinshorn durch das Viertel um die Prinz-Ferdinand-Straße.

Als Achim Polieska ins Krankenhaus eingeliefert wurde, waren seine Vitalwerte fast zum Stilstand gekommen.

»Wer hat ihn gefunden?« Der diensthabende Arzt schaute auf das Krankenblatt.

»Ein Freund. Er hatte einen Schlüssel, den er benutzte, weil ihm nicht geöffnet wurde.« Der Sanitäter streckte sich erschöpf. Es war schon sein fünfter Einsatz an diesem Tag.

»Vergiftungsanzeichen. Habt ihr irgendetwas gefunden? Tabletten? Klebstoff?«

»Nein, nichts. Es deutet auch nicht auf einen Suizidversuch hin. Auch sein Freund konnte es sich nicht erklären. Sie studieren zusammen Elektrotechnik und wollten gemeinsam lernen.«

»Ist der Freund mitgekommen?« Der Arzt notierte sich die Angaben, schaute dann den Sanitäter nachdenklich an.

»Nein. Aber ich habe seinen Namen und seine Telefonnummer. Und die der Familie.«

»Okay. Dann schauen wir mal, ob wir ihm helfen können.«

Laute Stimmen hallten durch das Badezentrum. Die Mannschaft des Bockumer Schwimmvereins hatte sich auf den Bänken versammelt.

»Wo ist Achim?« Henk Verheyen blickte in die Runde.

»Er ist nicht da.« Ein paar der Jungen kicherten.

»Das sehe ich selbst. Weiß jemand, was mit ihm ist?«, wollte der Trainer wissen. Niemand antwortete. Henk Verheyen zog die Stirn kraus. In der nächsten Woche begannen die Wettkämpfe. Dieses Jahr war es schwer, eine ordentliche Mannschaft zusammenzustellen. Nach und nach sprangen die Älteren ab, und die Jüngeren waren einfach noch nicht so weit. Achim hatte in der letzten Saison gut trainiert, einige Preise gewonnen, war aber noch nicht an seiner Leistungsgrenze angelangt.

Henk Verheyen ging in das kleine Büro und suchte Achims Telefonnummer heraus, wählte. Niemand meldete sich. Verärgert schmiss er den Hörer hin.

»Hi, Henk.« Ein junger, schlanker Mann in einem dunkelblauen Bademantel betrat den Raum ohne anzuklopfen. »Alles klar? Bereit fürs Training?«

Verheyen schaute auf, steckte das Telefonregister in seine Tasche. »Weißt du, was mit Achim ist, Martin?«

»Achim? Ne, ich hab noch nichts weiter gehört. Wollte nachher mal anrufen. Im Krankenhaus oder bei den Eltern.«

»Was? Wieso Krankenhaus?« Der Trainer sah ihn erschrocken an.

»Weißt du das gar nicht? Er ist gestern eingeliefert worden. Zusammenbruch. Ich war mit ihm zum Lernen verabredet und habe ihn zufällig gefunden und den Notarzt verständigt.«

»Achim ist im Krankenhaus?«

»Ja, im Städtischen.«

Henk Verheyen schloss die Augen und stöhnte auf. Jetzt auch noch Achim, dachte er, schlüpfte aus den Badelatschen und zog sich die Straßenschuhe an.

Als er in seinem Wagen saß, zog er das Handy hervor und tippte eine Nachricht ein. Er hoffte, sie würde es richtig interpretieren.

Mitten in der Nacht schrak Angelika Weymann aus einem traumlosen Schlaf hoch. Aus dem Wohnzimmer hörte sie die leise murmelnde Stimme ihres Mannes. Sie stand auf, nahm den Bademantel, zog ihn fest um sich zusammen, schauderte.

Im Flur blieb sie lauschend stehen. Frank redete auf jemanden ein, leise, aber eindringlich. Angelika konnte ihn nicht verstehen, aber den Tonfall kannte sie.

Sie ging ein paar Schritte weiter. Frank saß auf dem Sofa, Unterlagen und Tabellen vor sich auf dem Tisch ausgebreitet. In der Dunkelheit bildete der warme Schein der Stehlampe eine Lichtinsel um ihren Mann.

Er beugte sich nach vorne, presste das Telefon an sein Ohr, massierte den Nasenrücken. Ein Ausdruck von Konzentration.

Einen Augenblick überlegte Angelika, ob sie sich wieder zurückziehen sollte. Noch hatte ihr Mann sie nicht bemerkt. Sie entschied sich dagegen, nahm auf dem Sessel ihm gegenüber Platz, zog die Beine an den Körper und legte die Arme darum.

Frank hob den Kopf, runzelte die Stirn und starrte sie an. Für einen Moment unterbrach er sein Gespräch. »Was machst du hier? Geh ins Bett.«

»Es ist drei Uhr nachts, Frank.« Angelika versuchte zu lächeln. »Ich bin durch deine Stimme wach geworden.«

Frank legte die Hand über das Telefon. »Sorry. Aber das hier ist wichtig.«

»Um drei Uhr nachts?«

»Geh wieder ins Bett.«

Angelika schüttelte den Kopf. »Ist was passiert?«

Frank nahm die Hand vom Telefon, hielt es wieder an sein Ohr. »Gaby? Ich ruf' dich in fünf Minuten wieder an. Nein, nein. Nun beruhige dich erst mal. Ich glaube kaum, dass es etwas zu bedeuten hat.« Er warf Angelika einen wütenden Blick zu. »Dann gib ihr etwas zu trinken und … ja, im Notfall auch Valium. Irgendetwas, damit sie ruhiger wird.« Frank legte auf, ohne eine Antwort abzuwarten.

»Geh ins Bett, Angelika.«

»Was ist denn passiert? Du erzählst gar nichts mehr. Ich weiß überhaupt nicht, wie weit du mit deinen Forschungen bist, was ihr gerade macht. Früher war das anders. Da hast du mich immer mit einbezogen.«

»Du hast jetzt die Praxis.« Er klang müde.

»Henk Verheyen hat mich heute angerufen. Achim Polieska hatte einen Zusammenbruch.« Angelika streckte trotzig das Kinn vor. Sie ließ sich von ihrem Mann nicht ins Bett schicken wie ein kleines Kind.

Frank riss die Augen auf, starrte sie an. »Das sagst du mir jetzt erst? Verdammt.« Er stöhnte. »Ich wollte vor ein paar Tagen zu Achim, er hat mich nicht reingelassen.«

KAPITEL 17

»Es sind etwa 50 Hinweise eingegangen. Die meisten davon natürlich unbrauchbar.« Polizeichef Guido Ermter setzte sich nicht bei der Morgenbesprechung, sondern lief auf und ab.

»Immerhin. Dann hat die Pressemitteilung ja etwas gebracht.« Vera Schmidt schenkte Kaffee ein.

»Abwarten.« Ermter klang nicht überzeugt. »Noch haben wir das Kind nicht gefunden. Ich werde die Spuren Aufteilen, und bis heute Nachmittag müssen sie abgearbeitet sein. Also, keine Müdigkeit vortäuschen.« Endlich setzte der Polizeichef sich hin und zog die Ablagekörbchen zu sich heran.

»Ich muss heute Morgen zum Egelsberg.« Hauptkommissar Jürgen Fischer rieb sich über das Kinn, nahm sich einen Kaffee. Er zündete sich eine Zigarette an, bevor er über das Treffen mit Jakob Schink am Vorabend berichtete. »In dem Rucksack, sagt der Mann, ist der Führerschein von Christian Graz«, schloss er.

Guido Ermter stöhnte auf. »Er hat den Rucksack gefunden? Am Rheinufer?«

»Ja. Als er mit seinem Hund spazieren ging.« Fischer räusperte sich. Er traute sich nicht, in die Runde zu blicken, ahnte das Grinsen in den Gesichtern der Kollegen. Jakob Schink hatte im letzten Jahr bei einem Spaziergang mit seinem Hund erst eine Leiche und dann einen entscheidenden Hinweis gefunden. Ermter war damals darüber nicht sehr amüsiert gewesen.

»Ich schätze, wir sollten Jakob Schink auf die Gehaltsliste setzen. Unsere private Hundestaffel. Hat er zufällig auch ein Baby irgendwo gefunden? Beim Gassi gehen?« Guido Ermter holte tief Luft, wollte noch etwas anfügen, verkniff es sich aber und schob die Akten hin und her. »Nun gut. Der Rucksack ist erst mal nebensächlich. Christian Graz ist zweifelsfrei tot, ein Suizid. Da müssen wir nicht mehr ermitteln. Also werden wir erst einmal die Spuren im Fall Laura Rühtings verfolgen. Ich erwarte Ergebnisse. Heute noch! Jürgen, du kannst im Anschluss an die Nachmittagsbesprechung zu unserem Hundebesitzer fahren und den Rucksack sicherstellen. Falls nicht irgendetwas Dringendes zu tun ist.«

Ermter teilte die Kollegen in Zweiergruppen ein. Ihm fiel auf, dass Sabine Thelen nicht zum Dienst erschienen war. Oliver Brackhausen erklärte, dass Sabine angerufen hätte. Es war etwas mit ihrem Wagen. Er bot an, sie abzuholen. Polizeichef Ermter bat jedoch Jürgen Fischer, bei Sabine Thelen vorbeizufahren.

Gleich nach Herausgabe der Presseerklärung hatte die Polizei eine Sondernummer eingerichtet. Etliche Leute riefen an, nachdem der Lokalsender Welle Niederrhein und auch der WDR über das verschwundene Kind berichteten. Fischer wusste aus Erfahrung, dass die meisten Hinweise unbrauchbar sein würden. Trotzdem musste jede Spur verfolgt werden. Er nahm die vier Protokolle, die Ermter ihm zugewiesen hatte, und machte sich auf den Weg zu Sabine Thelen.

In der Dürerstraße blühten die Kastanienbäume. Jürgen Fischer parkte seinen Wagen und ging zu dem alten Backsteinhaus, in dessen Dachgeschoss Sabine Thelen ihre Wohnung hatte. Er schellte, drückte die Tür auf, als er das Summen des Öffners hörte, und stieg die knarrende Holztreppe nach oben. Es roch nach Schmierseife und Braten. Ihm kam eine junge Frau mit einem Baby auf dem Arm und einem Katzenkorb an der anderen Hand entgegen. Fischer drückte sich in die Ecke des engen Treppenhauses.

»Geht es? Ziemlich eng hier.«

»Ja danke, das geht schon.« Die Frau mit den kurzen, roten Haaren lächelte ihn freundlich an.

»Soll ich Ihnen helfen? Den Korb runter tragen?«, bot Fischer an.

Sie schüttelte den Kopf.

Die Tür zu Sabines Wohnung stand offen.

»Hallo?« Fischer blieb im Hausflur stehen. Aus der Küche kam das gedämpfte Geräusch eines Radios. »Sabine?«

»Ich bin im Bad. Kleinen Moment. Komm ruhig rein, Jürgen.«

Fischer nickte, ging in die Küche. Erstaunt stellte er fest, dass der Polizeisender eingestellt war. Die entfernt klingende Stimme, die durch atmosphärisches Rauschen unterbrochen wurde, zählte monoton Zahlenfolgen auf. Es klang ein wenig wie der Taxifunk.

»Guten Morgen.« Sabine Thelen kam in die Küche, verbreitete den Duft von Seife und einer leichten Spur Parfüm. Sie verrieb eilig etwas Creme im Gesicht. Ihre Haare hatte sie zu einem Knoten im Nacken geschlungen. Sie trug einen wollweißen Pullover und Jeans, sah jung und voller Tatendrang aus. Fischer musterte sie bewundernd. Er war froh, dass sie sich augenscheinlich so gut erholt hatte.

»Tut mir leid, wenn ich Umstände mache. Aber heute scheint alles schief zu gehen.« Sabine hob die Hände und grinste ihn an. »Es gibt so Tage.«

»Ist schon in Ordnung. Seit wann hörst du den Polizeifunk?« Fischer wies auf das Gerät neben der Kaffeemaschine.

Sabine Thelens Gesicht überzog eine leichte Röte. Schnell schaltete sie das Radio ab. »Ich habe nie damit aufgehört. Lass uns gehen.«

Sie schloss hinter Fischer die Tür ab und folgte ihm die Treppe hinunter.

»Wohnt eine neue Mieterin hier im Haus?« Fischer schaute über die Schulter, lächelte ihr zu. »Eine junge Frau?«

»Nein ... das ... das war meine Freundin. Ich, ähm ... ich wollte heute Morgen vor Dienstantritt noch zu ihr, ähm ... ihr etwas bringen. Aber da das Auto nicht ansprang, war sie so freundlich, es abzuholen.«

Merkwürdig, dachte Jürgen Fischer, sie klingt, als wolle

sie etwas verheimlichen. Vielleicht lag es aber auch an ihrer Nervosität, die sie immer noch nicht abgelegt hatte.

»Was ist denn mit deinem Wagen?«

»Keine Ahnung, irgendwas mit dem Motor. Mein Vater kümmert sich nachher darum.« Sabine Thelen öffnete die Beifahrertür von Fischers Wagen und stieg ein. »Und was haben wir heute so vor?«

»Den Telefonprotokollen nachgehen, du weißt schon, das verschwundene Baby.«

Sabine nickte stumm.

»Super. Was machen wir nun?« Vera Schmidt knallte die Autotür zu und lehnte sich zurück. Oliver Brackhausen lachte.

Sie hatten auch Spuren bekommen, und gleich die erste erwies sich als Blindgänger. Eine Frau hatte angerufen, in der Nachbarschaft sei überraschend ein Baby aufgetaucht. Es stellte sich heraus, dass es nur Verwandtschaftsbesuch war, Tochter und Enkelin.

»Solche Spuren«, Oliver Brackhausen machte mit den Fingern Anführungszeichen in die Luft, »werden wir zuhauf haben. Die Nachbarschaft ist misstrauisch und beobachtet gut. Und zu guter Letzt wird irgendein Hundebesitzer das Kind finden, und Ermter wird platzen.« Oliver Brackhausen ließ den Motor an.

»Was hat das mit den Hunden auf sich? Ich verstehe das nicht?«

»Zum einen hasst Ermter Hunde. Ich glaube, er ist mal von einer großen Dogge gebissen worden, vor Jahren. Zum anderen hatten wir im letzten Jahr diesen Fall ... ein Mann fand die wichtigen Spuren, als er mit seinem Hund Gassi ging. Die Polizei suchte, aber an den falschen Stellen ... Es hat Ermter ganz schön geärgert.«

Oliver Brackhausen lachte leise, warf dann der Anwärterin einen Blick zu. Er merkte, wie wohl er sich in ihrer Gegenwart fühlte.

»Und nun?« Vera Schmidt lächelte zurück.

»Nun gehen wir der nächsten Spur nach.«

»Werden wir das Mädchen finden? Was glaubst du?« Die Anwärterin fuhr sich mit gespreizten Fingern durch ihr kurzes, dunkles Haar.

»Vera, das ist keine Glaubensfrage. Aber ja, ich denke, dass wir das Kind finden werden. Irgendetwas haben wir bisher übersehen, ich weiß nur nicht was. Fischer hat eigentlich immer ein gutes Gespür für so was. Nur scheint er zurzeit mit seinen Gedanken woanders zu sein. Untypisch für ihn.«

Jürgen Fischer quälte sich durch den dichten Verkehr der Kölner Straße. In Fischeln fragte er sich, ob es klug war, nicht die A 57 genommen zu haben, aber der Staubericht der Welle Niederrhein im Radio belehrte ihn eines Besseren. Inzwischen kannte er sich schon ziemlich gut in Krefeld und Umgebung aus, der Weg nach Meerbusch war keine Fahrt mehr ins Ungewisse.

Sabine Thelen saß ungewöhnlich still neben ihm und schien ihren Gedanken nachzuhängen.

Jürgen Fischer bat sie, das Protokoll vom Rücksitz zu holen und ihm die Adresse zu nennen. Es dauerte nicht lange, bis er die gesuchte Straße fand. Eine typische Wohnsiedlung, Vierfamilienhäuser mit Geranien in den Balkonkästen, gepflegte Vorgärten, ein kleiner Holzspielplatz in der Mitte der Siedlung. Eine junge Frau öffnete die Wohnungstür.

»Hauptkommissar Jürgen Fischer. Frau Koch, wir kommen wegen Ihres Anrufes.« Fischer musterte sein Gegenüber. Die junge Frau hatte ihre Haare zu einem Zopf geflochten, der ihr lang über den Rücken hing. Sie trug ein weites T-Shirt über einer Jeans. Fischer hatte den Eindruck, dass sie noch nicht lange wach war.

»Kommen Sie herein. Darf ich Ihnen einen Kaffee anbieten?« Sie gähnte, schlug sich verlegen die Hand vor den Mund, lachte dann. »Entschuldigung. Das ist der Jetlag. Ich bin erst gestern von Male zurückgekommen.«

»Male?« Fischer sah sich in der Wohnung um. Sie war nett möbliert, helle, moderne Möbel, ein Glastisch und ordentlich bis auf den Koffer, der aufgeklappt in der Mitte des Wohnzimmers lag.

»Malediven. Ich bin Flugbegleiterin. Auf dem Rückweg vom Flughafen habe ich die Nachrichten gehört und den Aufruf. Deshalb habe ich mich bei Ihnen gemeldet. Allerdings habe ich nicht damit gerechnet, dass Sie hier vorbeikommen.«

Die Frau bat sie mit einer Handbewegung Platz zu nehmen und holte eine Kaffeekanne und Tassen aus der Küche.

»Möchten Sie? Ich brauche dringend eine Tasse.«

Fischer nickte, Sabine Thelen schüttelte den Kopf.

»Sie haben angerufen und gesagt, dass das Kind ganz sicher beim Vater ist. Kannten Sie die Mutter?« Fischer nahm die Tasse entgegen, die sie ihm reichte.

»Susanne? Flüchtig.«

»Sie wissen, dass Susanne Rühtings sich umgebracht hat?« Jürgen Fischer blickte sie ernst an, während Sabine Thelen den Schreibblock aus ihrer Tasche zog.

»Ich hab's gestern gehört«, sagte die junge Frau nachdenklich.

»Und es überrascht Sie nicht?«

»So genau habe ich sie nicht gekannt. Wie gesagt, nur

flüchtig über den Verein.« Frau Koch schob sich den Stuhl zurecht, setzte sich Fischer gegenüber, legte ihre Hände um die Tasse.

»Über den Verein? Welchen Verein?«

»Susanne war doch auch im Bockumer Schwimmverein. So wie wir alle.« Die junge Frau trank gierig den Kaffee, es schien ihr nichts auszumachen, dass er heiß war.

»Wir alle? Auch der Vater?«

»Der auch. Christian war einer der Besten, jedenfalls als ich noch aktiv war. Das ist aber eine Weile her. Mein Job lässt das jetzt nicht mehr zu. Deshalb habe ich auch zu den meisten den Kontakt verloren.«

»Christian?«

»Ja, Christian Graz. Er hat Susanne im Schwimmverein kennengelernt, meine ich.«

»Christian Graz?« Jürgen Fischer holte tief Luft. »Sind Sie sich sicher, dass er der Vater des Kindes ist?«

»Natürlich. Wer denn sonst?«

»Susanne Rüthings hat keinen Vater angegeben. Auch ihrer Mutter ist der Erzeuger nicht bekannt.«

Die junge Frau lehnte sich zurück, zog die Stirn in Falten. »Susanne hatte schon ewig was mit Christian. Ich habe sie noch zusammen gesehen, als Susanne schwanger war. Das hat mich allerdings überrascht. Dass sie ein Kind bekam, meine ich. Der Christian ist sehr strebsam. Sein Studium ist ihm wichtig, unglaublich wichtig. Ich kann mir nicht vorstellen, dass er vor seinem Diplom freiwillig eine Familie gründet. Na ja, shit happens.« Die junge Frau grinste. »Gestern Abend habe ich direkt bei ihm angerufen, um nachzufragen, aber er ist nicht ans Telefon gegangen.«

»Das kann er auch nicht.« Sabine Thelen sprach mit leiser, aber eindringlicher Stimme. »Er ist tot.«

»Was? Das glaub' ich nicht!« Die Flugbegleiterin sprang auf, schlug die Hand vor den Mund.

»Es tut uns sehr leid. Christian Graz ist eindeutig tot. Auch er hat sich umgebracht. Er ist von der Rheinbrücke gesprungen.«

Frau Koch drehte sich um, ging ein paar Schritte, wandte sich dann wieder zurück zu den beiden Beamten. Ihr Atem ging stoßweise.

Jürgen Fischer stand auf, legte ihr die Hand auf die Schulter. »Beruhigen Sie sich, bitte. Tief Luft holen.«

»Ich hatte keine Ahnung! Ich war in der letzten Zeit häufig unterwegs. Wann ist das denn passiert und wie?«

Hauptkommissar Jürgen Fischer schüttelte den Kopf. »Das ist schon ein paar Wochen her. Er ist von der Brücke gesprungen, hat einen Abschiedsbrief hinterlassen. Eindeutiger Selbstmord.«

»Das ist unmöglich. Nicht Christian. Der kann gar nicht ertrinken. Wir haben immer gesagt, dass er Kiemen haben muss und ein halber Fisch ist. Er bewegte sich im Wasser sicherer als auf dem Land. Und von der Rheinbrücke … nein, das glaub' ich nicht. Nicht Christian.«

»Wieso nicht?« Nun schenkte sich Sabine Thelen doch Kaffee ein.

»Er ist schon öfter von der Brücke gesprungen. Wir alle.« Tränen standen ihr in den Augen. »Das ist natürlich verboten, aber es war eine unserer Mutproben. Es ist auch nie etwas passiert. Dafür ist die Brücke gar nicht hoch genug.«

Sie schluckte, wischte sich die Tränen aus dem Gesicht. »Entschuldigen Sie mich einen Augenblick.«

Fischer sah ihr auf dem Weg in die Küche hinterher. »Das ist kaum zu glauben«, murmelte er.

»Was denn?« Sabine Thelen schob die Kaffeetassen zur

Seite. Ein Wasserring hatte sich auf der Glasplatte des Tisches gebildet, sie malte mit dem Zeigefinger ein Schneckenmuster.

»Christian Graz und Susanne Rüthings kannten sich. Waren sogar zusammen, haben sich beide umgebracht. Haben beide fast identische Abschiedsbriefe geschrieben. Ich hatte es im Gefühl, die Fälle hängen doch zusammen.« Fischer sagte es ohne Triumph in der Stimme.

»Vielleicht waren sie ja in einer Sekte. Oder sie hat sich umgebracht, weil er sich umgebracht hat, eine Art Verzweiflungstat, oder sie wollte ihm folgen … das könnte ich verstehen.«

»Und ihr Kind lässt sie alleine zurück? Verstehst du das auch?« Fischer sah sie aufgebracht an. Sabines Gesicht schien zu zerfallen.

»Sabine, entschuldige … ich … ich habe nicht nachgedacht …«

Sabine hob die Hand, als wolle sie ihn abwehren, stand auf und ging zur Terrassentür, öffnete diese und trat hinaus.

»Scheiße.« Fischer wischte sich mit der flachen Hand über das Gesicht. Das Thema war heikel, und es war ein böser Zug des Schicksals, dass Sabine bei ihrem Wiedereinstieg in den Beruf ausgerechnet mit einem Säugling konfrontiert wurde. War sie deshalb so schweigsam? Oder steckte etwas anderes dahinter? Es überraschte ihn, dass sie den Polizeifunk mithörte. Ob sie vorher von dem Fall gewusst hatte? War sie deshalb vorzeitig in den Dienst zurückgekehrt? Sah er Gespenster? Fischer schüttelte den Kopf.

Die junge Flugbegleiterin kehrte in das Zimmer zurück.

»Es tut mir leid, irgendwie hat mich das Ganze geschockt.«

»Das kann ich gut verstehen. Sie waren befreundet.«

»Eher gut bekannt. Christian kenne ich … kannte ich«, sie schluckte hart, »kannte ich besser als Susanne. Wir sind zusammen in die Schule gegangen.«

»Und Sie sind sich sicher, dass das Kind von ihm ist?«

»Was heißt sicher? Wie gesagt, ich habe die beiden zusammen gesehen, Hand in Hand. Da war Susanne deutlich schwanger. Ausdrücklich gesprochen habe ich nicht mit ihnen. Ich bin einfach davon ausgegangen.«

»Na gut. Wenn Ihnen noch etwas Wichtiges einfällt, rufen Sie mich bitte an. Es kann auch sein, dass wir noch Fragen haben. Sind Sie in der nächsten Zeit wieder unterwegs?«

Die junge Frau schüttelte den Kopf. Auf einmal wirkte sie sehr jung und verloren.

Jürgen Fischer schaute nach draußen. Sabine Thelen stand mit dem Rücken zu ihm und rauchte. Er ging zur Terrassentür, zögerte.

»Sabine?«

Sie reagierte nicht. Er war sich nicht sicher, ob sie ihn nicht gehört hatte oder nicht hören wollte.

»Sabine«, sagte er ein wenig lauter. »Wir sind vorerst fertig hier. Kommst du?«

Sabine Thelen nahm einen tiefen Zug, ließ die Zigarette dann auf die Steinfliesen fallen, trat sie aus. Dann bückte sie sich, hob die Kippe auf, drehte sich endlich zu ihm um. Sie war blass und ihre Augen gerötet.

Sie schwieg immer noch, als sie die Krefelder Stadtgrenze schon passiert hatten.

»Sabine, entschuldige, es tut mir leid.« Fischer hielt den Blick konzentriert nach vorn gerichtet.

»Ist schon gut.«

»Nein, das ist es nicht. Ich kann mir vorstellen, dass dir das nahe geht.«

»Du kannst dir gar nichts vorstellen. Du weißt nicht, wie es ist, wenn man seinen Partner verliert. Den Vater seines Kindes. Und du weißt auch nicht, wie es ist, dann auch noch das Kind zu verlieren. All das weißt du nicht.«

Im letzten Jahr war Sabines Freund bei einem Einsatz ums Leben gekommen. Kurz darauf hatte der wahnsinnige Täter die schwangere Polizistin entführt und gefangen gehalten. Fischer kam ihm auf die Spur und rettete die junge Frau. Das Kind verlor sie jedoch.

»Nein, ich weiß es nicht, denn ich habe das so noch nicht erlebt. Da hast du recht.«

»Wenn Susanne Rüthings Christian Graz geliebt hat, und er sie und das Kind verlassen hat, dann kann ich mir schon vorstellen, dass sie sich umbringen wollte. Aus Verzweiflung. Mehr als einmal habe ich auch daran gedacht.« Ihre Stimme klang hart und kalt, wie ein Eiszapfen, der klirrend auf dem Boden zerspringt.

Fischer wusste nichts darauf zu erwidern. Beide schwiegen eine Zeit lang.

»Wie passt das Ganze aber in unserem Fall zusammen? Er soll verantwortungsbewusst gewesen sein und hat das Kind nicht offiziell anerkannt? Sie sind in der Schwangerschaft zusammen gesehen worden, aber ihre Freundinnen haben angegeben, dass niemand weiß, wer der Vater des Kindes ist. Sie haben Christian Graz noch nicht einmal erwähnt. Die Mutter auch nicht. Entweder gab es einen guten Grund, die Vaterschaft zu verschweigen, aber welchen? Oder er war nicht der Vater.« Fischer strich sich über den Hinterkopf. Das kurze Haar in der Farbe von Eisenspänen knisterte.

»Wir werden seine Familie befragen. Und die Freundinnen und Rüthings Mutter sollten wir uns auch noch mal vornehmen. Dass er im Bockumer Schwimmverein war, war das bekannt?«

»Ja. Ich war mit Oliver kurz dort, habe aber nur nichtssagende Aussagen erhalten. Keiner wusste, ob er Probleme hatte oder in Schwierigkeiten steckte. Er war wohl schon eine Weile nicht mehr aktiv wegen seines Studiums.«

»Susanne Rüthings hat niemand erwähnt?«

»Nein. Wir haben aber auch nicht nach ihr gefragt. Dass sie auch Schwimmerin war, höre ich zum ersten Mal. Wir werden die beiden Fälle wieder aufrollen müssen. Das wird Ermter gar nicht schmecken.«

Als sie in Meerbusch in den Wagen gestiegen waren, schien die Sonne von einem metallisch blauen Himmel, die satt gelben Rapsfelder leuchteten. Über Krefeld aber türmten sich dunkle Wolken auf. Elektrizität schien in der Luft zu liegen.

Sie waren schon in der Innenstadt, als die ersten dicken Tropfen fielen. Dann brach der Himmel auf und es goss in Strömen.

Fischer hielt vor dem Präsidium. Der Regen prasselte auf das Autodach. Er ließ Sabine aussteigen. Sie rannte durch den Wolkenbruch auf den Eingang zu. Seine Blicke folgten ihr nachdenklich, dann parkte er den Wagen auf dem angrenzenden Parkplatz. Einen Moment noch blieb Fischer sitzen, die Hände über dem Lenkrad verschränkt. Susanne Rüthings und Christian Graz waren ein Paar. Dies war die fehlende Verbindung, die er zwar instinktiv gespürt, aber nicht entdeckt hatte.

Konnte es sein, dass sich Susanne Rüthings umgebracht hatte, weil ihr Freund aus dem Leben geschieden war? Hatte er Selbstmord begangen, weil ihm die Belastung und die Verantwortung zu viel wurden? Zwei junge Menschen am

Anfang ihres Lebens, getrieben von Verzweiflung? Irgendetwas störte ihn an diesem Gedanken, es war wie ein Splitter an einer Stelle, an die er nicht herankam.

Susanne – seine Frau fiel ihm ein. Gestern Abend hatte er lange das Telefon angestarrt und überlegt, ob er sie anrufen sollte. Er hatte sich dagegen entschieden, hasste sich dafür. War er feige? Was empfand er noch für seine Frau? Sie waren den größten Teil ihres Lebensweges zusammen gegangen. Hatte sich der Weg geteilt und jeder schlug nun eine andere Richtung ein?

Seine Gedanken wanderten weiter. Sabine Thelen gab ihm Rätsel auf. In den vergangenen Monaten hatte sich eine sehr zarte Freundschaft zwischen ihnen entwickelt, vielleicht weil er so etwas wie Verantwortung für sie empfand, seit er ihr das Leben gerettet hatte. Ihre Verzweiflung war greifbar, aber nie hätte er gedacht, dass sie sich das Leben nehmen wollte.

Man kann nie in einen Menschen hineinschauen. Nur dann, wenn er sich wirklich öffnet. Was wusste Sabine wirklich über das verschwundene Baby? Inwieweit belastete sie dieser Fall persönlich? War sie seelisch stabil genug, um sich damit zu befassen?

Er verspürte das Bedürfnis, mit jemandem darüber zu reden. Früher wäre das seine Frau gewesen, jetzt nicht mehr.

Er musste an Martina Becker denken. Gestern Abend hatten sie lange im Nordbahnhof gesessen und geredet. Nicht über die Fälle, nicht über Berufliches. Martina erzählte aus ihrem Leben, von ihrem Vater, ihrem Bruder. Fischer hatte das erste Mal wirklich über jenen Fall gesprochen, der ihn dazu gebracht hatte, sich versetzen zu lassen. Anschließend hatte er damals öfter mit einer Psychologin, die auch involviert war, geredet. Bei diesen Gesprächen wurde ihm klar, dass er die nötige Distanz verloren hatte. Dass er sich persönlich zu weit in den Fall eingelassen und somit Fehler begangen hatte. War das jetzt wieder so? Sah er Verbindungen und Gründe, die nicht vorhanden waren? Machte er aus einer Mücke einen Elefanten? Hatten sich die beiden jungen Menschen tatsächlich einfach nur umgebracht, weil sie keinen Ausweg sahen, oder steckte mehr dahinter?

Gestern Abend verabschiedete die Staatsanwältin sich vor dem Nordbahnhof mit einem festen Händedruck. Sie ließ sich nicht von ihm zu ihrem Wagen begleiten. Kurz verspürte er das Bedürfnis, sie in den Arm zu nehmen. Er war sich nicht sicher, was hier gerade mit ihm geschah.

Fischer schüttelte den Kopf, rieb sich die Augen. Noch immer prasselte der Regen nieder. Das Dunkel wurde ab und an von einem grellen Blitz durchzogen, tiefer Donner grollte.

Er wusste, er würde seine Gedanken ordnen müssen. Und auch seine Lebensumstände. Er hockte überall zwischen den Stühlen, hatte keinen festen Bezug.

Hauptkommissar Jürgen Fischer öffnete die Wagentür und stieg aus. Der Regen ließ allmählich nach. In der Ferne wurde der Himmel schon wieder hell. Die Luft roch frisch nach feuchter Erde und Gras.

Ein Gewitter reinigt, dachte er und betrat das Polizeipräsidium.

KAPITEL 18

Angelika Weymann erwachte mit einem schweren Kopf. Hinter ihrer Stirn pochte und hämmerte es, als sei eine ganze Baukolonne tätig. Das Sonnenlicht, das sich durch die Vorhänge stahl, tat ihren Augen weh, und sie kniff sie wieder zusammen. Ihre Zunge fühlte sich geschwollen und pelzig an, die Bettdecke entwickelte ein unerwartet schweres Gewicht auf ihrem Körper. Das Gluckern der Kaffeemaschine in der Küche dröhnte in ihren Ohren und der sonst verführerische Duft war diesmal zu bitter.

Sie tastete zum Nachttisch. Ihre Finger fuhren suchend über die Oberfläche, die Augen hielt sie immer noch geschlossen. Angelika war sich ganz sicher, dass dort die Packung mit den Schmerzmitteln lag, liegen musste, aber sie konnte sie nicht ertasten. Schließlich blinzelte sie. Auf dem Tischchen befanden sich nur die Lampe und der Wecker.

Angelika Weymann überlegte, ob sie ihren Mann rufen sollte, als sie ihn ins Bad gehen hörte. Sie entschied sich dagegen. Er hatte gestern Nacht noch lange mit seiner Assistentin telefoniert. Es gab Probleme mit den Versuchsreihen, einige der Ratten waren apathisch geworden, zwei gestorben, weitere tobten durch ihren Käfig. Frank konnte sich das nicht erklären. Diesen Ratten hatte er Präparate gegeben, die eigentlich schon getestet waren. Soweit sie wusste, sollten die Mittel demnächst sogar an Probanden getestet werden. Doch ihr war klar, dass Frank sie nicht mehr in alles einweihte und sie somit eigentlich gar nichts über sein derzeitiges Projekt wusste.

Sie drehte sich auf die Seite, spürte Übelkeit und Schwindel in sich hochsteigen, etwas Stinkendes wie Faulschlammgas stieg aus ihrem Magen hoch, blubberte in ihrem Hals. Mühsam schluckte sie es herunter.

Ich kann jetzt nicht krank sein, ich muss in die Praxis, muss funktionieren, dachte sie verzweifelt. Angelika öffnete die Schublade des Schränkchens. Dort lagen die Tabletten. Schnell drückte sie zwei aus der Aluminiumverpackung, nahm einen großen Schluck Wasser aus der Flasche, die neben dem Bett stand, und spülte die Medikamente hinunter. Dann legte sie sich wieder flach auf den Rücken, atmete tief ein und aus, versuchte, ihren Herzschlag zu beruhigen. Aus Erfahrung wusste sie, dass die Wirkung schnell einsetzen würde. Heute Abend würde sie wieder mit Magenschmerzen kämpfen, aber das nahm sie in Kauf.

»Guten Morgen, Zeit aufzustehen.« Frank trat an ihr Bett und hielt ihr eine Tasse Kaffee hin.

Angelika verzog das Gesicht. »Keinen Kaffee«, murmelte sie und drehte ihm den Rücken zu.

»Bist du sauer?«

Ihr Mann roch frisch nach Seife und Rasierwasser, seine Stimme klang übertrieben gut gelaunt.

»Migräne.« Sie konnte ihre Lippen kaum bewegen. Jeden einzelnen Muskel fühlte sie überdeutlich. Nur noch einen Augenblick, dann würde es besser werden.

»Das tut mir leid. Soll ich Doktor Walter anrufen? Willst du heute zu Hause bleiben?«

»Nein.«

»Na gut, du bist hier die Ärztin, du wirst es schon wissen. Treffen wir uns heute mit Henk? Es ist wichtig.«

»Ja.«

Sie wartete, bis sich seine Schritte entfernten und die Tür

sich hinter ihm schloss. Die Kopfschmerzen ließen allmählich nach. Ganz langsam, um das Schwanken des Raumes in Grenzen zu halten, richtete sie sich auf. Angelika ließ erst das eine Bein und dann das andere über die Bettkante gleiten, klammerte sich fest und sah, wie das Blut aus ihren Fingern wich.

Frisch geduscht und angezogen erschien sie später in der Praxis. Sie wirkte munter, und nur eine leichte Blässe um die Nase, auf der ihre Sommersprossen hervorstachen, zeugte von dem Migräneanfall.

Mittags, als sie die Tür der Praxis hinter sich schloss, zogen sich bedrohlich dunkle Regenwolken am Himmel zusammen. Kurz darauf brach das Gewitter los.

Frank Weymann überprüfte noch einmal alle Angaben in den Tabellen. Die Dosierungen waren exakt eingehalten worden, nichts unterschied diese Versuchsreihe von den vorangegangenen. Trotzdem war alles anders. Er holte eines der apathischen Versuchstiere aus dem Käfig, überprüfte die Vitalwerte, nahm Blut ab. Die Labortür öffnete sich, und Gaby, seine Assistentin, betrat den Raum. Frank Weymann drehte sich um und verharrte wie erstarrt.

»Bis du des Wahnsinns?«, brüllte er dann. »Raus! Sofort raus! Niemals das Labor ohne Schutzkleidung betreten und … verflucht, was soll das Baby hier?«

Seine Assistentin wurde bleich. Sie drückte das kleine Kind in ihrem Arm enger an ihren Körper, als müsse sie es schützen. Das Baby wimmerte.

»Entschuldige, Frank. Ich wusste nicht, was ich machen sollte … wo ich sie heute lassen sollte …«

»Wenn du niemanden hast, der das Kind betreut, dann bleib um Gottes willen zu Hause. Ich dachte, wir hätten darüber gesprochen!« In seiner Erregung hatte Frank die

Ratte vergessen, die er immer noch in der Hand hielt. Das Tier biss ihm kurz und heftig in den Finger, Blut schoss hervor. Reflexartig ließ er das Tier fallen.

»Scheiße!« Das Tier blieb auf dem Boden liegen, rührte sich nicht. Frank Weymann stand auf, ging zum Waschbecken, wusch die Wunde aus.

»Es ist gefährlich. Wenn du dir keinen Overall überziehst, bringst du Verunreinigungen mit hier hinein. Dadurch können die Ergebnisse verfälscht werden. Und ein Säugling hat hier schon gar nichts verloren. Wo bleibt dein Verantwortungsgefühl?«

»Ja, ich weiß das. Ich wollte auch nur kurz vorbeischauen. Meine Mutter kommt gleich und nimmt sie. Die Nacht war grauenvoll.«

»Wenn deine Mutter das Kind nimmt, dann kannst du dich ja noch mal ein paar Stunden hinlegen, Mädel.« Frank schüttelte den Kopf. »Sag mal … du hast die Kleine doch nicht gestern Nacht hier gehabt, oder?«

»Nein, nicht hier drin. Ich habe sie im Büro gelassen.« Gaby wiegte das Kind hin und her, die Kleine hatte sich beruhigt, saugte heftig an dem Schnuller.

»Okay, komm wieder, wenn du ausgeschlafen hast. Ich muss nachher einmal weg, aber nicht für lange. Eigentlich habe ich vor, die Nacht hier zu verbringen. Es kann doch nicht sein, dass alles schief geht.« Er besprühte die Wunde mit Desinfektionsmittel und klebte ein Pflaster darüber. Die Ratte lag immer noch auf dem Boden ohne sich zu rühren, ihr Leib hob und senkte sich in hektischen Atemzügen. Weymann hob sie auf und legte sie zurück in den Käfig. Dann beugte er sich wieder über seine Aufzeichnungen. Dass seine Assistentin den Raum verließ, bemerkte er nicht.

Polizeichef Guido Ermter führte die Mutter von Susanne Rüthings in den schlichten Verhörraum. Ruhig und höflich versuchte er, Informationen über ihre Tochter zu bekommen, doch sie fragte immer wieder nach dem Kind. Ermter wollte schon abbrechen, als es klopfte und Fischer ihn um ein kurzes Gespräch bat.

Jürgen Fischer erzählte Ermter von der Zeugenaussage der jungen Flugbegleiterin. Gemeinsam gingen sie zurück zu Frau Rüthings. Diese saß zusammengesunken an dem schmalen Tisch, wischte sich immer wieder mit einem Taschentuch über das gerötete Gesicht. Ein leichter Schweißgeruch lag in der Luft.

»Frau Rüthings?« Fischer nahm ihr gegenüber neben Ermter Platz, ordnete die Mappen, die auf dem Tisch lagen. »Erinnern Sie sich an mich? Fischer, Hauptkommissar Fischer. Ich war in der Wohnung Ihrer Tochter.«

Die Frau richtete den Blick auf ihn, es wirkte so, als brauche sie einige Zeit, um ihn zu fixieren. Sie nickte langsam, schnäuzte sich.

»Sie haben angegeben, dass der Vater Ihres Enkelkindes unbekannt ist?«

Wieder nickte die Frau.

»Und Sie haben überhaupt keine Vorstellung, wer es sein könnte?«

»Nein.« Die Antwort kam zögerlich.

»Wirklich nicht? Ich meine, Ihre Tochter hat nie etwas darüber gesagt?«

»Nein, hat sie nicht.« Jetzt lag Trotz in ihrer Stimme.

»Hatte Ihre Tochter denn so viele wechselnde Bekanntschaften? Nie einen festen Freund?«

»Was hat das denn damit zu tun? Wollen Sie meine Tochter jetzt als Schlampe darstellen?« Die Stimme der Frau wurde lauter, die Tränen waren versiegt. Sie strich sich durch die roten Haare. »Es geht hier doch nicht um den Lebenswandel meiner Tochter, es geht um meine Enkelin. Die ist verschwunden. Entführt wahrscheinlich. Und Sie sitzen hier und stellen mir unnötige Fragen, statt sie zu suchen. Ein kleines Kind, ein Baby!«

»Frau Rühtings, diese Fragen gehören dazu, um den Fall aufzuklären. Wir müssen so viel wie möglich über Ihre Tochter und ihre Kontakte erfahren.«

»Aber warum?« Die Frau zog die Stirn in Falten, auf einmal sah sie viel älter aus.

Polizeichef Guido Ermter hatte zunächst Fischer das Gespräch übernehmen lassen. Nun aber räusperte er sich und lehnte sich vor, stützte die Hände auf den Tisch.

»Frau Rühtings, bitte beantworten Sie unsere Fragen. Wir machen hier nur unsere Arbeit und sind auf Ihre Mithilfe angewiesen. Wer ist Lauras Vater?«

Die Frau lehnte sich zurück. »Ich habe keine Ahnung. Susanne hat es mir nicht gesagt.«

Fischer und Ermter wechselten einen Blick.

»Sagt Ihnen der Name Christian Graz etwas?« Fischer übernahm die Befragung wieder.

»Christian? Ja.«

Die beiden Beamten warteten, sahen die Frau an. Sie verzog keine Miene, machte keine Anstalten, etwas hinzuzufügen.

»Ist er der Vater des Kindes?«, fragte Fischer bohrend nach.

»Nein.«

»Sind Sie sich ganz sicher?« Der Kommissar hob die Stimme.

»Ja.«

Kurze Zeit später brachen sie die Befragung ab. Ermter ging verärgert in sein Büro. Vor zwei Tagen noch hatte es so ausgesehen, als ob eine ruhige Zeit vor ihnen liegen würde, und nun veränderte sich alles rasant. Dabei hätte Ermter jetzt gut ein wenig mehr Freizeit brauchen können. Sein Freund Joachim, genau wie er ein erklärter Winnetou-Fan, hatte ihn angerufen. Gemeinsam hatten sie vor einiger Zeit alle alten Winnetou-Filme angesehen. Sie waren sogar ins ehemalige Jugoslawien gefahren zu den Original-Drehorten. Inzwischen hatte Joachim Kontakt zu Marie Versini, die Winnetous Schwester gespielt hatte, aufgenommen. Sie würde in dieser Woche Krefeld besuchen. Joachim und er organisierten die große Winnetou-Nacht. Und ausgerechnet jetzt stellte sich heraus, dass die beiden Suizidfälle offensichtlich doch miteinander verbunden waren. Es gab keinen Hinweis, wohin das Baby verschwunden sein könnte. Wie durch eine dicke Nebelschicht tasteten sie sich langsam vor und würden wahrscheinlich eine Menge Zeit investieren müssen.

Es klopfte und Ermter schrak hoch. Fischer schaute durch den Türspalt, betrat dann den Raum.

»Wir haben die beiden Freundinnen von der Rühtings einbestellt, sie kommen gleich. Ich würde aber gerne schnell mit der Staatsanwältin sprechen.« Fischer kratzte sich nachdenklich am Kinn.

»Ja, mach das. Wo ist eigentlich Sabine?« Guido Ermter drehte den Verschluss von seinem Füller ab, um ihn sofort wieder zuzuschrauben.

»Sabine? Ich habe sie vorhin am Eingang aus dem Auto gelassen, weil es so schüttete. Ist sie denn nicht hier?«, fragte Fischer besorgt.

»Ich habe sie jedenfalls nicht gesehen. Im Besprechungsraum war sie nicht, und die Tür zu ihrem Büro stand auch auf.«

Fischer nickte Ermter zu, verließ den Raum. Eilig schaute er in die kleine Küche, in Sabines Büro, in den Besprechungsraum. Sie war nirgendwo und niemand schien sie gesehen zu haben. Als er das Treppenhaus betrat, öffnete sich die Fahrstuhltür und Sabine kam ihm langsam entgegen. Ihre Wangen waren gerötet. Sie wich Fischers Blick aus und ging in Richtung Besprechungsraum.

Befremdet sah Fischer ihr hinterher, zuckte dann mit den Schultern und lief die Treppe hinunter. Er nahm sich vor, nachher mit Sabine zu reden. Ihre seltsame Art gefiel ihm nicht. Vielleicht hatte Ermter recht und sie war noch nicht so weit, wieder am Außendienst teilzunehmen.

Im Grunde hatte er nicht die Zeit, bis zum Amtsgericht zu laufen, und ein Anruf bei Martina Becker hätte es auch getan. Doch er wollte mit ihr persönlich sprechen, sie dabei ansehen.

Auf dem Friedrichsplatz glitzerte die Fontäne des Springbrunnens im Sonnenlicht. Jürgen Fischer fiel auf, dass er sehr oft an die Staatsanwältin dachte. Lag es daran, dass er seit seiner Eheschließung mit keiner anderen Frau außer Susanne essen gegangen war? Er hatte auch Zeit mit Sabine verbracht, hatte sie im Krankenhaus besucht, später dann zu Hause. Aber das waren kollegiale Besuche gewesen.

Fischers Handy klingelte, er blieb stehen, zog es aus der Tasche und blickte auf das Display. Es war die Nummer seiner Frau. Fischer kniff die Augen zusammen, drückte die grüne Taste.

KAPITEL 19

Nachdem Hauptkommissar Jürgen Fischer das Telefonat beendet hatte, starrte er noch eine Weile in das sprühende Wasser des Springbrunnens. Die Stimme hinter sich erkannte er erst, als sie ihn das zweite Mal ansprach.

»Kommissar Fischer.«

Er drehte sich zu Staatsanwältin Martina Becker um.

»Oh, hallo, zu Ihnen wollte ich gerade.« Fischer steckte das Handy in die Tasche und bemühte sich, die Falten in seinem Gesicht zu glätten.

»Und ich zu Ihnen.« Sie lächelte. Jemand, der freundlich war, dachte Fischer.

»Dann haben Sie sich den halben Weg gespart, Herr Fischer.«

Langsam gingen sie nebeneinander her in Richtung Ostwall.

»Wir haben neue Erkenntnisse«, begann Hauptkommissar Fischer, obwohl er ihr eigentlich sagen wollte, wie gut sie aussah. Der Gedanke verstörte ihn, und er spürte eine leichte Röte den Nacken hochsteigen.

»Ach? Etwas wegen des Kindes?« Martina Becker lächelte ihn interessiert an.

»Leider nicht wirklich. Aber es gibt einen Zusammenhang zwischen Susanne Rüthings und Christian Graz.«

Martina Becker blieb überrascht stehen.

»Ja, sie waren beide jahrelang im selben Schwimmverein. Hatten was miteinander.«

»Eine Affäre? Und das kommt erst jetzt heraus?« Die

Staatsanwältin schüttelte den Kopf. »Dabei ist Krefeld doch ein Dorf. Jeder kennt jeden. Das muss doch bekannt gewesen sein.«

»Wir haben nie danach gefragt. Für Ermter waren die Fälle ja gar keine.«

»Sie haben allerdings von Anfang an einen Zusammenhang gesehen. Ich nicht. Meinen Sie, die Suizide haben deshalb miteinander zu tun?«

»Sie bringt sich um, weil er sich umgebracht hat. Pure Verzweiflung, wie bei Romeo und Julia. Weshalb er allerdings so verzweifelt war, ist mir ein Rätsel.«

»Was wissen wir denn über ihn?« Martina ging weiter, schien vorauszusetzen, dass Fischer ihr folgte. Nach drei großen Schritten hatte er sie eingeholt.

»Wir wissen bisher nichts über ihn. Nichts. Niente. Kein Fall, keine Ermittlungen.« Jürgen Fischer hörte die Schärfe in seiner Stimme, es gefiel ihm nicht.

»Sie haben recht. Es war kein Fall.« Martina Becker warf ihm einen Blick zu, lächelte. »Nun scheint es einer zu werden und wir sollten ermitteln.«

Fischer lächelte auch. Es gefiel ihm, wie sie so nebeneinander hergingen. Da ist etwas zwischen uns, dachte er. Nähe, Vertrautheit. Eigentlich unmöglich, ich kenne die Frau doch gar nicht. Trotzdem ließ sich das Gefühl nicht leugnen.

»Ich wollte Anklage erheben wegen der Geiselnahme, aber mir fehlen noch ein paar Daten.« Martina Becker beschleunigte den Schritt. Sie versuchte, ihrer Stimme einen geschäftsmäßigen Klang zu geben. Was passiert hier, dachte sie verwundert. Ich gehe hier neben ihm, als würden wir uns schon Jahre kennen. Fehlt nur noch, dass er meine Hand nimmt. Martina, reiß dich zusammen, der Mann ist verheiratet.

Fischer räusperte sich. »Stimmt, ich habe den Bericht

noch nicht fertig, und wir haben auch noch nicht alle Untersuchungsergebnisse. Ich habe mich bisher nicht darum kümmern können. Das vermisste Kind steht im Moment im Vordergrund.«

»Das verstehe ich. Der Pathologe aus Duisburg hat mir heute Morgen ein Fax geschickt. Ihr müsst das auch bekommen haben. Wegen Christian Graz.«

»Graz?«

»Ja, es konnten fast keine Kieselalgen nachgewiesen werden.«

Fischer sah sie fragend an.

»Ich habe mich erkundigt«, sagte die Staatsanwältin. »Kieselalgen kommen in allen natürlichen Gewässern vor. Ertrinkt man dort, werden diese Algen geschluckt und eingeatmet, kommen sogar in die Blutbahn und vermehren sich dort auch noch nach dem Tod.«

»Und es wurden aber keine nachgewiesen?«

»Nur wenige. Nun kommen Kieselalgen auch im Trinkwasser vor. Ein wenig findet man immer. Ich habe mit Doktor Meyer gesprochen. Wenn Graz nicht wirklich ertrunken ist, sondern durch einen Herzanfall gestorben wäre, dann ist wenig Wasser in die Lunge respektive den Blutkreislauf gelangt. Das wäre eine Erklärung.«

»Christian Graz war Hochleistungsschwimmer. Unsere Zeugin hat ausgesagt, dass er schon des Öfteren aus Jux von der Brücke gesprungen ist, und nie ist etwas passiert. Irgendwie passt das nicht zusammen.«

»Der erste Schritt muss sein, mehr über den jungen Mann und sein Umfeld zu erfahren.«

Im Besprechungsraum saß Oliver Brackhausen neben der Anwärterin Vera Schmidt. Ihre kurzen Haare waren zu einer

Igelfrisur gegelt. Sie trug ein leuchtend rotes T-Shirt, auf dem »I am I« gedruckt war. Sie sah ihn verschmitzt an. Oliver Brackhausen mochte die Anwärterin. Meistens strahlte sie Fröhlichkeit aus. Eine positive Aura, dachte er. Sport trieb sie sicher auch. Vielleicht war das eine Möglichkeit, mehr Zeit mit ihr zu verbringen. Er grinste in sich hinein. Auf dem Tisch vor ihnen stand ein Papptablett mit Teilchen. Oliver Brackhausen nahm ein Puddingteilchen, biss hinein und hielt es dann Vera hin.

»Willst du?«

Sie nickte und biss ab.

Auf dem Flur trommelte der Chef alle für eine Zwischenbesprechung zusammen. Nach und nach fanden sich die Kollegen in dem Raum ein. Nachdem das Gewitter vorübergezogen war, schien die Sonne von einem Himmel, der wie poliert aussah. Draußen dampfte die Straße, der Asphalt wirkte flüssig.

Ermter blickte in die Runde, jemand schob das Tablett mit den Teilchen über den Tisch. Der Polizeichef setzte sich nicht, ging ein paar Schritte am Kopfende des Raumes, räusperte sich, blieb vor dem Tischende stehen. Langsam kehrte Ruhe ein. Ermter wollte gerade anfangen zu sprechen, als die Tür sich wieder öffnete und Jürgen Fischer gemeinsam mit der Staatsanwältin den Raum betrat. Beide lachten. Der Polizeichef quittierte ihre Heiterkeit mit einem eisigen Blick.

Die Ermittlungen hatten keine brauchbaren Hinweise über den Verbleib des Mädchens ergeben. Fischer berichtete darüber, dass Christian Graz der Vater des Babys sein könnte. Guido Ermter teilte die Beamten neu ein. Ein weiterer Stapel mit Nachrichten, die über die Sondertelefonnummer gekommen waren, wurde aufgeteilt.

Oliver Brackhausen stieg in den Dienstwagen, wartete nicht, bis sich Vera Schmidt angeschnallt hatte, sondern ließ den Motor aufheulen. Es machte ihm Spaß, mit Vera zusammenzuarbeiten, sie bildeten ein gutes Team.

»Wo fahren wir zuerst hin?« Vera blätterte durch die Protokolle. Ihr war bewusst, dass Brackhausen sie beeindrucken wollte. Kerle, dachte sie und lächelte. Sie mochte ihn, er war ein netter Kollege. Nur die Geschichte mit seinem Sohn durchschaute sie nicht so ganz. War er wirklich nicht mehr mit der Mutter zusammen? Gab es eine andere Frau in seinem Leben? Im Grunde wusste sie noch nicht viel über ihn. Das würde sie ändern, beschloss sie.

»Wir fahren nach Uerdingen, zu Graz' Eltern«, antwortete Brackhausen.

»Sie tun mir leid. Seit ein paar Wochen ahnen sie schon, dass ihr Sohn tot ist, aber nun ist es Gewissheit.«

»Ja, es ist bitter, wenn die Kinder vor den Eltern sterben.« Oliver musste an seinen Kollegen denken, der letztes Jahr ermordet worden war. Neulich hatte er die Mutter getroffen. Sie schien in den Monaten nach dem Tod ihres Sohnes um Jahre gealtert zu sein.

Schweigend lenkte er den Wagen durch die Stadt. In Uerdingen musste er kurz nach der Anschrift suchen, ein verwinkeltes Netz kleiner Straßen bildete das Viertel um den Stadtpark.

Die Frau, die ihnen die Tür des schönen Einfamilienhauses öffnete, hatte deutliche Ränder unter den Augen. Unsicher sah sie die beiden Beamten an.

»Frau Graz? Kommissar Brackhausen, Kripo Krefeld. Dürfen wir Sie einen Augenblick sprechen?«

Die Frau nickte und ging ihnen voraus durch die Diele in das Wohnzimmer. Dort waren die Rollladen halb heruntergelassen und die Luft roch nach künstlichem Aroma. Tannenwald oder so, dachte Oliver Brackhausen. Er verspürte den Drang, die Fenster aufzureißen und frische Luft und Licht in das Zimmer zu lassen. Ohne diesem Wunsch nachzukommen, nahm er auf dem Sofa Platz. Vera Schmidt wählte einen Sessel.

»Worum geht es? Soll ich meinen Mann herunterbitten?«

Es war der erste Satz, den die Frau sprach. Ihre Stimme klang heiser und brüchig, als hätte sie sie eine ganze Weile schon nicht mehr benutzt. Sie räusperte sich, schluckte.

»Ist Ihr Mann zu Hause? Ja, es wäre sicherlich von Vorteil, wenn er an dem Gespräch teilnehmen könnte.«

Sie nickte und verließ mit schweren Schritten das Zimmer. Brackhausen konnte hören, wie sie langsam die Treppe hinauf ging. Er sah sich in dem Wohnzimmer um. Im Dämmerlicht wirkten die schweren Eichenmöbel massiver, als sie waren. Der Raum war penibel aufgeräumt, nur die Staubschicht auf dem ansonsten nackten Couchtisch zeugte davon, dass auch hier die Zeit verging. Auf dem Klavier, das an der einen Wand stand, reihten sich Familienbilder in Silberrahmen. Brackhausen stand auf und betrachtete sie. Vater, Mutter, Sohn und Tochter. Bilder, in Farbe und Hochglanz. Die Tochter auf einem Pferd, der Sohn mit einem Pokal in einer Schwimmhalle. Sportlich, erfolgreich, und nun war der Tod in diese Familie eingebrochen, hatte sie heimgesucht.

Brackhausen hörte die Frau zurückkommen und nahm wieder auf dem Sofa Platz.

»Mein Mann kommt gleich.« Sie ließ sich kraftlos in einen Sessel sinken. »Es geht um Christian?«

»Ja. Mein Beileid, Frau Graz.«

Irgendwo tickte eine Uhr überlaut in der Stille, zerhackte die Zeit in kleine Stücke.

Die Schritte, die nun die Treppe herunterkamen, klangen fest und zielgerichtet.

Ein Mann mit weißem, dichtem Haarschopf und einem dunklen Anzug betrat den Raum. Dynamisch ging er auf Schmidt und Brackhausen zu, streckte ihnen die Hand entgegen. Sein Händedruck war fest und trocken.

»Kann ich Ihnen helfen?« Er setzte sich nicht. »Marlies, mach doch mal Kaffee.«

Seine Frau nickte und stand schwerfällig auf.

»Herr Graz, es tut uns leid, Sie in diesen sicherlich schweren Tagen besuchen zu müssen …«

»Ja, Christian.« Der Mann zog die Augenbrauen zusammen, blickte zum Fenster, als ob er durch die geschlossenen Jalousien in den Garten schauen könnte. »Meine Frau nimmt das sehr mit.«

Sie nicht, wollte Oliver Brackhausen fragen, unterließ es aber.

»Haben Sie eine Ahnung, weshalb Ihr Sohn sich umgebracht hat?«

»Nein, überhaupt nicht.« Endlich setzte sich Herr Graz, fixierte Brackhausen mit seinem Blick.

»Er studierte, nicht wahr?« Brackhausen schlug seinen Notizblock auf, als müsse er nachschauen.

»Ja. Betriebswirtschaft. In Düsseldorf.«

»Gab es Probleme mit dem Studium?«

»Nein. Keine Probleme. Er hatte das Vordiplom mit guten Noten abgeschlossen und stand kurz vor der Examensarbeit. Sein Professor war sehr zufrieden mit ihm. Christian war immer erfolgsorientiert.«

»Und sportlich?«

»Ja, genau. Er war ein Hoffnungsträger des Schwimmvereins, hat das aber zu Gunsten des Studiums vernachlässigt.«

»Nur eingeschränkt, nicht aufgegeben?«

»Nur vernachlässigt. Mindestens zwei Mal in der Woche hat er trainiert. Das habe ich sehr unterstützt. In einem gesunden Körper wohnt ein gesunder Geist!« Graz setzte sich noch gerader hin, straffte die Schultern.

»Fühlte er sich vielleicht in der Zwickmühle? Der Schwimmverein, der doch sicher wollte, dass Christian öfter trainiert, und dann das Studium?«

»Nein. Für ihn kam das Studium an erster Stelle. Im Schwimmverein waren die Freunde, das war Freizeit, Vergnügen.«

»Und private Probleme?«

»Was sollen das für Probleme gewesen sein?«

»Herr Graz, wir müssen etwas mehr über Ihren Sohn und sein Leben erfahren, deshalb sind wir hier.«

»Aber was interessiert ein Selbstmord die Kriminalpolizei? Es ist doch kein Verbrechen in dem Sinne.«

Oliver Brackhausen war dankbar, dass in diesem Moment Frau Graz mit dem Kaffee auftauchte. Sie stellte das Tablett auf den Couchtisch, schenkte vier Tassen ein, nahm sich eine und setzte sich dann in den Sessel. Sie sank förmlich in sich zusammen.

»Hatte Christian eine Freundin?« Oliver Brackhausen beobachtete das Gesicht seines Gegenübers. Dieser sah weder ihn noch Vera Schmidt an. Stattdessen schien er ausgiebig einen Punkt zwischen ihnen zu fixieren. Erst nach einiger Zeit antwortete er.

»Nein.«

»Er hatte keine Freundin?«

»Nein, das sagte ich doch schon.«

»Wir haben gehört, dass er mit einem Mädchen aus dem Schwimmverein zusammen war.«

»Susanne Rühtings.« Es war Frau Graz, die nun sprach.
»Ja, genau. Stimmt das? Waren die beiden liiert?«
»Das ist schon lange her.« Herr Graz hatte sich keine der Tassen genommen. Nun stand er auf und ging ein paar Schritte durch den Raum. Oliver Brackhausen schenkte sich Milch ein, rührte ausgiebig um, trank vorsichtig. Der Kaffee war lauwarm und sehr bitter.
»Wie lange ist das her?«
Graz drehte sich zu Brackhausen um, hielt ihn mit seinem Blick fest. Alle Freundlichkeit schien aus seinem Gesicht gewichen zu sein. »Sehr lange. Ein paar Jahre bestimmt. Es war eine Teenagerliebe. So was vergeht.«
Brackhausen warf Frau Graz einen fragenden Blick zu, beugte sich dann über sein Notizbuch und tat so, als würde er eifrig etwas notieren. In Wahrheit malte er nur Strichmännchen. Vera saß neben ihm, verfolgte bisher schweigend das Gespräch. Er hoffte, sie würde sich nichts anmerken lassen, wenn sie entdeckte, was er tat.
»Das stimmt nicht, Werner.« Frau Graz stellte ihre Tasse auf den Tisch, es klirrte und der Kaffee schwappte über. »Christian und Susanne haben sich wirklich geliebt. Das war kein Teenagerding. Und es ist noch nicht so lange her.«
Oliver Brackhausen hob den Kopf. »Wie lange denn?«
»Höchstens ein Jahr oder so.«
»Dann ist Ihr Sohn der Vater von Susanne Rüthings Kind?« Es war das erste Mal, dass Vera Schmidt sich einschaltete.
»Nein!« Werner Graz schrie das Wort fast heraus.
»Werner, reg dich doch nicht so auf!« Plötzlich erschien Frau Graz viel ruhiger und souveräner. »Ich bin mir nicht ganz sicher, ob er nicht doch der Vater ist. Christian hat sich sehr verändert in den letzten zwei Jahren. Er ist verschlossener geworden.«

Sie holte eine Packung Taschentücher hervor, nahm eines heraus und wischte die Kaffeepfütze vom Tisch. »Früher«, sagte sie nachdenklich. »Früher war er immer aufgeschlossen, fast schon extrovertiert. Immer überall dabei. Klassensprecher, Schülerrat und so weiter. Der Schwimmverein war sein zweites Zuhause. Es verging kaum ein Tag, an dem er nicht im Schwimmbad war. Erst war er nur gut, aber das reichte ihm nicht. Er trainierte so lange, bis er Wettkämpfe gewann. Eine Weile hat er überlegt, Sport zu studieren. Sein Vater hat ihm abgeraten.«

Sie schenkte sich neuen Kaffee ein, tat drei Löffel Zucker dazu, rührte um. »Vor Susanne gab es ein oder zwei andere Mädchen. Das waren Teenagerliebeleien. Mit Susanne war das anders. Auch sie war im Verein, sie war gut. Sie haben ihre ganze Freizeit zusammen verbracht. Das Mädchen hat öfter hier übernachtet, ich mochte sie, aber ihr Elternhaus …«

»Ihre Mutter ist eine Schlampe!« Werner Graz stand hinter dem Sessel, umklammerte die Lehne. »Sie war nie verheiratet, hat das Mädchen schon mit 16 bekommen. Immer wechselnde Männerbeziehungen. Ich habe Christian gleich gewarnt. Kinder kommen selten auf andere Leute. Sie hatte nicht seinen Stil. Das hätte nie Zukunft gehabt.«

»Unfug, Werner. Susanne ist anders. Sie will etwas aus ihrem Leben machen.«

Brackhausen wechselte einen Blick mit Vera Schmidt. Wussten die beiden nicht, dass Susanne Rühtings tot war?

»Hatten Sie Kontakt zu Frau Rühtings?« Nun notierte Oliver Brackhausen die Informationen.

»Einmal haben wir sie eingeladen, zum Essen. Die Frau hat keine Manieren, und unterhalten kann man sich auch nicht mit ihr.« Werner Graz schlug mit der Faust auf die Sessellehne.

Oliver Brackhausen schaute Frau Graz an. Sie nickte.

»Wieso hat sich Christian von Susanne getrennt und wann?« Vera Schmidt lenkte das Thema wieder zurück.

»Das muss so zwei Jahre her sein, da haben sie sich das erste Mal getrennt. Du warst dafür verantwortlich.« Frau Graz warf ihrem Mann einen unfreundlichen Blick zu. »Du wolltest ihm die Beziehung mit aller Macht ausreden. Er solle sich umschauen, sei noch so jung, bräuchte Erfahrungen. In der Zeit gab es dann auch Probleme mit dem Schwimmverein. Christian stritt sich andauernd mit dem Trainer, dabei war Henk einer seiner besten Freunde. Ein halbes Jahr sahen sich Christian und Susanne kaum noch. Dann waren sie wieder zusammen. Zu der Zeit hatte er aber schon seine eigene Wohnung und wir haben ihn nicht mehr so oft zu Gesicht bekommen.« Es glitzerte verdächtig in Frau Graz' Augen.

»Sie ist wie ihre Mutter!« Werner Graz klang unbeherrscht. »Sie hatte was mit anderen Männern. Immerzu. Da war dieser ältere Kerl, das hat Henk doch auch erzählt. Aber immer wieder ist Christian auf sie reingefallen.«

»Was meinte Ihr Sohn denn? War er der Vater des Kindes?«

»Nein.« Frau Graz schüttelte den Kopf. »Nein, das war er nicht. Daran ist er fast zerbrochen.«

Oliver Brackhausen stieß heftig die Luft aus, als sie wieder im Wagen saßen. Graz' Eltern hatten keine Aussagen über den mutmaßlichen Vater machen können. Vielleicht wusste der Trainer des Schwimmvereins mehr.

KAPITEL 20

»Was soll ich?« Hauptkommissar Jürgen Fischer sah seinen Chef verwirrt an.

»Du sollst in die Städtischen Kliniken fahren und den Arzt befragen. Was an dieser Anweisung hast du nicht verstanden?«

»Ich dachte, unsere Aufmerksamkeit läge darauf, das Baby wiederzufinden. Und jetzt soll ich mich mit dem Arzt darüber unterhalten, ob der vermeintliche Geiselnehmer Drogen genommen hat? Der Fall ist doch nicht so wichtig. Außerdem hat die Frau Staatsanwältin schon den Antrag gestellt, ihn in der Psychiatrie zu belassen.«

»Wir beschäftigen uns ja mit dem Rühtings Fall. Aber solange wir nur im Dunkeln tappen und keine neuen Erkenntnisse haben, kommen wir nicht weiter. Und die Geiselnahme soll schnell vor den Untersuchungsrichter. Also los.«

»Ich wollte auch noch zu Jakob Schink wegen des Rucksacks. Wer weiß, vielleicht bringt uns das neue Erkenntnisse? Schließlich gibt es eine Verbindung zwischen Graz und der Rühtings.«

»Jürgen.« Guido Ermter lehnte sich zurück, schlug das linke Bein über das rechte. »Manchmal denke ich, dass du irgendwelchen seltsamen Verschwörungstheorien anhängst. Graz hat sich umgebracht. Vielleicht weil er der Vater ist, vielleicht weil er *nicht* der Vater ist. Wer weiß, ob wir das herausbekommen und ob das überhaupt wichtig ist. Der junge Mann ist tot, er kann das Kind nicht entführt haben.

Susanne Rühtings hat sich umgebracht … und im Grunde ist es auch hier egal, weshalb sie das getan hat. Das Baby ist weg, aber irgendwie glaube ich, dass es ganz schnell wieder auftauchen wird. Könnte doch sein, dass das Jugendamt dahintersteckt und die nur die Akte verschlampt haben oder so etwas.«

Fischer stieß einen Seufzer aus, wobei er sich Zeit zum Ausatmen ließ. Dann stand er auf. »Wen soll ich mitnehmen? Sabine?«

Ermter nickte.

Der Flur in den Städtischen Kliniken roch nach Desinfektionsmitteln und Gummi. Eine Schwester hatte sie zu einem Wartebereich geführt, der Arzt würde gleich kommen.

Die Glastüren öffneten sich und ein metallisch glänzender Wagen wurde in den Flur geschoben, es roch auf einmal nach Kantinenessen. Fischers Magen knurrte.

»Hallo? Sind Sie von der Polizei?« Ein junger Mann in einem weißen Kittel trat zu ihnen.

»Ja. Hauptkommissar Fischer, Kommissarin Thelen.«

Sie schüttelten sich die Hände, dann wies der Arzt auf die Sitzgruppe.

»Es geht um die Geiselnahme?«

»Ja, und den anderen Fall. Jemand ist am Wochenende in der Kufa zusammengebrochen?«

Der Arzt nickte und blätterte in seinen Unterlagen. »Wir haben Proben genommen. Schauen Sie mal.« Er reichte Fischer eine Art Tabelle. Fischer warf einen Blick darauf, konnte aber nichts mit den Zahlen und Abkürzungen anfangen. Er räusperte sich.

»Ja, bei beiden Männern konnten wir Marihuana nachweisen. Spuren davon, überall. Blut, Urin, Schleimhaut, Gewebe, Haar, Haut.«

»Das spricht für einen hohen Konsum.«

»Das spricht eigentlich dafür, dass sie in einer hochgradig Cannabis belasteten Umgebung leben.«

»Wie bitte?«

»Es sieht so aus, als hätten sie Tage oder Woche auf einer Hanffarm verbracht. Jedenfalls meiner Meinung nach.«

»Und deshalb sind sie so durchgedreht?«

»Nein, das eher nicht. Marihuana oder Cannabis zählt zu den repressiven Wirkstoffen, es fördert den Appetit aber dämpft ansonsten das Nervensystem. Dass Menschen nach dem Konsum aggressiv werden oder derartig ausflippen, ist eher unwahrscheinlich. THC wird über den Darm und die Nieren, oxidativ auch über die Leber abgebaut. Die Spuren, die wir im Urin gefunden haben, waren aber eher grenzwertig gering.«

»Und das heißt?«

»Ich gehe davon aus, dass etwas anderes für die Reaktion zuständig war. Wir haben weitere Tests gemacht, wie Sie ja anhand der Tabelle erkennen können. Es wurde auch amphetaminähnliche Stoffe nachgewiesen.«

»Crack?«

»Das kann ich nicht so genau sagen. Amphetamine werden synthetisch erzeugt. Es gibt immer wieder neue Zusammensetzung dieser ›Discopillen‹, wie sie auch genannt werden.«

»Aber das ist dann ein Straftatbestand.« Es war das erste Mal, dass Sabine Thelen sich zu Wort meldete. Während der Fahrt zum Krankenhaus hatte sie leise vor sich hin gesummt. Fischer ging davon aus, dass sie sich allmählich wieder in das Team eingewöhnte. Trotzdem wollte er noch mal in Ruhe mit ihr reden, sobald sich eine Gelegenheit dazu ergab.

»Nicht unbedingt.« Fischer rieb sich über das Kinn, fuhr dann fort: »Es werden ständig neue Designerdrogen entwickelt. Sie müssen erst gefunden, analysiert, auf ihre Inhaltsstoffe getestet und dann als Drogen deklariert werden. Es kann schon mal eine Weile vergehen, bis das so weit ist. In dieser Zeit ist die Einnahme juristisch nicht illegal.«

»Dann haben sie sich nicht strafbar gemacht? Aber was ist mit dem Cannabis? Sind sie vielleicht doch deshalb durchgedreht?« Sabine Thelen sah den Arzt aufmerksam an.

»Nein.« Der junge Arzt schüttelte den Kopf. »Unmöglich. Cannabis in so hohen Dosierungen macht eher lethargisch. Aber diese beiden waren aufgedreht, hatten Bewusstseinsveränderungen, Herzrasen, eine erhöhte Aktivität. Das spricht eher für die Amphetamine. Wir haben im Übrigen noch einen ähnlichen Fall. Ein junger Mann, der ebenfalls kollabiert ist. Auch ein Sportler.«

»Wieso auch?«

»Nun, alle drei haben einen hohen Muskeltonus. Sie sind durchtrainiert.«

»Werden Amphetamine auch im Sport eingesetzt? Als Doping?«

»Ja, das gibt es. Aber auch, um Muskelsubstanz aufzubauen.«

»Könnte es dann sein, dass sie gar keine ›Drogen‹ genommen haben, sondern Medikamente?«

»Na, das bezweifle ich aber doch. Wir haben ja auf die gängigen Medikamente getestet, diese Zusammensetzung ist uns aber bisher unbekannt. Ich habe im Internet und bei verschiedenen anderen Stellen nachgefragt. Auch dort war von diesen synthetischen Zusammenstellungen nichts bekannt.«

Fischer ließ sich das Krankenblatt des dritten Mannes geben. Der Arzt sah auf seine Uhr und verabschiedete sich eilig.

Hauptkommissar Fischer stand auf und schaute nachdenklich aus dem Fenster. War dies ein weiteres Puzzlestück oder nur purer Zufall? Er entschied sich, der Spur nachzugehen. Auf dem Weg nach draußen bemerkte der Hauptkommissar einen Mann und eine Frau in der Eingangshalle, die in ein Gespräch vertieft waren. Die Frau kam ihm bekannt vor, aber er konnte sie auf die Schnelle nicht einordnen.

Die Adresse auf dem Krankenblatt führte die beiden Ermittlungsbeamten in die Innenstadt.

»Hier gibt es noch wunderschöne Altbauten.« Sabine Thelen wies Fischer den Weg durch die Prinz-Ferdinand-Straße. »Leider sind einige total heruntergekommen. Ich habe früher mal hier in der Ecke gewohnt.«

Sie hielten vor der angegebenen Adresse, fanden auch den Namen auf den Türschildern. Die Haustür war nicht abgeschlossen. Die Luft im Hausflur roch dunstig nach Essensresten und etwas Süßlichem.

Fischer sah sich im Dämmerlicht um. Der junge Mann musste seine Wohnung im Erdgeschoss haben. Die Haustür öffnete sich hinter ihnen, und eine ältere Frau trat ein.

»Entschuldigung.« Fischer wandte sich an sie. »Wissen Sie, wo Achim Polieska wohnt?«

»Achim? Ja, dort hinten den Flur hinunter im Flügelanbau. Aber er ist nicht da. Er ist im Krankenhaus. Kommen Sie wegen der Blumen?«

»Der Blumen?«

»Ja, der Achim hat doch mit seinen Freunden hinten im Hof den Schuppen gemietet. Dort züchten sie Topfblumen. Ich find das ganz toll. Es scheint ja auch gut zu laufen. Immerzu holen sie Töpfe ab und bringen neue. Klasse, was die jungen Burschen da auf die Beine gestellt haben. So jung und schon Unternehmer und selbstständig. Und das in der heutigen Zeit.«

»Was sind denn das für Blumen?« Sabine Thelen lächelte freundlich.

»Das weiß ich nicht so genau. Alles Mögliche wohl. Vor Weihnachten habe ich sie gebeten, mir so ganz kleine Christsterne zu züchten, diese kleinen roten, wissen Sie? Für unsere Messe. Das haben sie auch gemacht, die Jungen. Genauso wie ich das haben wollte. Die Kirche sah wunderschön aus.«

»Wo genau ist der Schuppen?«

»Ach, da gehen Sie hier hinten durch die Tür oder Sie können die Hofeinfahrt nehmen, da kommen Sie auch dorthin. Verfehlen können Sie's nicht. Es riecht immer ein wenig süßlich. Das sind die Orchideen, hat Achim gesagt.«

Fischer und Thelen warfen sich einen Blick zu und suchten die Tür in den Hof. Dort war alles vollgestellt mit altem Gerümpel. Die eine Seite wurde von einem flachen, länglichen Schuppen gebildet. Die Fenster waren mit Folie verklebt, sodass sie nicht hineinschauen konnten. Die erwärmte Luft stand im Hof und roch ein wenig faulig. In einer Ecke stapelten sich Plastikblumentöpfe und leere Säcke. Fischer versuchte, die Tür zu öffnen, sie war abgeschlossen. Er rieb sich über das Kinn, nahm sein Handy hervor und rief im Präsidium an.

»Und jetzt?« Sabine Thelen versuchte noch einmal, durch einen Spalt in den Schuppen zu spähen.

»Jetzt warten wir darauf, dass der Chef mit dem Dezernat spricht und wir einen Durchsuchungserlass bekommen. Dann kommt der Schlüsseldienst und dann sehen wir weiter.«

»Glaubst du, die züchten Orchideen?«

Fischer lachte. »Nein.«

»Wie war eigentlich dein Urlaub in Amsterdam?«

Die Frage kam unerwartet und traf Fischer. Er hielt kurz den Atem an, zog die Stirn kraus. »Es war ... interessant«, sagte er dann.

»Klingt merkwürdig. War das nicht so eine Art zweite Hochzeitsreise?«

»Na ja.« Fischer nahm die Zigaretten aus der Tasche, zündete eine an, inhalierte tief. »Nein, es war eher das Gegenteil.«

»Oh.« Sabine Thelen nahm ihm die Zigarette aus der Hand, zog daran. Sie überlegte, ob sie weiter in Fischer dringen sollte. Er war für sie so etwas wie ein väterlicher Freund geworden. Sie spürte, dass ihn etwas bedrückte, und nahm an, dass er Streit mit seiner Frau gehabt hatte. Eheliche Probleme, beschloss sie, gingen sie nichts an.

Fischer grinste schief, holte die Packung wieder hervor, nahm eine weitere heraus. Er war froh, dass Sabine nicht mehr über das Wochenende wissen wollte.

Eine Weile standen sie rauchend und schweigend im Hof. Es war eigenartig still. Wie von weit entfernt klang das Rauschen des Verkehrs, irgendwo lief ein Fernseher, ein Kind weinte.

Kurz darauf herrschte Hektik. Der Mann vom Schlüsseldienst kam ebenso wie zwei weitere Kollegen. Es dauerte nicht lange und das Türschloss war geöffnet. Grelles Licht blendete sie.

KAPITEL 21

Henk Verheyen sah sich in der überfüllten Eingangshalle des Krankenhauses um. Die Stühle waren fast alle belegt, Stimmengewirr hing in der Luft.

»Du warst lange nicht mehr beim Training.« Er sah Angelika Weymann unfreundlich an.

»Ich hatte keine Zeit, Henk.« Die Ärztin erwiderte seinen Blick nicht, sie schaute zu Boden.

»Ich weiß, dass du wenig Zeit hast. Trotzdem. Die Wettkämpfe beginnen bald und ...«

»Ja, ich werde meinen Pflichten wieder nachkommen. Ich habe das ja schließlich unterschrieben.« Angelika Weymann hob trotzig den Kopf. Im letzten Moment sah sie den Polizeibeamten und seine Kollegin, die sie in der Praxis aufgesucht hatten. Schnell drehte Angelika ihnen den Rücken zu und hoffte, dass sie sie nicht erkennen würden.

»Wo liegt Achim denn?« Sie wandte sich wieder dem Trainer zu.

»Oben auf der Intensivstation. Sie werden dich nicht zu ihm lassen genauso wenig wie mich.«

»Ich bin seine behandelnde Ärztin.«

»Er war bei dir in Behandlung? Weshalb? Ich habe immer gedacht, Achim wäre kerngesund.«

»Ist er ja auch. Ich bin nicht seine Hausärztin, ich betreue ihn für den Verein. Somit ist er mein Patient.«

»Irgendwie schon komisch all das in der letzten Zeit.« Henk Verheyen studierte den Fußboden, blickte dann unruhig über die Schulter. »Als ob ein Fluch auf uns liegen würde. Christian, Susanne und jetzt Achim.«

»Wollte Achim sich etwa auch umbringen?« Angelika Weymann spürte wieder den pochenden Kopfschmerz hinter ihrer Stirn. Ein flaues Gefühl kroch in ihr hoch. Sie war sich nicht sicher, ob es Auswirkungen der Migräne waren oder ob sie Angst hatte. Irgendetwas an Henk erschien ihr seltsam, bedrohlich. Sie strich sich über die Stirn und versuchte, die Gedanken beiseite zu schieben. Sicherlich war sie nur überarbeitet. Auch dass immer mehr Distanz zwischen ihr und Frank lag, machte sie unglücklich.

»Nein, das nicht. Er ist wohl nur zusammengebrochen, Angelika.« Henk Verheyen rieb die Handflächen aneinander. »Ich meine nur. Die ganzen Unglücksfälle, das ist doch seltsam, findest du nicht? Übrigens war die Polizei heute bei mir.«

»Bei dir? Was wollten sie?«

»Das weiß ich nicht. Ich war nicht da. Ich habe nur gehört, dass sie nach mir gefragt haben.« Er ballte die Hände zu Fäusten, entspannte sie, streckte die Finger und formte sie dann wieder zur Faust.

»Frank wollte sich nachher mit dir treffen.« Angelika verlagerte das Gewicht auf das andere Bein.

»Ich weiß. Er hat mich angerufen. Ich schätze aber, dass aus seinem Plan nichts wird.« Seine Stimme wurde zu einem Flüstern.

»Warum nicht?« Angelika Weymann sah ihn überrascht an.

»Weil die Polizei aufmerksam geworden ist. Weil all das passiert.«

»Frank tut doch nichts Illegales.« Sie schüttelte den Kopf. »Das haben wir doch schon alles besprochen. Was ist los mit dir?« Tat er wirklich nichts Illegales?, dachte Angelika. Im Grunde weiß ich gar nichts von dem neuen Projekt. Wieder spürte sie die Unruhe in sich.

»Ach, ich weiß nicht. Mich macht das nervös.« Henk Verheyen stopfte die Hände in die Hosentaschen. Sein Gesicht war gerötet, die Schulter angespannt wie bei einem zum Sprung bereiten Raubtier. Angelika Weymann wich zurück. Sie spürte die unterschwellige Aggression, die von ihm ausging.

Du bist überempfindlich, schalt sie sich selbst, er ist nur aufgeregt, nicht böse. Wahrscheinlich ist das alles ein wenig viel für ihn. Frank wird ihn schon überzeugen, das hat er immer.

Sie nickte Verheyen zu, drehte sich dann um und suchte den Weg zur Intensivstation.

Hauptkommissar Jürgen Fischer leerte die Wasserflasche mit einem Zug. In dem Schuppen war es heiß und feucht, das ideale Klima für eine Hanfzucht. Über 1.000 Pflanzen in verschiedenen Wachstumsstadien hatten sie gefunden. Der Schuppen war technisch auf dem höchsten Stand. Ein ausgefeiltes Bewässerungssystem und eine computergesteuerte Belichtungsanlage waren aufgebaut worden.

»Wahnsinn.« Staatsanwältin Martina Becker kam aus dem Schuppen, wischte sich den Schweiß von der Stirn. »Eine Cannabisproduktion mitten in der Innenstadt. Ein ausgeklügeltes System, das waren Fachleute.«

»Das waren Studenten, die sich so ihr Geld verdient haben.«

»Studenten? Biologen oder Betriebswirte?« Sie lachte leise. »Auf jeden Fall haben sie sich ziemlich viel Mühe gegeben. Wohnt einer von ihnen hier im Haus?«

»Ja, Achim Polieska. Ich war in seiner Wohnung.« Fischer deutete auf ein Fenster im Flügelanbau. »Er hat dort detaillierte Aufzeichnungen. Sie haben eine Art ›Vertrag‹ mit einem Coffeeshop. Einen Teil werden sie sicherlich auch selbst konsumiert haben. Allerdings findet sich darauf kein Hinweis in der Wohnung. Kommen Sie mal mit.«

Fischer führte Becker durch die schmale Hoftür in den Hausflur, öffnete dann die Wohnung von Achim Polieska. Fischer fühlte sich versucht, die Staatsanwältin bei der Hand zu nehmen. Er hatte sich gefreut, dass sie und nicht einer der anderen Dezernenten gekommen war.

»Alles penibel aufgeräumt, zu sauber fast. Und schauen Sie hier ... Schwimmsachen. Unterlagen vom Bockumer Schwimmverein. Immer stoßen wir auf diesen Schwimmverein. Wir müssen mit Trainer und Vorstand reden. Möglicherweise können sie Licht ins Dunkel bringen.«

»Ja, am besten sofort. Ich komme mit.«

Fischer räusperte sich. »Eigentlich hatte ich erst noch etwas anderes vor.«

»Was denn?«

»Ich wollte Dr. Meyer um ein paar Analysen bitten. Damit sich mein Verdacht erhärtet. Der Chef will diese Zusammenhänge gar nicht sehen.« Hauptkommissar Jürgen Fischer stopfte die Hände in die Taschen. Einen Moment überlegte er, ob es ein Fehler war, der Staatsanwältin seinen Alleingang anzuvertrauen. Ermter würde über seine Handlungsweise nicht erfreut sein, aber Fischer war sich sicher, dass mehr hinter der Geschichte steckte.

»Fischer, Sie sehen aber doch ein, dass alles ein wenig weit hergeholt klingt. Sie sehen Gespenster. Natürlich könnte Christian Graz drogenabhängig gewesen sein und sich in einer depressiven Phase umgebracht haben. Aber damit hätten wir immer noch keinen ermittlungstechnisch relevanten Fall. Es bleibt ein Suizid.«

»Ja.« Fischer runzelte die Stirn. Er sah sie an, sein Blick blieb trotzig. Martina Becker erwiderte den Blick. Auf einmal huschte ein Lächeln über ihr Gesicht.

»Sie sehen mehr dahinter. Immer noch. Etwa einen Mord?«
»Ich weiß es nicht.«
»Niemand weiß das. Was haben Sie vor?«

Fischer hatte schon im Hof das Jackett ausgezogen, nun krempelte er die Ärmel des Hemdes hoch. Ihm war warm. Er spürte Erleichterung, dass die Staatsanwältin ihn nicht für verrückt erklärte, sondern versuchte, seine Gedankengänge nachzuvollziehen.

»Susanne Rühtings Leichnam ist inzwischen dem Bestatter übergeben worden. Ich hätte aber gerne wenigstens eine Analyse der Haare. Ich möchte wissen, ob sie auch mit der Haschproduktion zu tun hatte, verstehen Sie?«

»Sie wollen die Totenruhe stören? Bei einem Suizidfall? Nur um eventuelle Verbindungen aufzudecken? Hier geht es doch nicht um ein Verbrechen, es geht um Selbstmord.«

»Ja, weiß ich alles. Trotzdem fühle ich, dass mehr dahintersteckt. Dass es eine Verbindung gibt. Es waren keine zufälligen Selbstmorde. Es gibt einen Grund, dass sich ein junger Mann und eine junge Frau umgebracht haben. Kurz hintereinander. Mit Abschiedsbriefen, die gleich klingen. Beide waren im Schwimmverein. Und dieser Achim ist auch dort Vereinsmitglied. Plötzlich entdecken wir eine Hanfzucht. Drogenhandel. Amphetamineinnahmen. Ich *weiß*, dass noch mehr dahintersteckt. Geben Sie mir eine Chance, es zu beweisen.«

Einen Moment lang sah die Staatsanwältin ihn nachdenklich an. Dann nickte sie.

»Gut. Ich sehe ein Verdachtsmoment. Ein winziges Verdachtsmoment. Nicht genug, um einen richterlichen Beschluss zu erwirken, die Totenruhe zu stören. Vermutlich auch nicht genug, um Ihren Chef zu überzeugen.« Sie holte tief Luft, strich sich durch die Haare. »Wir fahren zur Wohnung der Rühtings. Irgendwo wird ja ein Kamm oder eine Bürste zu finden sein. Und Ermter sagen wir nichts davon.« Martina Becker zwinkerte Fischer zu. Es war das erste Mal seit langer Zeit, dass sie so etwas tat. Dass sie nicht den korrekten Amtsweg ging. Am Anfang ihrer Karriere war sie wagemutiger gewesen, aber mit der Zeit wurden Amtshandlungen zur Routine. Es lag auch an dem Hauptkommissar. Sie vertraute ihm, ohne zu wissen warum.

Sabine Thelen blieb am Tatort zurück und überwachte die Spurensicherung, während Fischer und Becker zur Wohnung von Susanne Rühtings in der Nähe der Anna-Kirche fuhren. Die Wohnungstür war verschlossen, aber nicht versiegelt. Das Schloss zu knacken, bereitete Fischer keine Mühe. Als sie die Wohnung betraten, wurde ihm klar, dass sie eine Straftat begingen. Das ist Ermessenssache, beschloss Fischer und schob den Gedanken beiseite.

Die Wohnung schien ihm unverändert, es war wohl niemand hier gewesen, seit die Leiche abgeholt worden war. Es roch nach verdorbener Milch. Fischer hielt die Luft an, sah Martina Becker an. Sie schürzte die Lippen. Im Wohnzimmer lag eine Wolldecke zusammengeknüllt auf dem Boden, Babyspielzeug war überall verteilt. Die Einrichtung war schlicht, aber ordentlich. Langsam und schweigend gingen sie durch die Räume. Im Bad fanden sie eine Bürste voller langer, roter Haare. Mit spitzen Fingern steckte Fischer sie in einen Spurenbeutel.

»Ganz wohl ist mir hierbei nicht.« Es war das erste Mal,

dass Martina Becker etwas sagte, seit sie die Wohnung betreten hatten. »Lassen Sie uns so schnell wie möglich verschwinden.«

Fischer nickte. »Wenn es nicht so nach saurer Milch stinken würde, könnte man meinen, sie sei nur kurz spazieren oder einkaufen.«

Als sie auf dem Weg nach Duisburg waren, klingelte Fischers Handy. Er erkannte Ermters Nummer auf dem Display und ignorierte den Anruf.

»Das war der Chef«, sagte er.

Die Staatsanwältin biss sich auf die Lippen. »Ich hoffe nur, dass Sie mit Ihrer Theorie recht haben, Fischer. Und falls nicht, dass niemals herauskommt, was wir beide hier getan haben.«

Fischer brummte. Obwohl er froh darüber war, dass die Staatsanwältin ihn unterstützte, wunderte er sich darüber. Teilte sie sein Verdachtsmoment oder tat sie es, weil sie ihm persönlich zugetan war? War sie das überhaupt? Was war das zwischen ihnen? Diese ungewohnte Vertrautheit. Einen Augenblick lang überlegte Fischer sie zu fragen, aber er unterließ es dann. Die richtigen Worte wollten ihm nicht einfallen. Genauso wenig wie ihm die richtigen Worte bei dem Telefonat mit seiner Frau am Vormittag eingefallen waren. Die Erinnerung an das Gespräch lag bleischwer auf ihm. Sie hatte kühl und geschäftsmäßig von finanziellen Dingen gesprochen. Rechnungen, die eingegangen waren, Reparaturen, die ausgeführt werden mussten. Er hatte nach seinem Sohn gefragt, aber ihre Antwort war kurz und distanziert ausgefallen. Der Graben zwischen ihnen wurde größer, und er fand keinen Weg, die Distanz zu überbrücken. Fischer war sich zudem gar nicht sicher, ob er das noch wollte. Susanne schien auch kein Interesse mehr zu haben. Aber vielleicht war ihr Verhalten genau wie seines nur Selbstschutz. Ihm war bewusst, dass nichts wirklich ausgesprochen war und noch zu viele Fragen im Raum hingen. Auf einmal empfand er die Luft im Wagen als stickig und er kurbelte das Fenster herunter.

Martina Becker drehte sich zu dem Hauptkommissar um, sah ihn an. Auf einmal wirkte er sehr viel distanzierter als noch vor ein paar Minuten. Er schien zu grübeln. Sie überlegte, ob sie ihn ansprechen sollte. Doch was könnte sie sagen? Es hatte keinen Sinn, weiter über den Fall zu spekulieren, bevor sie keine Ergebnisse hatten. Zu gerne hätte sie ihn nach seiner Familie gefragt, nach den Söhnen. Er hatte begeistert von ihnen gesprochen, seine Frau aber kaum erwähnt. Von einer Krise in der Ehe hatte er gesprochen. Krise, was bedeutete das für ihn? Eine Pause, eine Auszeit?

»Drogenscreening?« Der Pathologe Dr. Meyer bat sie in sein kleines Büro. Auf dem Schreibtisch, dem Boden und in den Regalen stapelten sich Bücher- und Zeitschriftentürme. Die Luft war angefüllt mit Staub. Mit sicherem Schritt folgte Meyer dem kleinen Pfad zwischen den Bücherstapeln zum Fenster, öffnete es. Der Staub tanzte im Sonnenlicht. Die Zugluft ließ die Körnchen unvorhersehbar umherwirbeln. Sie funkelten wie mikroskopische Scheinwerfer.

Das schwarze Ledersofa war ebenso mit Zeitschriften und Mappen bedeckt wie der Rest des Raumes. Dr. Mayer packte sie zusammen und baute einen weiteren Turm auf dem Boden. Er wies Fischer und Becker mit einer Geste an, auf dem Sofa Platz zu nehmen.

»Drogenscreening?«, wiederholte er und sah sich die Plastiktüte mit der Bürste an. »In Haaren kann man gewisse Wirkstoffe nachweisen, wenn sie denn über einen längeren Zeitraum eingenommen worden sind. Koks zum Beispiel.

Aber nicht wirklich alles. Viele Wirkstoffe werden über die Nieren ausgeschieden.«

»Das wissen wir. Es ist ja auch nur ein grober Verdacht. Ich möchte wissen, ob es einen Zusammenhang gibt.«

»Nur ein Verdacht? Sie wissen aber schon, was diese Untersuchungen an Geld kosten? Was sagt denn die Staatsanwaltschaft dazu?« Er warf Martina Becker einen Blick zu. Diese nickte lächelnd.

»Na gut.« Trotz des Chaos brauchte er nur einen gezielten Griff, um einen Ordner aus dem Stapel auf dem Schreibtisch zu ziehen. »Hier ist die Mappe über Susanne Rühtings.«

Er blätterte, las schweigend, schaute dann auf.

»Sie haben Glück. Ich habe eine Urin- und eine Blutprobe von der Toten. War nicht angeordnet, ich hab's aber trotzdem gemacht. Die Untersuchungen dauern ein paar Tage. Ich werde Sie informieren.«

»Würden Sie die Untersuchungen bitte auch bei Christian Graz machen?«

»Sicher. Besteht da ein Zusammenhang? Hat sich Ihr Verdacht erhärtet, Herr Fischer?«

»Das steht noch nicht fest.«

»Gut, gut.« Meyer klappte die Mappe zu. »Da Sie gerade hier sind, haben Sie schon das Fax mit den Werten von Graz bekommen?«

»Ja. Verstanden habe ich das aber nicht.«

»Kieselalgen tauchen überall im Wasser auf, auch im Trinkwasser. Vermehrt aber in offenen Gewässern. Ertrinkt jemand, gelangen die Algen in den Blutkreislauf und vermehren sich dort. Bei Graz haben wir aber weder in der Lunge noch im Blut groß Anteile von Kieselalgen gefunden.«

»Was bedeutet das genau?«

»Das kann ich nicht sagen.« Dr. Meyer strich nachdenklich über den Ordner, der vor ihm lag.

»Er ist nicht ertrunken?« Fischer fixierte Meyer.

»Doch, ich denke schon, dass er ertrunken ist. Jedenfalls konnte ich keine andere Todesursache feststellen. Andererseits war die Leiche derartig entstellt, dass es schwer ist, mit Gewissheit etwas zu sagen. Er könnte einen Schlag auf den Kopf erhalten haben und dann im Wasser gestorben sein. Ich habe zwar keine Gehirnblutungen feststellen können, aber das heißt nichts.«

»Wissen Sie, es gibt Zeugen, die ihn ins Wasser haben springen sehen, deshalb klingt ein Schlag auf den Kopf für mich eher unwahrscheinlich. Was, wenn er im Wasser von einem Gegenstand getroffen wurde? Einem Ast?« Martina Becker sah den Pathologen an. Eine kleine, steile Falte zeigte sich zwischen ihren Augenbrauen.

»Dann wäre er bewusstlos geworden und hätte jede Menge Rheinwasser in den Lungen gehabt.«

»Noch was, er war Sportler, Schwimmer. Ein hervorragender Schwimmer. Wie wahrscheinlich ist es, dass so jemand ertrinkt?«

»Unglaublich unwahrscheinlich. Normalerweise ist der Selbsterhaltungstrieb zu ausgeprägt. Aber wir reden über nicht nachweisbare Hypothesen. Er ist von der Brücke gesprungen mit der Absicht, sich umzubringen. Das ist ihm zweifellos geglückt.« Dr. Meyer legte die flache Hand auf den Ordner.

»Wenn er sehr viel Hasch konsumiert hätte, könnte ihn das dann lethargisch gemacht haben?«

»Ja, das ist eine Möglichkeit.« Dr. Meyer öffnete die Akte. »Sie sagten, er wäre Sportler gewesen. Hasch ist für Sportler kontraproduktiv. Die nehmen andere Mittel.«

»Das haben wir auch schon gehört.« Hauptkommissar Jürgen Fischer stand auf und reichte Dr. Meyer die Hand. »Ich danke Ihnen, dass Sie sich Zeit für uns genommen haben.«

»Keine Ursache.« Meyer grinste. »Hin und wieder habe ich ganz gerne mit lebendigen Menschen zu tun. Ich werde Sie informieren, sobald ich etwas Genaueres weiß.«

»Ich brauche einen Kaffee.« Jürgen Fischer verlangsamte die Fahrt, schaute sich suchend um.

»Da vorne ist eine Bäckerei mit einem Stehcafé.« Martina Becker wies auf die andere Straßenseite.

Jürgen Fischer bestellte einen Kaffee, Martina Becker war unschlüssig, bestellte dann einen Cappuccino. Vor dem Geschäft standen zwei Stehtische in der Sonne. Sie nahmen ihre Tassen, gingen hinaus. Fischer stützte die Ellenbogen auf, vergrub kurz das Gesicht in den Händen, schüttelte dann den Kopf, als müsse er nach kurzem Schlaf wach werden.

»Glück oder Zufall, dass der Pathologe die Proben entnommen hat?« Martina Becker leckte sich den Milchschaum von den Lippen. »Aber was genau erhoffen Sie sich?«

»Vielleicht einen Hinweis auf Drogenmissbrauch, auf Amphetamine. Etwas, was erklären könnte, weshalb die beiden jungen Menschen durchgedreht sind und sich umgebracht haben.« Jürgen Fischer nahm die Zigaretten hervor, zündete sich eine an. »Vielleicht bin ich auf dem falschen Trip. Aber da sind diese Jungen, einer dreht beim Tanzen völlig ab, bricht zusammen, ein weiterer dreht durch und nimmt Geiseln, ein dritter landet im Krankenhaus kurz vor dem Koma. Alle drei weisen Spuren von Hasch auf. Es gibt eine Haschplantage … möglicherweise haben alle dort gearbeitet. Und bei zumindest drei Leuten weiß ich, dass sie im Bockumer Schwimmverein waren. Graz, Rüthings und Polieska. Vielleicht die anderen auch. Ist der Schwimmverein der Dreh- und Angelpunkt oder ist das ein Zufall?«

»Möglicherweise. Das lässt sich bestimmt herausfinden. Aber was hat das mit den Suiziden zu tun?«

»Vielleicht liegt der Grund für ihre Selbstmorde im Verein oder im Drogenmissbrauch. Aber würde eine Mutter mit Kleinkind Drogen nehmen? Natürlich gibt es diese Fälle. Aber Sie haben die Wohnung der Rühtings gesehen. Sah es dort so aus, als sei sie abgerutscht? Ein Junkie?« Fischer zog an der Zigarette, stieß den Qualm aus. »Es ist auch noch etwas anderes, was mich beschäftigt. Die Reaktionen nach Haschischkonsum sind ja bekannt. Lethargie. Antriebslosigkeit. Nun haben sich die jungen Männer aber ganz anders verhalten. Sie waren aufgedreht, durchgeknallt, aktiv. Kann es sein, dass es eine neue Cannabisart ist, die dort gezüchtet wurde? Gentechnisch verändert? Ich habe davon überhaupt keine Ahnung.«

Martina Becker strich sich durch die Haare. »Möglich ist das schon, ich vermute aber, dass sie andere Drogen genommen haben, die das Bewusstsein verändern. Amphetamine. Irgend so ein chemisches Zeug. Etwas, was sie durchdrehen lässt.«

»Ja. Und wenn Graz das auch genommen hat? Wenn er durchgedreht ist und sich deshalb umgebracht hat?«

»Und die Rühtings dann aus Kummer? Kann sein. Wenn ihnen Drogen angedreht wurden, die eine Bewusstseinsveränderung auslösen, dann gibt es jemanden, der dafür verantwortlich ist. Es macht ihn aber im juristischen Sinne nicht zum Täter. Umgebracht haben sie sich immer noch selbst.«

»Wieso hatte Graz keine Algen im Körper?«

»Na, wenn er gar nicht ertrunken ist, das hat Dr. Meyer doch erklärt.«

»Ja.« Fischer trank seinen Kaffee aus, drückte dann den Styroporbecher zusammen. Nachdenklich runzelte er die Stirn. »Ja. Aber das ist nur die halbe Wahrheit, und ich will die ganze herausfinden.« Er warf der Staatsanwältin einen Blick zu, lächelte dann.

»Ich kann Sie verstehen, aber ich glaube nicht, dass hier ein Verbrechen vorliegt. Es waren unglückliche Umstände, persönliche Verzweiflung.« Sie schaute auf die Uhr. »Schaffen wir es noch, bis fünf Uhr in Krefeld zu sein? Vielleicht erfahren wir auf der Besprechung mehr.«

KAPITEL 22

»Eine Haschfarm mitten in Krefeld? Das ist ja goldig. Und keinem ist etwas aufgefallen?« Ermter verschränkte die Arme vor der Brust. Nachdenklich musterte er seine Kollegen, die sich zur Nachmittagsbesprechung versammelt hatten.

»Die Anwohner dachten, dass die Jungs Stecklinge ziehen und an Gärtnereien verkaufen. Zum Schein haben sie auch andere Blumen angepflanzt. Etwa 100 Fleißige Lieschen wachsen dort.«

»Was sagt denn der Beschuldigte dazu?«

»Noch ist er nicht vernehmungsfähig. Ebenso wenig wie die beiden anderen.« Fischer reckte sich. Es war heiß und stickig in dem Zimmer. Sein Hemd klebte und er sehnte sich nach einer kalten Dusche.

»Abgedreht?«

»Nein, eher ein komatöser Zustand. Kurz vor dem Organversagen.«

»Nun gut. Was gibt es sonst? Irgendeine Spur von dem Baby?« Ermter schaute in die Runde. Niemand sagte etwas. »Nichts? Gar nichts? Verdammt, ich muss gleich eine Presseerklärung rausgeben. Irgendeine kleine Spur muss es doch geben.«

»Das Jugendamt hat definitiv nichts damit zu tun.« Kommissar Roland Kaiser nahm seine Notizen hervor. »Ich war dort, habe mit der Amtsleitung gesprochen. Wir haben jeden befragt, der in der Zeit Dienst hatte. Es gab keinen Anruf, es gibt keine Akte. Nichts.«

»Da sind wir so schlau wie vorher. Eine Frau bringt sich um, ein Kollege kommt, eine Ärztin, die den Tod bescheinigt und auch sieht, dass die Mutter der Toten nicht in der Lage ist, das Kind zu versorgen. Die Mutter bekommt ein Beruhigungsmittel. Plötzlich steht eine Frau in der Wohnung, hält einen Wisch hin, und das Kind ist verschwunden. Der Kollege glaubt, jemand hätte ... wie üblich ... das Jugendamt informiert. Dem ist aber nicht so. Was soll das hier werden? Akte X in Krefeld? Mysteriöse Verhältnisse?« Ermter lief rot an.

»Wir haben die Ärztin gefragt. Sie war der Meinung, der Polizeibeamte hätte das Jugendamt informiert. Der ist aber davon ausgegangen, dass die Ärztin dort angerufen hat.« Fischer massierte sich den Nasenrücken. Er hatte heute noch fast nichts gegessen, der Hunger machte sich bemerkbar. »Die Situation war chaotisch. Die Mutter hysterisch, völlig aufgelöst, die beiden Freundinnen in einem ähnlichen Zustand. Lauter Menschen mit erschütternd schlechtem Gedächtnis.« Er sah verstohlen zu der Staatsanwältin, die auf einem Stuhl am anderen Ende des Tisches saß. Ob sie auch hungrig war? Sie wirkte weder verschwitzt noch müde. Wach schaute sie in die Runde, nahm alles, was gesagt wurde, in sich auf. Er bemerkte wieder die kleine Falte auf ihrer Stirn. Ein Zeichen, dass sie nachdachte.

»Dann werden wir noch mal alle Beteiligten dazu befragen.« Polizeichef Ermter machte sich eine Notiz. »Was sonst?«

»Ich war bei Graz' Eltern. Die Eltern konnten sich nicht erklären, was ihn in den Selbstmord getrieben hat. Ihre Aussagen sind allerdings widersprüchlich. Der Vater gab den Sohn als zielorientiert an, die Mutter meinte, er habe sich verändert. Christian Graz und Susanne Rüthings waren ein Paar, aber haben sich vor einiger Zeit angeblich getrennt. Die Mutter ist sich nicht sicher, ob das Kind von ihrem Sohn sein könnte, der Vater bestreitet das vehement. Rüthings soll eine andere Beziehung gehabt haben, einen Namen konnten Graz' Eltern aber nicht nennen.« Oliver Brackhausen kratzte sich mit dem Stift hinterm Ohr. »Beide waren im Bockumer Schwimmverein. Graz war wohl mit dem Trainer …«, Oliver schaute in seinen Notizen nach, »… einem Henk Verheyen, befreundet. Ich wollte Verheyen befragen, vielleicht weiß er ja, wer der Vater von Rüthings' Kind ist. Allerdings habe ich ihn nirgendwo angetroffen. Ich versuche es gleich noch mal, heute Abend ist Training.«

»Gut.« Guido Ermter klappte den Ordner mit einem Knall zu. »Hoffen wir, dass der morgige Tag endlich mal Erkenntnisse bringt.«

Die Fäden schienen beim Bockumer Schwimmverein zusammenzulaufen. Der Name Verheyen kam ihm vage bekannt vor, er beschloss, seine Tochter zu befragen, die ja auch dort trainierte. Seit Jahren war sie schon Mitglied gemeinsam mit ihren Freundinnen. Er hatte das immer befürwortet. Sport ist gesund und außerdem wusste man immer, womit und noch wichtiger mit wem die Kinder ihre Zeit verbrachten. Wusste man das wirklich, fragte Ermter sich nun. Er konnte sich nicht vorstellen, dass dort irgendetwas Illegales passierte. Erst letztes Jahr hatte er Julia zu einigen Wettkämpfen begleitet. Die Stimmung war immer ausgelassen und fröhlich. Es musste ein Zufall sein, dass alle Beteiligten dieses Falles auch aktiv im Bockumer Schwimmverein waren. Trotzdem behielt Ermter ein ungutes Gefühl zurück.

Nachdem Polizeichef Guido Ermter eine nichtssagende Presseerklärung abgegeben hatte, setzte er sich in seinen Wagen und fuhr nach Hause. Nach dem Gewitter am Mittag war es wieder aufgeklart. Die Sonne schien noch, als er zu Hause ankam. Sein Nachbar grüßte ihn freundlich über den Zaun und schmiss seinen Rasenmäher an. Das laute Knattern erfüllte die Luft. Der Duft nach frisch geschnittenem Gras legte sich über das Aroma von Holzkohle. Irgendwo wurde gegrillt. Jeder kannte jeden in dieser kleinen Siedlung am Rande von Fischeln.

Ein Blick genügte. Ermter war klar, dass der Rasen im Vorgarten dringend einen Schnitt brauchte. Hinten würde es nicht anders aussehen. Arbeit, die ihn auf andere Gedanken bringen würde, hoffte er.

Schon bevor er die Haustür aufgeschlossen hatte, dröhnte ihm laute Musik entgegen.

»Julia! Mach die Musik leiser!«

Sigrid Ermter saß auf der Terrasse und las ein Buch. Sie hob den Kopf, lächelte ihren Mann an. »Schön, dass du schon da bist.«

Guido Ermter zog sein Jackett aus und lockerte den Schlips. Er zog sich einen Stuhl neben den seiner Frau, setzte sich, streckte das Gesicht zur Abendsonne und schloss die Augen.

»Ich sollte den Rasen mähen«, murmelte er.

»Kannst du erst Julia zum Training fahren?«

Ermter öffnete die Augen, sah seine Frau an. »Sag mal, hat Julia eigentlich in der letzten Zeit irgendetwas vom Verein erzählt? Irgendetwas, was dir seltsam vorkam?«

Sigrid Ermter legte das Buch zur Seite, überlegte. »Nein. Sie will nicht mehr dahin, aber darüber haben wir ja schon gesprochen. Wieso?«

»Ach, wir haben doch dieses Baby, das vermisst wird. Die Mutter war auch in Bockum im Schwimmverein. Ebenso ihr Freund. Vielleicht sollten wir mal dort nachfragen. Es ist alles etwas verworren. Fischer scheint eine Verschwörungstheorie zu entwickeln.«

»Jürgen? Wie geht es ihm? Sollten wir ihn nicht mal zum Grillen einladen? Wann zieht seine Frau eigentlich nach Krefeld?«

»Das weiß ich nicht. Ich frag ihn mal.«

»Verschwörung im Schwimmverein? Nein, das glaube ich nicht. Julia ist im Moment sehr faul. Am liebsten würde sie nur Musik hören, Fernsehen gucken und sich mit ihren Freundinnen treffen. Die Wettkämpfe stehen aber bevor, und der Trainer zieht das Tempo an. Das passt ihr nicht.«

Ermter nickte, warf einen Blick auf seine Uhr, seufzte dann. »Ich fahr' sie zum Training und mähe anschließend den Rasen.«

Er stand auf, ging zurück ins Haus. Wenn sie noch pünktlich zum Training nach Bockum kommen wollten, mussten sie sich beeilen.

»Julia!«, brüllte er die Treppe hoch.

Oben öffnete sich eine Tür. »Ich hab doch leiser gemacht.« Die Stimme seiner Tochter klang nicht freundlich.

»Du hast Training. Ich fahr dich hin.«

»Ich habe keine Lust.« Sie klang mürrisch.

»Julia, komm runter, wenn du mit mir redest. Ich mag nicht durchs Treppenhaus schreien.«

Missmutig kam seine Tochter herunter. In der letzten Woche hatte sie sich die ehemals blonden Haare schwarz gefärbt, sie hingen ihr halb über das Gesicht. Mit Entsetzen schaute Ermter auf ihre Fingernägel, die ebenfalls schwarz waren.

»Du siehst unmöglich aus, Julia.«

»Das ist modern. Davon hast du keine Ahnung.«

»Es sieht trotzdem unmöglich aus.« Ermter schüttelte den Kopf. Zu seiner Zeit hatten sich Mädchen in diesem Alter geschminkt und gekleidet, um hübsch auszusehen. Heute schien alles anders zu sein. Sie machten sich zu Grufties.

»Mir doch egal!« Julia öffnete kaum den Mund, stieß den Satz als ein zusammenhängendes Wort heraus.

Ermter holte tief Luft und verkniff sich eine harsche Antwort.

»Was ist mit dem Schwimmtraining?«

»Ich will nicht.«

»Weshalb? Wir hatten vereinbart, dass du weiter dorthin gehst.«

»Hab's mir anders überlegt.« Sie pustete sich das Haar aus dem Gesicht, sah ihn trotzig an.

Guido Ermter schüttelte den Kopf. »Julia, so geht das nicht. Wenn man sich zu etwas verpflichtet, muss man das auch einhalten. Die Wettkämpfe beginnen doch bald und die Mannschaft zählt auf dich.«

»Ach, Papa.« Julia Ermter ging an ihm vorbei in die Küche, nahm sich ein Glas aus dem Schrank und schenkte sich Mineralwasser ein.

Ermter folgte ihr.

»Also, Schätzchen, was ist los? Ärger im Verein?«

»Nee, nicht wirklich. Ist nur so komisch da geworden. Henk hat immerzu schlechte Laune, schnauzt nur rum.«

Guido Ermter zog sich einen Stuhl heran, drehte ihn um, setzte sich und legte die Arme auf die Lehne.

»Meinst du das nicht nur? Kann es nicht auch an dir liegen?«

»An mir? Wieso das denn? Nein. Das meinen die anderen auch, Lena und Gesa.«

»War das nicht immer so vor den Wettkämpfen? Dass das Tempo angezogen wurde und das Training ernsthafter war?«

»Aber nicht so krass.«

Guido Ermter überlegte. Eigentlich war es ihm wichtig, dass seine Tochter an einem Vereinssport teilnahm. Doch ihre Ablehnung war deutlich zu spüren. Er war sich nicht sicher, ob ihre veränderte Art daran schuld sein könnte.

»Kennst du eigentlich den Namen Susanne Rüthings?« Die Frage war heraus, bevor er darüber nachgedacht hatte. Normalerweise trennte er streng zwischen Beruflichem und Privatem. Er konnte sich nicht entsinnen, schon jemals mit seiner Tochter über einen Fall geredet zu haben.

»Nee, wer ist das denn?«

»Eine junge Frau. Sie soll auch bei euch im Verein gewesen sein. Oder kennst du Christian Graz?«

»Das ist der Typ, der sich umgebracht hat, oder? Ja, den habe ich ein paar Mal gesehen, er war dick mit Henk befreundet.«

»Henk?«

»Der Trainer der Großen, Papa.« Julia Ermter verdrehte die Augen. »Christian hat sich ertränkt, haben die anderen erzählt. Voll ekelig im Rhein. Jetzt weiß ich auch, wer Susanne ist. Die mit den langen, roten Haaren. Die hat ein Baby. Total süß. Manchmal kommt sie noch, und wenn eine von uns auf die Kleine aufpasst, trainiert sie.«

»Weißt du, ob Christian der Vater ist?«

Ermter brannten plötzlich viele Fragen auf den Lippen.

»Nee, weiß ich nicht. Da gab es viele Gerüchte, aber die sind ja alle älter als wir. Mit denen haben wir nicht viel zu tun.«

Guido Ermter merkte, dass er angespannt zuhörte und versuchte, sich zu entspannen. »Was sind das für Gerüchte?«

»Ach, weiß nicht. Da war so ein alter Knacker, mindestens 40, der hat Susanne öfters abgeholt. Kann aber auch ihr Vater gewesen sein. Stell' ich mir ansonsten voll ätzend vor mit so einem alten Kerl.«

Ermter biss sich auf die Zunge. Die 40 hatte er schon weit überschritten. »Er hat sie vom Training abgeholt? Aber im Verein war er nicht?«

»Nein, aber Henk kennt ihn. Die beiden haben irgendetwas Geschäftliches miteinander zu tun.«

»Henk? Der Trainer?«

Ermters Tochter nickte.

»Und du willst nicht mehr zum Training?«

Julia Ermter schüttelte stumm den Kopf.

»Was steckt wirklich dahinter? Ist etwas passiert?«

»Hab ich doch schon gesagt. Es ist einfach uncool da. Eigentlich eher voll ätzend.«

»Voll ätzend.« Guido Ermter rieb sich über das Kinn, eine Geste, die ihn an seinen Kollegen Jürgen Fischer erinnerte. »Manchmal ist das so im Leben, Julia. Dann sind Situationen nicht angenehm, man muss sich aber durchbeißen. Vielleicht solltest du das jetzt auch. Möglicherweise hat der Trainer einfach nur Sorgen und ist deshalb gereizt.«

»Mir doch egal.« Julia zog einen Schmollmund, ließ die Haare wieder in ihr Gesicht hängen.

»Weshalb hast du dir denn die Nägel so scheußlich angemalt?«

»Das ist nicht scheußlich, das ist cool. So wie Tokio Hotel, aber davon verstehst du ja eh nichts. Alles, was dich interessiert, sind deine Fälle und dein blöder Winnetou und seine Schwester.«

Sie drehte sich um und verließ die Küche, ohne ihn noch einmal anzusehen. Er hörte sie die Treppe hoch stapfen, ihre Zimmertür fiel mit einem lauten Knall ins Schloss, und kurz darauf ertönte wieder die dissonante Musik. Guido Ermter seufzte. Er beschloss, sich umzuziehen und den Rasen zu mähen.

Oliver Brackhausen parkte seinen Wagen am Vluyner Platz und stieg aus. Eine Gruppe Jungen spielte auf der Grasfläche Fußball. Irgendwo in einem der Gärten mähte jemand den Rasen mit einem Benzinrasenmäher.

Brackhausen fühlte sich verschwitzt, hungrig und müde. Im Badezentrum in Bockum hatte er vergeblich nach Henk Verheyen gesucht. In einer Stunde spätestens wäre der Trainer da, wurde ihm gesagt. Auch am nächsten Morgen wäre Verheyen anzutreffen, denn da würde er Schwimmunterricht erteilen. Brackhausen verschob die Unterredung auf den nächsten Morgen, er hatte noch einen privaten Termin.

Suchend sah er sich um, kramte einen Zettel aus der Hosentasche. Die Adresse, die er suchte, war eines der schönen alten Häuser in der Straße. Er schellte, bemerkte nicht, dass er beobachtet wurde.

Sabine Thelen wollte gerade aus ihrem Wagen steigen, als sie Oliver Brackhausen die Straße entlanggehen sah. Sie war sich fast sicher, dass er sie entdeckt hatte, doch er ging weiter, blieb vor einem Haus stehen. Sabine fluchte. Es war spät geworden an diesem Tag. Ihr Vater hatte sie angerufen, der Wagen war wieder in Ordnung, stand aber bei ihren Eltern in der Nähe des Botanischen Gartens. Sie holte ihn ab, fuhr schnell noch einkaufen und dann hierher. Obwohl sie Oliver Brackhausen die Nummer der Tagesmutter gegeben hatte, rechnete sie nicht damit, ihn hier zu treffen.

Sie schaute zu dem Paket Windeln, das auf ihrem Beifahrersitz lag, und sank in sich zusammen.

Martina Becker fuhr langsam die Straße am Stadtpark in Uerdingen vorbei. Hier war sie aufgewachsen und zur Schule gegangen. In den letzten Jahren war sie nicht oft hier gewesen. Nur ab und an hatte sie ihre Familie besucht. Eigentlich eher ihren Vater, mit dem sie immer schon besser ausgekommen war als mit ihrer Mutter. Tief in sich spürte sie eine große Traurigkeit, dass sie nie wieder lange Gespräche mit ihm würde führen können. Sie parkte den Wagen und stieg langsam aus. Alles war unverändert. Die Dämmerung brach allmählich herein.

Die lange Stunde der Wehmut, dachte Martina Becker traurig. Auf einmal war dieser bohrende Schmerz im Bauch wieder da, den sie nach dem Tod ihres Mannes empfunden hatte. Damals war sie sich sicher, dass auch sie schwer erkrankt sei. Einen Arzt hatte sie jedoch nicht aufgesucht, sie wollte sich das Urteil ersparen und außerdem war es ihr egal. Sterben war jedoch keine wirkliche Alternative, und nach und nach ließ der Schmerz nach. Nun war er wieder da und Martina Becker wusste, dass es Trauer war.

Obwohl sie immer noch einen Haustürschlüssel zu ihrem Elternhaus besaß, drückte sie die Klingel. Es dauerte eine Weile, bis sie Schritte hörte. Der Blauregen, der am Haus emporwuchs, verlor im Windhauch stetig seine Blüten. Die Gehwege und die Treppe waren davon bedeckt, wie bei einer Hochzeit streute die Pflanze ihre Blüten.

Die Tür wurde geöffnet und ihr Bruder Lutz starrte sie einen Augenblick lang an. Martina Becker meinte, offene Feindseligkeit in seinem Blick zu sehen.

»Du?«

»Guten Abend, Lutz. Darf ich vielleicht hereinkommen?« Martina versuchte nicht, den sarkastischen Ton zu verbergen.

Er verharrte noch einen Moment. Sein Atem roch deutlich nach Alkohol. Er zuckte mit den Schultern und drehte sich um.

Der Hausflur und das Wohnzimmer sahen noch genauso aus wie bei ihrem letzten Besuch. Es roch nach Zuhause. Martina Becker blieb stehen und schnupperte verwundert. Irgendwie hatte sie damit gerechnet, dass sich alles mit dem Tod ihres Vaters verändern würde.

»Martina!« Ihre Mutter kam die Treppe herunter, nahm sie flüchtig in den Arm. »Schön, dass du kommen konntest.«

»Wie geht es dir?« Martina kniff die Augen zusammen und musterte ihre Mutter. Der schwarze Hosenanzug saß perfekt und stand ihr gut. Sie war größer und schlanker als ihre Tochter, hatte das helle, fast weiße Haar in einem festen Dutt im Nacken zusammengesteckt.

Keine gelöste Strähne, kein Zeichen von Lebendigkeit, dachte die Staatsanwältin und schämte sich für diesen Gedanken.

»Lass uns ins Wohnzimmer gehen, dort liegen auch die Unterlagen und die Karten.« Ihre Mutter ging voraus, setzte sich auf das Sofa, wies Martina einen Platz ihr gegenüber zu.

Lutz Claasen stand an der Bar und studierte die verschiedenen Flaschen, schenkte sich einen Whiskey ein. Es war nicht der erste, dachte Martina Becker, und würde auch nicht der letzte sein.

»Wo ist Monika?«, fragte sie betont freundlich.

»Zu Hause.«

Dass ihre Schwägerin nicht an dem Gespräch teilnahm, störte Martina Becker nicht besonders. Die beiden Frauen hatten nie den Draht zueinander gefunden.

»Es ist alles so weit vorbereitet. Die Trauerfeier ist um zehn, anschließend die Beisetzung. Schade, dass die Trauerhalle so klein ist, es werden nicht alle Platz finden. Wenigstens ist das Wetter gut.« Frau Claasen schaute durch das große Panoramafenster nach draußen und nickte zufrieden.

Schön, dass du an alles gedacht hast, Mutter, dachte Martina, Trauer empfindest du wohl nicht? Diesmal schämte sie sich nicht.

»Lutz wird natürlich ein paar angemessene Worte sagen. Du kannst auch, musst aber nicht.«

»Wieso ist es natürlich, dass Lutz eine Rede hält und ich nicht?«

»Nun, er ist der Firmenerbe. Es werden einige Geschäftspartner kommen.« Frau Claasen sah zufrieden aus.

Wie eine Katze, die an der Sahne genascht hat, dachte ihre Tochter böse. »Sicher. Das verstehe ich.«

»Ich habe einen Raum auf Gut Heyenbaum gemietet.

Hier ist die Menükarte.« Ihre Mutter reichte ihr einen Bogen Papier.

»Für den Leichenschmaus?«

»Martina, ich bitte dich!« Ihre Mutter sah sie empört an. »Und hier ist die Adressenliste für die Trauerkarten. Ich habe schon alle verschickt.«

»Großartig. Dann ist ja alles geregelt.« Martina Becker schluckte hart. Sie spürte die Eiseskälte in ihrer Stimme. »Die Anzeige in der Zeitung habe ich auch gesehen.«

»Lutz wollte dich mehr einbinden, aber du hattest ja keine Zeit.« Es lag noch nicht mal ein Vorwurf in der Stimme ihrer Mutter. Sie sah Martina mit hochgezogenen Augenbrauen an, verwundert, dass ihre Tochter so verbittert erschien.

»Ich hatte nicht den Eindruck, dass er dabei Hilfe benötigte. Ihm ging es doch nur um die Erbschaftsdokumente. Und die Kohle.«

»Bitte, Martina!« Frau Claasen runzelte die Stirn. »Was ist denn los mit dir? Bekommt dir der neue Job nicht?«

»Oh nein, damit hat das gar nichts zu tun. Sag mal, bist du eigentlich kein bisschen traurig, dass Papa gestorben ist?« Auf einmal verspürte Martina Becker das dringende Verlangen, zu ihrem Bruder zu treten und sich auch ein Glas Alkohol einzuschenken. Irgendetwas Scharfes, etwas, was in der Kehle brennen würde. Sie unterdrückte den Wunsch.

»Natürlich bin ich traurig. Aber es hat mich nicht überrascht. Denk mal, wie alt er geworden ist. Und er war nicht krank, hat nicht gelitten. Das war ja anders als bei ...«

Martina Becker stand auf, bevor ihre Mutter den Namen ihres Mannes nennen konnte. »Ja, das verstehe ich. Sicher war es anders. Nun gut. Ihr habt ja alles im Griff. Wir sehen uns dann am Freitag.«

Sie nickte ihrer Mutter und ihrem Bruder zu, strich sich über den Blazer.

»Du willst schon gehen?« Wieder klang ihre Mutter erstaunt.

»Ja. Es gibt für mich nichts mehr zu tun. Wiedersehen, Mutter, Lutz.«

Niemand brachte sie zur Tür, das hatte sie auch nicht erwartet.

Erst im Wagen spürte sie die Tränen, die ihr die Wangen hinunter liefen, schmeckte den salzigen Geschmack. Sie fühlte sich so einsam und allein gelassen wie schon lange nicht mehr. In Moers wartete nur ihre leere Wohnung. Mit ihrem Vater waren die letzten Verbindungen zu ihrer Kindheit und Jugend gestorben. Mit ihm verband sie alle glücklichen Erinnerungen, nicht mit ihrer Mutter. Es verbitterte sie, dass er zu dem Zeitpunkt gestorben war, als sie hier zu arbeiten begann.

Im Kopf ging sie die Namen der Freunde durch, zu denen sie noch Kontakt hatte. Es waren wenige geworden in den letzten Jahren, sie hatte sich abgekapselt. Jürgen Fischer fiel ihr ein. Jemand, der freundlich war. Martina Becker rieb sich die Tränen in die Haut und startete das Auto.

KAPITEL 23

»Wie war dein Tag?« Die Frage stellte Angelika Weymann fast jeden Abend. Sie klang hohl in ihren Ohren. Eine Routinefrage, auf die sie eine Routineantwort erhalten würde. Wirkliche Gespräche führten sie schon lange nicht mehr.

»Okay.«

Früher hatte Frank zurückgefragt, hatte sich nach ihren Aktivitäten, ihrer Arbeit erkundigt. Früher.

»Wie geht es Gaby mit dem Baby?«

»Ganz gut. Ihre Mutter passt meistens auf die Kleine auf, dann geht es. Sie muss mir ja schließlich noch assistieren.« Frank nahm sich ein Stück trockenes Brot, kaute lustlos.

»Ja, genau. Sie ist ja deine Assistentin. Und das Baby, wie macht es sich? Macht es einen kranken Eindruck?«

»Soweit wir das sehen können, nicht. Alle Laborwerte sind in Ordnung. Trotzdem machen wir uns Sorgen.«

Wir uns. Die Worte drangen ein und taten weh.

»Angelika, kannst du sie dir noch mal anschauen? Sie untersuchen?«

»Ich bin keine Kinderärztin.«

»Du bist Ärztin.« Seine Stimme klang hart.

»Ja, und sie ist deine Tochter.« Angelika drehte sich um und wischte sich die Tränen aus den Augen.

»Ja.«

Nur das eine Wort sagte er, und es war ausreichend. Mehr gab es nicht zu sagen. Es war schon alles gesagt worden.

Angelika ließ Wasser in den Kochtopf laufen und stellte ihn auf die Herdplatte. Sie nahm einen Beutel Kartoffeln aus dem Schrank und begann zu schälen. Eine Kartoffel nach der anderen fiel platschend in den Topf, das Wasser spritzte heraus. Frank stand bewegungslos hinter ihr, schien auf eine weitere Reaktion zu warten.

»Was?« Sie drehte sich um und schrie die Worte heraus. »Was willst du noch?«

»Angelika, wir haben schon oft darüber gesprochen. Das Kind ist ein ...«, er zögerte, fuhr dann leiser fort, »ein Unfall. Nicht geplant, nicht beabsichtigt.«

»Aber auch nicht ungewollt!«

»*DU* wolltest nie Kinder.« Er verzog das Gesicht.

»Das stimmt so nicht und das weißt du, Frank!«

»Wir haben jedenfalls keine.«

»Nein, und inzwischen geht es auch nicht mehr.« Sie lehnte sich an die Arbeitsfläche, stopfte die Hände in die Hosentaschen, sah ihn an.

»Es ... das ist deine Entscheidung.«

»Du hast sie mir ganz leicht gemacht. Indem du dieses Kind zugelassen hast.« Wut stieg in ihr hoch. Wut und Trauer. Ein Teil von ihr liebte immer noch diesen Mann, der ein Kind mit einer anderen bekommen hatte. Er hatte sie betrogen. Sie hatte sich gerächt, aber das half nicht. Zurück blieb nur ein Gefühl der Leere. Angelika sehnte sich in die Zeit zurück, als sie noch eine glückliche Ehe führten.

»Angelika.«

»Ich weiß, wie ich heiße, verdammt!« Wieder stiegen Tränen hoch, und Angelika versuchte, sie niederzukämpfen.

Frank Weymann zuckte mit den Schultern und drehte sich um, ging langsam in den Flur. Er wusste, dass er ihr viel angetan hatte. Nichts konnte das mehr rückgängig machen. Trotzdem hatte er sich für ein Leben mit ihr entschieden. Nach ihren Regeln. Manchmal bedauerte er es.

»Nie kann man mit dir reden«, schrie ihm Angelika hinterher.

Frank sah sie wieder an, sein Gesicht war zorngerötet. Vielleicht war es auch Scham. »Was soll ich denn noch machen? Mich entschuldigen? Ich habe mich entschuldigt. Es war ein Ausrutscher. Eine … Verzweiflungstat. Es hat wenig bis nichts mit dir zu tun! Ich liebe dich, sonst wäre ich doch schon längst nicht mehr hier. Dich! Nicht die Mutter des Kindes!« Seine Stimme wurde erst lauter und dann immer leiser. Die letzten Worte flüsterte er fast. »Es ist ein Baby. Es kann nichts dafür. Ich möchte doch nur sicher gehen, dass sie keinen Schaden genommen hat durch die Experimente. Und Gaby … Gaby … sie … du weißt, ich brauche sie. Ohne sie schaffe ich das nie mit der Firma.«

»Ja.« Angelika senkte den Kopf. Gegen die Firma kam sie nicht an, war sie nie angekommen. Sie konnte ihn verstehen, einerseits. Vielleicht setzte sie ihre eigenen Maßstäbe, was die Praxis anging, deshalb so hoch. »Bring die Kleine zu mir. Ich werde sie untersuchen.«

Frank ging auf sie zu, nahm sie behutsam in den Arm, küsste ihre Haare, ihren Nacken.

Sie ließ sich in seine Arme sinken, wusste aber nicht, ob sie wirklich dort ankam oder ob sie sich selbst betrog. Na schön, sagte sie sich, na schön. Doch die Worte bedeuteten nichts. Es waren nur Gedanken, deren Rhythmus sie von einer Aufgabe zur nächsten tragen sollte. Sie wollte mit diesem Mann zusammenleben. Irgendwo musste es einen Weg für sie beide geben. Einen Weg, der sie aus der ewig gleichen Tretmühle aus Vorwürfen, Schuld und Sühne herausbrachte. Möglicherweise sollten sie sich therapeutische Hilfe suchen. Allerdings konnte sich Angelika nicht vorstellen, dass Frank sich auf so etwas einlassen würde. Sie würde es ansprechen. Morgen. Oder vielleicht übermorgen.

Oliver Brackhausen fuhr nach Hause. Das Gespräch mit der Tagesmutter war gut gewesen. Sie war jung und nett, hatte offensichtlich ein Händchen für Kinder. Kurz hatte er sich mit Ina Slobomka, der Mutter seines Sohnes, beraten, und gemeinsam waren sie zu dem Entschluss gekommen, es mit dieser Tagesmutter zu versuchen.

Diese Entscheidung nahm eine Last von ihm. Er pfiff fröhlich vor sich hin, kurbelte die Fenster herunter und schlängelte sich durch den Verkehr. Als er losgefahren war, hatte er gemeint, Sabine Thelen am Vluyner Platz zu sehen, aber er war sich nicht sicher und dann fiel ihm ein, dass sie in der Nähe wohnte.

Ob sie wieder joggen ging, fragte er sich.

Zu Hause angekommen warf er einen schnellen Blick in den Kühlschrank, obwohl er wusste, dass dort nur gähnende Leere herrschte. Sein Magen knurrte, aber der Schweißfilm auf seinem Rücken brachte ihn dazu, erst zu duschen.

Oliver Brackhausen rubbelte sich gerade trocken, als sein Handy klingelte.

»Hi.« Er hatte die Nummer von Vera Schmidt im Display sofort erkannt.

»Ich war heute verabredet«, sagte sie fröhlich. »Aber meine Freundin hat abgesagt. Wolltest du mir nicht zeigen, wo man in Krefeld nett essen gehen kann?«

»Du bist meine Rettung. Ich steh' kurz vor dem Verhungern.« Brackhausen lachte.

Eine halbe Stunde später saß er leicht nach Aftershave duftend im »Bistrorant Klarsicht« an der Moerser Straße.

Der Espresso, der vor ihm auf dem Tisch stand, war stark und schwarz.

»Das ist tatsächlich nett hier.« Vera Schmidt zog sich einen Stuhl heran. Sie hatten glücklicherweise einen freien Tisch im Restaurantteil ergattert. Durch eine halbhohe Wand war dieser von der Bar getrennt. Große Fenster ließen freie Sicht auf die Straße zu. Es duftete nach frischem Brot.

»Japp. Und das Essen ist auch gut. Ich habe doch gesagt, dass man auch in Krefeld ausgehen kann.«

»Und tanzen?«

»Auch. Warst du schon mal in der Kulturfabrik?« Brackhausen lächelte zufrieden. Es gefiel ihm, hier mit der Anwärterin zu sitzen. Wann war er das letzte Mal mit einer netten Frau unterwegs gewesen? Es war schon eine Weile her.

Sie schüttelte den Kopf. Oliver Brackhausen stand auf, holte einen der Flyer, die am Ende der Theke auslagen, studierte ihn.

»Heute Abend ist dort leider nichts los.«

»Eigentlich habe ich heute auch eher Hunger.« Vera Schmidt lachte. Ihr Lachen raubte ihm den Atem. Er wollte sie berühren, nur kurz, nur zur Probe, hielt sich aber zurück. Sie war eine Kollegin, eine, die wahrscheinlich nur ein paar Monate in Krefeld bleiben und dann im Rahmen ihrer Ausbildung zu einer anderen Dienststelle wechseln würde. Er spürte, dass er an ihr interessiert war. Doch was wäre das dann? Eine flüchtige Affäre? Davon hatte er die Nase voll. Seit er näheren Kontakt zu seinem Sohn hatte, sehnte er sich nach Geborgenheit, nach Vertrauen und einer stabilen Beziehung. Abenteuer hatte er genug gehabt. Allerdings hatte er keine Ahnung, wie Vera das sah. Ich sollte sie fragen, dachte Oliver.

Jürgen Fischer öffnete die Dose mit Ravioli. Er war noch nie ein begnadeter Koch gewesen und jetzt war nicht die Zeit, es zu lernen. Die Küchenzeile bestand aus drei Ober- und drei Unterschränken aus weißem, beschichtetem Holz, einem kleinen Kühlschrank, der asthmatisch dröhnte, und einem Elektroherd. An manchen Ecken der Türen löste sich die Beschichtung und das Holz war dort aufgequollen. Während Jürgen Fischer mit dem Dosenöffner kämpfte, dachte er zum wiederholten Male darüber nach, sich eine andere Bleibe zu suchen.

Staub lag in der Luft und es roch nach alten Erinnerungen und schweißnassen Socken, obwohl er die Fenster geöffnet hatte. Von draußen erklang die abendliche Melodie der Stadt; Autos, Stimmen, die Straßenbahn. Erst später wurde es auf der Rheinstraße ruhiger. Die Geräusche störten ihn nicht. Trotzdem war ihm bewusst, dass diese Wohnung nur eine Notlösung war.

Fischer nahm eine Flasche Bier aus dem Kühlschrank, trank gierig. Dann zündete er sich eine Zigarette an und wartete, dass das Fertiggericht langsam warm wurde. Er schreckte aus seinen trüben Gedanken hoch, als es schellte.

»Frau Becker …« Jürgen Fischer fuhr sich mit der Hand über das Gesicht. »Ist etwas passiert?«

»Ich bin privat hier«, sagte sie zögernd.

Kurz überlegte er, wie sie an seine Adresse gekommen war, schob den Gedanken beiseite. Sie war hier, das alleine zählte. Ihm wurde klar, dass sie die ganze Zeit unbestimmt in seinen Gedanken gewesen war.

»Kommen Sie herein, aber erschrecken Sie nicht.« Es roch nach verschmortem Gummi, und Fischer bemerkte, dass die Ravioli angebrannt waren. Er stellte den Topf in das Spülbecken, ließ Wasser hineinlaufen, es zischte und er fluchte leise.

Martina Becker stand noch an der Wohnungstür, sah sich um.

»Dies ist ein Wohnklo mit Kochnische.« Jürgen Fischer wollte witzig klingen, wusste aber nicht, ob es ihm gelang. »Es sollte nur ein Übergang sein. Nur solange, bis ich etwas Richtiges gefunden habe.«

Obwohl er vorhin das gröbste Chaos beseitigt hatte und eine Ladung Wäsche in der Maschine im Badezimmer lief, war es ihm unangenehm, dass sie seine traurige Unterkunft sah.

»Provisorien sind oft dauerhaft.« Ihre Stimme klang dunkel, belegt.

»Das will ich nicht hoffen. Gemütlich ist es ganz sicher nicht.«

Die Staatsanwältin sah ihn an. Ihre Augen wirkten ausgesprochen groß und schimmerten wie blauer Samt. Er hatte das Gefühl hineinzutauchen.

»Ich … es tut mir leid, ich störe.«

»Eigentlich wollte ich etwas kochen … ist mir missglückt. Haben Sie Hunger? Wollen wir essen gehen?«

Sie schwieg, hielt ihn immer noch mit dem Blick fest, kaute auf ihrer Lippe.

Sie räusperte sich, schien nach Worten zu suchen. »Das Ganze war eine Schnapsidee. Es tut mir wirklich leid.« Ihre Schultern sackten nach unten. Sie drehte sich um, griff nach der Türklinke. Was um Gottes willen tust du hier, Martina, dachte sie. Du kommst unangemeldet bei einem dir fast fremden Mann vorbei, um über deinen Kummer zu reden. Bei einem Kollegen. Was soll er bloß von dir denken?

»Nein, warten Sie!« Fischer trat zu ihr, legte ihr die Hand auf die Schulter. »Was ist denn los?«

Martina Becker wirkte anders als zuvor. Die Energie, die sie sonst ausstrahlte, schien verschwunden zu sein. Jürgen

Fischer spürte, dass sie Hilfe von ihm erwartete, vielleicht jemanden, der ihr zuhören würde.

»Es ist ... Wissen Sie ... ich war bei meiner Mutter ... und dann ... ich wollte mit jemandem reden und da fielen Sie mir ein ... Gott, das ist mir jetzt irgendwie unangenehm.«

Die Staatsanwältin senkte den Kopf. Sie drehte sich nicht zu ihm um, sprach zur Tür mit leiser, stotternder Stimme. Jürgen Fischer merkte, dass sie zitterte. Er ließ die Hand auf ihrer Schulter, drückte sanft.

»Es ist okay.«

Ihr Zittern ließ nach und sie lehnte sich ganz leicht mit dem Rücken an ihn.

»Haben Sie einen Vorschlag? Sollen wir irgendwo hinfahren? Irgendwo, wo es ruhig ist und nicht nach verbranntem Essen stinkt wie in meiner Wohnung?«

»Wäre das zu viel verlangt?«

Fischer schüttelte den Kopf. »Nein.«

Er warf einen Blick zurück, die Herdplatte war ausgeschaltet. Dann griff er zu seiner Jacke, die über dem Stuhl neben der Tür lag. Schweigend gingen sie durch das enge Treppenhaus. Die Absätze ihrer Schuhe hallten überlaut auf den Steinfliesen. Vor der Haustür stand ein dunkelblauer BMW, sie drückte auf den Transponder, und die Lichter des Wagens blinkten auf.

Martina Becker schien einfach drauflozufahren, und Fischer fragte nicht, ob sie ein konkretes Ziel habe. Inzwischen war es dunkel geworden. Die großen Bäume am Straßenrand huschten an ihnen vorbei.

»Ich ...« Fischer zögerte, sprach dann weiter. »Ich habe früher die nächtlichen Autofahrten mit meiner Frau sehr geschätzt. Das war immer eine Möglichkeit, Gespräche zu führen, Probleme anzusprechen.«

»Ja.«

Fischer lachte leise. Martina Becker sah ihn kurz an, ihr Gesicht wurde von der Armaturenbeleuchtung sanft angestrahlt, es schien seltsam unwirklich.

»Ich muss Ihnen absolut abgedreht vorkommen.«

»Nein. Sie waren bei Ihrer Mutter? Wegen der Beerdigung?«

»Ja. Sie hat ein großes Tamtam darum gemacht, dass ich unbedingt heute Abend kommen soll, damit wir alles absprechen. Und als ich da war, stellte ich fest, dass alles schon geregelt ist. Sie und mein Bruder haben alles veranlasst, alles organisiert. Mir blieb überhaupt kein Raum, mich einzubringen.« Jetzt sprudelten die Worte aus ihr heraus. »Die Beerdigung meines Vaters wird von meinem Bruder als Geschäftsmeeting missbraucht. Von Trauer keine Spur. Unser Vater ist gestorben. Er ist tot. Aber das scheint in der Familie keinen zu kümmern. Außer mich.« Während sie es aussprach, fühlte sie die Wut auf ihre Mutter und ihren Bruder in sich hochsteigen. Schon immer hatten die beiden sie ausgeschlossen, sie übergangen. Nur ihr Vater war anders gewesen.

Sie redete sich in Rage, beschleunigte dabei. Die Scheinwerfer des Wagens glitten über den Asphalt. Sie waren aus der Stadt hinausgefahren, durch Felder hindurch. Vereinzelte Häuser lagen am Wegrand in der Stille der Nacht. Es schien, als wären sie die einzigen Menschen, die noch wach waren.

»Ihr Vater stand Ihnen nahe?«

»Ja. Sehr. Mehr als meine Mutter auf jeden Fall. Ich hatte auch mit ihm Differenzen, aber er hat mich letztendlich so genommen, wie ich bin.«

»Wir wissen, dass unsere Eltern irgendwann gehen, trotzdem ist es ein Schock.«

»Es kam unerwartet, das stimmt. Er war nicht krank, nicht leidend. Ein Schock war es in Anbetracht seines Alters nicht. Was ist mit Ihren Eltern?«

Sie fuhren durch eine enge S-Kurve. Im Mondlicht glitzerte das Wasser eines Teiches oder Bachlaufs. Martina Becker verlangsamte das Tempo. »Niep« stand auf einem Straßenschild.

»Mein Vater ist schon recht lange tot. Ich kann mich kaum noch an ihn erinnern. Meine Mutter lebt noch. Allerdings oben im Norden bei meiner Schwester. Wir telefonieren. Ich könnte aber nicht sagen, dass wir uns nahe stehen.« Fischer rieb sich über das Kinn. »Mit meiner Schwiegermutter verstehe ich mich gut. Aber sie wohnt auch in der Nähe.«

»In Krefeld?«

»Nein, natürlich nicht. Sie wohnt nur fünf Minuten von unserem Haus in Münster. Jetzt ist es allerdings eher Susannes Haus.«

»Susanne?«

»Meine Frau.« Fischer seufzte.

»Es tut mir leid, ich wollte keine Wunden aufreißen.«

»Darf ich Sie um etwas bitten?«

»Was denn?« Auf einmal lag wieder ein Lächeln in ihrer Stimme.

»Sagen Sie nicht mehr: Es tut mir leid. Das braucht es nicht. Ich werde mich schon rühren, wenn Sie zu weit gehen.«

»Zu weit gehen?« Martina Becker lachte leise. Sie legte kurz ihre Hand auf seine, drückte sie. Fischer spreizte die Finger und spürte ihre Handfläche, die Wärme ihrer Haut. Er war sich sicher, dass er rot wurde, und deshalb froh, dass es dunkel war. Er wollte nach ihrer Hand greifen, sie festhalten. Fremde Haut auf seiner Haut. Er wollte den Arm um sie legen und sie trösten. Es kam ihm vermessen vor und er bewegte sich nicht.

»Ich meinte …«

»Ich weiß, was Sie meinen. Keine Angst.«

Der Verkehr und die Bebauung nahmen wieder zu.

»Wo sind wir eigentlich?« Fischer hatte die Orientierung verloren.

»In Moers. Ich wohne da vorne. Ich weiß auch nicht, weshalb ich hierhin gefahren bin.«

Fischer rutschte unruhig auf dem Ledersitz hin und her. Er war sich nicht ganz sicher, wie er die Situation einschätzen sollte. Kam sich vor wie ein kleiner Junge, der zum ersten Mal Achterbahn fährt.

»Ich habe auch ganz sicher etwas zu essen im Kühlschrank. Ravioli habe ich allerdings nicht.« Wieder lachte sie. Es perlte aus ihr heraus und nahm Fischer die Unsicherheit.

»Gut.«

KAPITEL 24

Angelika Weymann drückte sich enger an ihren Mann. Sein Atem ging ruhig und tief. Er schlief, während sie keine Ruhe finden konnte. Ein betäubendes Gefühl der Unzulänglichkeit stieg in ihr hoch.

Wie so oft hatten sie sich im Bett versöhnt. Er hatte sie in die Lippe gebissen, fest gesaugt und die Fingerspitzen tief in ihren Rücken gebohrt. Es war zum Teil Lust und zum Teil Wut, die beide erfüllte. Früher funktionierte das. Die körperliche Nähe brachte sie zueinander. Ihr war dieses Gefühl inzwischen verloren gegangen und verzweifelt kämpfte sie darum, es wieder zu erlangen.

Es hatte sie getroffen, als Frank ihr von seinem Kind erzählte. Einen einmaligen Ausrutscher, eine Nacht der Lust nannte er es. Sie glaubte ihm und glaubte ihm nicht, es zerriss sie. Dann fand sie sich damit ab. Frank machte keine Anstalten, sie zu verlassen, und auch die Mutter des Kindes schien eher berufliches Interesse in ihm zu wecken als Leidenschaft.

Nachdem er den Fehltritt gebeichtet hatte, sah er die Sache als erledigt an. Verstand ihre Verzweiflung nicht, ihren Bedarf, es verbal zu klären. Nicht alles, sagte er, muss man ausdiskutieren, bis es totgeredet ist. Ich habe mich entschuldigt, das muss dir reichen.

Es reichte nicht. Er gab ihr das Gefühl, dass ihre Worte an ihm abliefen wie Wasser und vergeblich waren.

Langsam wand sie sich aus seinen Armen, nahm den Bademantel und stand auf. Das Mondlicht, das durch das Küchenfenster schien, reichte ihr, um Wasser aufzusetzen. Ein wenig später hielt sie den Becher mit der heißen Flüssigkeit mit beiden Händen fest umklammert. Der aromatische Duft des Tees stieg ihr in die Nase.

»Schlaflos in Uerdingen?«

Sie hatte ihn nicht kommen hören. Frank lehnte sich gegen die Küchentür, verschränkte die Arme vor der Brust.

»Nein, mir geht zu viel durch den Kopf.« Angelika mochte ihn nicht ansehen.

»Ach Schatz.«

»Doch wirklich, Frank. Ich soll morgen zur Polizei ins Präsidium kommen. Ich weiß gar nicht, was ich sagen soll.« Angst stieg in ihr hoch. Sie wusste, sie hätte der Polizei gegenüber ehrlicher sein sollen. Dass sie Susanne Rüthings vom Bockumer Schwimmverein kannte, hatte sie verschwiegen. Wie so viele andere Dinge ihres Lebens nie zur Sprache kamen. Es war immer das gleiche Muster, Probleme wurden totgeschwiegen. Allmählich wurde die Last zu groß für sie.

»Du hast es doch bisher souverän gemeistert. Was soll passieren?«

»Inzwischen wissen sie sicher, dass Christian und Susanne etwas miteinander hatten. Vielleicht wissen sie auch, dass ich die betreuende Ärztin des Schwimmvereins bin.« Sie hörte die Angst in ihrer Stimme.

»Und was hat das miteinander zu tun? Du bist doch nicht verdächtig.«

»Wer weiß? Vielleicht schon, irgendwie.«

»Unsinn. Du hast alles richtig gemacht. Es war ein Wink des Schicksals, dass du zu Susannes Leiche gerufen wurdest.«

»Ein Wink des Schicksals? Na, ich weiß nicht. Hast du mit Henk gesprochen?«

Frank Weymann nickte und knirschte mit den Zähnen. »Henk will nicht mehr mitmachen. Zumindest im Moment nicht. Er hat Angst, aber ich versteh's nicht.«

»Ich schon. Achim liegt im Krankenhaus und zwei der anderen Jungs auch. Was, wenn sie reden?«

»Aber Angelika, was sollen sie denn ausplaudern?«

»Die Cannabis-Geschichte.«

»Das könnte die Polizei natürlich herausbekommen. Es

ist nicht ganz legal, wie wir das gemacht haben, stimmt. Aber das Forschungsprojekt ist genehmigt worden. Cannabis ist ein Schmerzmittel, auch wenn es noch nicht legal ist. Um es synthetisch herzustellen, muss ich die Inhaltsstoffe analysieren und immer wieder Vergleichsproben machen. Ich weiß, dass es den Amerikanern gelungen ist und dass die Medikamente inzwischen dort auch zugelassen sind. Hier sind wir noch nicht so weit, aber wenn, will ich dabei sein.«

»Das weiß ich doch, Frank.«

»Ja, aber das beunruhigt mich weniger. Hast du herausbekommen, was mit den Jungs los ist? Ich meine, es ist doch schon auffällig, dass alle durchdrehen. Ich kann es mir nicht erklären.«

»Nein, ich habe nichts erfahren. Ich versteh' das auch nicht. Aber wenn sie krank sind, dann sind sie für dich doch nicht mehr nützlich.«

»Ja. Und was mache ich jetzt? Es war eine unschlagbare Gruppe an Probanden. Alle sportlich, alle fit, alle gesund und jung. Unter ärztlicher Aufsicht und so weiter. Und nun geht alles schief.« Er stöhnte auf. »Meine Ratten sterben wie die Fliegen. Ich weiß nicht weshalb, und die Zeit läuft mir davon.«

»Ich wünschte, ich könnte dir helfen.«

»Dann finde heraus, was mit den Jungs los ist. Und rede noch mal mit Henk. Ich muss ins Bett, morgen muss ich früh in Neuss sein.«

Angelika nickte, sie nippte an ihrem Tee, schüttete ihn dann in den Ausguss. Es war das erste Mal seit langer Zeit, dass er über seine Sorgen und Probleme mit ihr gesprochen hatte. Dass er von seinem Projekt erzählte. Es gab Hoffnung für sie beide, das spürte sie.

»Das war köstlich.« Jürgen Fischer schob den Teller von sich.

Martina Becker hatte mit wenigen Handgriffen einen Salat gezaubert, Kräuterbrot im Ofen aufgebacken und ein paar Streifen Putenfleisch gebraten. Fast schien sie durch die Tätigkeiten fröhlicher zu werden.

»Danke. Es war ja nur eine Kleinigkeit.«

»Also, mir machen solche Kleinigkeiten Probleme, noch nicht einmal Ravioli kann ich aufwärmen, ohne dass sie anbrennen.« Er kratzte sich am Hals. »Ich muss dringend etwas in dieser Richtung tun. Kochen lernen.«

»Kochen lernt man durch kochen. Das ist einfach so. Wer nach Rezept kocht, ist feige, hat mein Mann immer gesagt. Er war ein leidenschaftlicher Koch. An ihn reiche ich nicht heran.« Sie füllte während des Redens die Gläser. Die roten Schatten des Weines schaukelten über den Tisch. Vor dem Fenster und der Terrassentür war ein kompaktes Dunkel.

Fischer blickte hinaus. »Auf dem Hinweg habe ich den Mond gesehen, ist er verschwunden?«

»Nein.« Martina Becker sah auch nach draußen. »Aber der Garten wird von einem riesigen, alten Tannenbaum überschattet. Er lässt kein Licht herein. Jedes Jahr wieder nehme ich mir vor, ihn fällen zu lassen. Immer vergesse ich es dann doch.«

Das kleine Reihenhaus in einer älteren Siedlung am Rande von Moers war geschmackvoll und schlicht eingerichtet. Ein paar ältere Weichholzmöbel, ansonsten skandinavisch, dachte Fischer. Das leuchtende Apricot der Wand erinnerte Fischer an die Metamorphose, die sein Haus gerade durchmachte.

»Haben Sie die Farbe ausgewählt?« Fischer deutete auf die Wand.

»Ja, und ich habe auch selbst gestrichen. Das war vor etwa zwei Jahren. Ich habe viel verändert, weil ich das Gefühl nicht loswurde, in einer Gruft zu leben. Alles war voller Erinnerungen. Das machte mich krank.«

»Sie haben Ihren Mann sehr geliebt, nicht wahr?«

»Ja. Ich habe mich dann intensiv mit der Trauerarbeit auseinandergesetzt. Vorhin haben Sie gesagt, dass es natürlich ist, wenn man seine Eltern gehen lassen muss. Das stimmt auch. Auch einer in der Partnerschaft geht immer zuerst. Fast immer. Doch es war viel zu früh für meinen Mann. Meine Mutter konnte sich darauf vorbereiten, dass mein Vater stirbt. Er war um einiges älter als sie.« Martina Becker spielte mit dem Weinglas, drehte es zwischen ihren Fingern. Das Kerzenlicht brach sich darin. »Der Tod meines Mannes kam auch nicht unerwartet für mich, denn er war schwer krank, aber es war natürlich viel zu früh. Ich habe noch so viel Leben vor mir und das nun ohne ihn.«

Fischer nickte. Er fand keine Worte des Trostes, die er hätte anbieten können.

»Jetzt sitz' ich hier und erzähle. Das tut mir ...« Sie biss sich auf die Lippe, sah ihn ein wenig spitzbübisch an.

»Sie hatten ja gesagt, dass Sie reden wollten, und ich habe mich darauf eingelassen.«

»Was ist mit Ihnen und Ihrer Frau?«

»Meine Frau.« Fischer griff nach seinem Weinglas, nippte. »Darf ich auf der Terrasse rauchen?«

Martina Becker nahm die dicke Kerze vom Tisch, öffnete die Terrassentür. Die Nacht war erstaunlich mild. Sie setzte sich auf einen der beiden Aluminiumstühle, die dort an einem kleinen Bistrotisch standen. Fischer blieb stehen, zog an der Zigarette, stieß den Qualm aus.

»Meine Frau. Es gibt Menschen, die Schlüssel zu anderen haben. Die Räume in deren Inneren aufschließen können, die zwar da sind, aber in denen man selbst noch nie war. So jemand ist meine Frau für mich. Sie kannte mich und hat mir oft geholfen, Dinge positiv zu sehen. Deshalb habe ich sie immer geliebt. Aber in diese Räume zu finden, ist mühsam, und die Wege werden manchmal verschlungener. Susanne hat irgendwann aufgegeben, den Weg zu suchen, vermute ich. Und ich habe es erst bemerkt, als sie den Schlüssel schon längst weggeworfen hatte.«

»Das klingt so, als hätten Sie viel darüber nachgedacht.«

»Ja, allerdings zu spät.«

Beide schwiegen für einen Augenblick. Es war kein unangenehmes Schweigen, das wie eine Wand zwischen ihnen stand, sondern eher ein gegenseitiges Einvernehmen.

Jürgen Fischer zog ein letztes Mal an der Zigarette, drückte sie dann in dem Aschenbecher auf dem Tisch aus. Seine Hand streifte Martina Beckers Schulter. Er spürte die Wärme, die sie ausstrahlte, roch den Hauch von Parfüm, der sie umgab.

Sie hob den Kopf, sah ihn an.

»Es ist schon spät.«

»Ja.« Jürgen Fischer wich zwei Schritte zurück, steckte die Hände in die Hosentaschen.

»Ich fahre Sie nach Hause.«

Als sie den Wagen vor seiner Haustür abbremste, blieb Jürgen Fischer noch einen Augenblick sitzen, starrte hinaus und traute sich nicht, Martina Becker anzuschauen. Vor ein paar Tagen hatte er neben seiner Frau im Wagen gesessen. Unruhe machte sich in seinem Bauch breit, und er wusste einfach nicht, wie er sich verabschieden sollte. In seinem Kopf liefen die Erinnerungen in einer Endlosschleife. Er wollte etwas sagen, sich für den Abend bedanken. Wenn er ehrlich war, wollte er sie in den Arm nehmen und küssen. Aber er tat es nicht.

Martina Becker schien seine Unruhe zu spüren. Sie legte ihm ihre Hand auf den Arm.

»Gute Nacht, Jürgen Fischer. Ich habe das gebraucht, mit jemandem zu reden. Mit einem Freund.«

Fischer drehte sich zu ihr und ehe er etwas sagen konnte, hatte sie sich zu ihm gebeugt und küsste ihn ganz leicht auf den Mund.

Am frühen Morgen begann es zu regnen. Erst nur ein paar Tropfen, dann immer heftiger. Ein wahrer Monsunregen ging nieder, mit Tropfen hart wie Steine.

Oliver Brackhausen wurde von dem Geräusch geweckt. Für gewöhnlich empfand er das Trommeln als beruhigend. Es war ein Grund, weshalb er nicht aus der Dachgeschosswohnung ausziehen wollte. Er drehte sich um und stieß mit dem Arm an einen weichen Körper. Erschrocken zuckte er zusammen, doch dann erinnerte er sich. Er rückte näher an den nackten Rücken, strich behutsam mit den Fingerspitzen über die zarte Haut, kuschelte sich an sie.

Manchmal war nicht Sex an sich wichtig, sondern das, was es bedeutete, dachte er. Das Bedürfnis nach Gesellschaft, nach Nähe und Geborgenheit. Mit Vera war alles ganz einfach. Er empfand ihre Nähe als erfüllend.

Gestern Abend hatte er sie in seine Wohnung mitgenommen und gemeinsam leerten sie eine Flasche Wein. Danach waren sie Arm in Arm eingeschlafen, ohne überhaupt an Sex zu denken.

Das erste Licht des Tages kämpfte sich durch die Regenwolken. Allmählich konnte Oliver die Tropfen erkennen, die stetig an der Fensterscheibe hinunterliefen. Er schloss die Augen, und schon bald wurde sein Atem wieder ruhig und tief.

Das Piepsen des Weckers riss sie beide aus dem Schlaf. Noch immer war die Welt in Grautöne gehüllt.

Vera Schmidt setzte sich im Bett auf, fuhr mit gespreizten Fingern durch das kurze, strubbelige Haar.

»Schon so spät! Wir müssen uns beeilen.« Oliver Brackhausen strampelte die Decke beiseite.

»Ich muss nach Hause und mich umziehen.«

Brackhausen nickte. Er würde die Rasur heute ausfallen lassen und den Spott der Kollegen ertragen.

Die Morgenbesprechung brachte nicht viel Neues. Ermter teilte die Aufgaben ein. Vor allem von den Befragungen von Susanne Rüthings Mutter, der Freundinnen und der Ärztin erwartete er diesmal Informationen, die sie weiterbringen würden.

»Ein Kind kann doch nicht spurlos verschwinden.« Ermter stand auf und trat ans Fenster. Es regnete immer noch. Er war froh, dass er am vergangenen Abend den Rasen gemäht hatte. »Hat noch jemand einen Vorschlag?« Er drehte sich nicht um, schaute seinem Spiegelbild in der Fensterscheibe in die Augen.

Niemand sagte etwas. Das Wetter schien allen aufs Gemüt geschlagen zu sein.

»Nun denn, auf zur Tat.« Ermter entließ seine Truppe.

Jürgen Fischer nahm die beiden Anhörungsbogen und die Adressen, die ihm zugeteilt worden waren. Sabine Thelen saß schon im Wagen, als er auf den Parkplatz kam.

»Wohin geht es heute?« Sie gähnte, wühlte dann geschäftig in den Anhörungsbogen.

»Kriegst du zu wenig Schlaf?« Fischer zog den Gurt

stramm. Sabine öffnete den Mund, wollte etwas sagen, schüttelte dann aber nur den Kopf.

Der Hauptkommissar war sich sicher, dass sie etwas belastete. Doch dies war nicht der richtige Augenblick für ein Gespräch.

Seine Nacht war kurz und unruhig gewesen. Immer wieder hatte er über den Abend mit Martina Becker nachgedacht. Einerseits bereute er, ihren Kuss nicht erwidert zu haben, andererseits war er froh darüber. Er wollte nichts mit ihr anfangen, bevor er nicht die Situation mit seiner Frau geklärt hatte. Um halb fünf weckte ihn der prasselnde Regen und er fand nicht mehr zurück in den Schlaf. Er duschte ausgiebig, zog sich an und begann, die Wohnung aufzuräumen.

Langsam fuhr er durch den dichten Straßenverkehr. Am Ring wurden die Bäume geschnitten und eine Spur war gesperrt. Es erschien im endlos, bis sie die Wanderbaustelle passiert hatten. Endlich konnte er ein wenig Gas geben. Auf der Moerser Straße wurde ihm klar, dass er diesen Weg gestern Nacht gemeinsam mit Martina Becker gefahren war.

»Sag mal, wo fahren wir eigentlich hin?« Sabine rutschte unruhig auf dem Beifahrersitz herum.

»Zu Josef Schink.«

»Du meinst, er habe beim Gassi gehen etwas bemerkt?« Sabine grinste.

»Nein, er hat einen Rucksack entdeckt, der Christian Graz gehören soll.«

»Am Egelsberg?«

»Nein, als er mit seinem Hund am Rhein spazieren war. Ist wohl schon ein paar Wochen her.«

»Und weshalb fahren wir erst jetzt dahin? Ich sehe gar keinen Spurenbogen für Schink.«

»Sabine, ich fahre auf eigene Faust dahin. Ermter hält es für unwichtig. Im Grunde hat er nicht ganz unrecht, der Fall Christian Graz ist erledigt. Das Baby ist sicherlich viel wichtiger. Aber ich habe Schink versprochen, dass ich komme.«

Der große Hund bellte, wedelte mit dem Schwanz.

»Gib Ruhe, Ben!« Jakob Schink kniff die Augen hinter den dicken Brillengläsern zusammen. »Ach, Sie persönlich, Herr Kommissar Fischer? Das ist schön. Darf ich Ihnen und Ihrer Kollegin etwas zu trinken anbieten? Kaffee?«

»Es tut mir leid, Herr Schink. Ich fürchte, dafür reicht unsere Zeit nicht.« Hauptkommissar Jürgen Fischer nahm die Spurenbeutel aus dem Kofferraum. *Es tut mir leid,* der Satz hallte in seinem Kopf. Sabine Thelen nickte dem alten Mann zu, blieb aber im Wagen sitzen.

»Na gut. Der Rucksack steht hinten in der Werkstatt. Da habe ich ihn hingestellt, nachdem ich mit Ihnen gesprochen hatte.«

»Wie geht es Ihnen?« Jürgen Fischer folgte dem alten Mann vorbei an dem Backsteinhaus, das von Efeu zusammengeschnürt wurde.

»Gut so weit. Bis auf den Rücken. Es ist keine Freude, alt zu werden.« Josef Schink zwinkerte dem Hauptkommissar zu.

Als sie den gewundenen Weg zwischen den knorrigen Apfelbäumen hindurchgingen, verspürte Jürgen Fischer einen Druck in der Magengegend. Das Gefühl verschlimmerte sich, als Schink an die große Schiebetür der Scheune trat und die Tür langsam aufzog.

Vor einem guten halben Jahr hatte man dort den Kopf eines toten Mädchens gefunden. Die Scheune war genauso, wie Fischer sie in Erinnerung hatte. Auf dem polierten Edelstahltisch in der Mitte des großen Raumes stand ein dunkelgrauer Rucksack.

»Das ist das Corpus Delicti?« Jürgen Fischer wies auf den Rucksack.

»Die Marke kenn' ich nicht.« Der alte Mann sah ihn verwundert an und schüttelte langsam den Kopf. Fischer musste lachen.

Er zog die Latexhandschuhe an. Der Rucksack schien relativ neu oder wenig gebraucht zu sein. Der Reißverschluss war geöffnet, und vorsichtig hob der Hauptkommissar die Sachen heraus, legte sie auf den Tisch.

Zwei Handtücher, Jeans, ein Sweatshirt und Boxershorts und Turnschuhe. Ganz zuunterst in einem kleinen Nebenfach fand er das Portemonnaie, von dem Schink gesprochen hatte. Außerdem gab es einige Blister mit Tabletten.

»Ich habe alles wieder so da reingeräumt, wie es gewesen war.« Jakob Schink klang nervös. »Hoffentlich habe ich das nicht falsch gemacht. Ich wollte meine Enkelin fragen, aber dann wollte ich sie nicht schon wieder in irgendetwas reinziehen.«

»Das ist alles in Ordnung, Herr Schink. Sie haben das richtig gemacht. Gut, dass sie mir von dem Fund erzählt haben.«

Fischer öffnete die Geldbörse. Es war ein wenig Wechselgeld darin, ein paar Kassenbons, der Ausweis für eine Videothek, ausgestellt auf Christian Graz. Im hinteren Fach war der Führerschein, der Personalausweis fehlte. Fischer meinte sich zu erinnern, dass der Personalausweis in der Jackentasche gefunden worden war, die Graz auf der Rheinbrücke zurückgelassen hatte.

Vorsichtig packte er das Portemonnaie in einen Spurenbeutel, den Führerschein in einen anderen. Dann legte er die

Wäschestücke wieder in den Rucksack, schloss den Reißverschluss.

»Eigentlich sah der junge Mann ganz vernünftig aus. Nicht so, als wolle er sich im nächsten Moment umbringen«, murmelte Schink. »Nur der blonde Zopf wirkte seltsam, aber das ist wohl jetzt modern.«

Fischer nickte. »Ich danke Ihnen. Falls noch etwas ist, werde ich mich melden.«

KAPITEL 25

Frank Weymann schüttelte genervt den Kopf und überprüfte noch einmal seine Tabellen. Die Werte ergaben keinen Sinn. Irgendetwas lief schief, aber er konnte einfach nicht herausfinden, was es war.

»Gaby? Gaby?« Seine laute Stimme schallte durchs Büro. Es kam keine Antwort. Wütend stieß er den Stuhl zurück. Er riss die Tür zum angrenzenden Raum auf. Seine Assistentin saß dort und gab völlig versunken dem Baby die Flasche. Sie summte leise vor sich hin.

»Verdammt, Gaby. Ich habe dich gerufen!«

Das Kind öffnete erschrocken die Augen, spuckte den Sauger aus und begann zu weinen.

»Sch, sch, meine Süße.« Gaby nahm das Kind hoch, drückte

das Köpfchen gegen ihre Schulter und strich ihm beruhigend über den Rücken. »Du hast sie wieder erschreckt.«

»Mach mir bloß keine Vorwürfe!« Weymann sah sie zornig an.

»Sie ist deine Tochter.«

»Und was hat das damit zu tun? Ich brauche dich. Wir müssen die Tests wiederholen. Ich dachte, deine Mutter passt auf das Kind auf.«

»Meine Mutter ist einkaufen. Sie kommt gleich zurück hierher ins Labor und nimmt die Kleine dann.«

»Super. Jetzt muss ich mich schon nach den Einkaufsplänen deiner Mutter richten.«

Die junge Frau stand auf und ging auf ihn zu. »Hier.«

Sie drückte ihm das Kind in die Arme. Die Kleine weinte noch lauter, bekam Schluckauf.

»Hey, spinnst du?« Weymann schrie sie an.

»Ich nicht. Aber du. Ich hoffe, sie kotzt dich voll.«

Frank Weymann schaute sich um, sah die Babywippe auf dem Boden stehen und legte das immer noch schreiende Kind hinein.

»Wir müssen eine Lösung finden, Frank. So geht das nicht.« Gaby nahm das Kind hoch, wiegte es. Das Mädchen beruhigte sich.

»Angelika wird sie untersuchen. Ich gehe aber davon aus, dass sie gesund ist.«

»Gut. Henk Verheyen hat angerufen. Du sollst dich bei ihm melden.«

»Hoffentlich hat er es sich überlegt. Noch mehr schlechte Neuigkeiten kann ich wahrlich nicht gebrauchen.«

»Da ist auch noch eine E-Mail, die ich nicht verstehe.«

Frank Weymann setzte sich an ihren Schreibtisch, öffnete das Mailprogramm.

»Pet-Technics. Das ist doch die Firma, von der wir die Ratten haben.« Er beugte sich weiter vor, las nachdenklich. »Gaby, such doch mal bitte die Lieferscheine der Tiere raus.«

»Es weiß doch keiner, nicht wahr?« Achim Polieskas Blick irrte durch das Zimmer, suchte die Decke ab, blieb schließlich wieder an Angelika hängen. Kalter Schweiß stand auf seiner Stirn. Angelika Weymann nahm ein Tuch und wischte ihm vorsichtig das Gesicht ab.

»Was weiß keiner, Achim?« Nervös behielt sie den grünen Monitor neben dem Bett im Auge. Seine Vitalwerte schwankten ständig. Der behandelnde Arzt war ratlos, was die Erkrankung anging. Eine Vergiftung unbekannter Art, der Herzmuskel war angegriffen, die Nieren hatten versagt. Das Dialysegerät tickte gleichmäßig auf der anderen Seite des Bettes.

»Die ganzen Geheimnisse. Sie bleiben doch unsere Geheimnisse, ja?«

Angelika nickte. Sie hatte nur eine vage Ahnung, wovon er redete.

»Du darfst Henk auf keinen Fall hier reinlassen. Ich will ihn nie wieder sehen.« Achim keuchte.

»Ganz ruhig. Du brauchst keine Angst haben. Schon gar nicht vor Henk, er ist dein Freund.«

»Nein, das ist er nicht. Er war auch nicht Christians Freund.«

»Achim, du täuscht dich.« Entnervt rückte Angelika ein Stück zurück. Halluzinierte er?

»Angelika. Weißt du, wie sehr der Name zu dir passt?« Er sah sie an, wurde ruhiger, lächelte. »Angelika … wie ein Engel. Ja, das bist du.«

Verdammt, dachte sie, jetzt dreht er völlig ab.

»Werd du erst mal gesund. Was ist eigentlich passiert?«

»Ich weiß es nicht. Es wurde schlimmer und schlimmer und schlimmer. Mir war ständig schwindelig und so.«

»Ja, aber wodurch? Und warum hast du dich nicht bei mir gemeldet?«

»Weil ich nicht wusste, wie du reagierst. Ich meine ... seit damals warst du so anders, so distanziert.«

»Es war ein Ausrutscher, Achim. Das habe ich dir doch gesagt. Es war wunderschön mit dir, aber ... ich bin verheiratet.«

»Ja, ich weiß. Du bist verheiratet mit einem Mann, der dich nicht liebt und der dich betrügt. Verlass ihn! Bitte! Ich werde mein Studium beenden und einen Job finden. Dann können wir zusammenleben.«

Angelika Weymann schloss kurz die Augen. Sie schämte sich. Er war in sie verliebt bis über beide Ohren. Damit hatte sie nicht gerechnet. Sie war nur einmal mit ihm ins Bett gegangen. Es war nach einer Party vom Verein gewesen, und sie hatten beide viel getrunken. Eigentlich wollte sie nur die Hanfplantage kontrollieren, aber war dann in seinen Armen gelandet. Es hatte ihr gut getan, ein wenig war es auch Rache an Frank. Sie mochte Achim, jedoch tiefere Gefühle hatte sie nicht für ihn.

»Kannst du mir sagen, seit wann es dir so schlecht geht?«

»Ich weiß nicht.« Achim drehte den Kopf weg, starrte die Wand an. Seine langen, blonden Haare waren verfilzt.

»Ungefähr?«

»Seit Christian tot ist.«

Angelika überlegte. Es war schon einige Wochen her, dass Christian Graz sich umgebracht hatte.

»Seitdem geht es dir so schlecht? Das kann ich gar nicht glauben. Du warst doch beim Training, oder etwa nicht?«

»Da fing es an. An Christians Todestag.«

Irgendwie kam ihr die Wortwahl seltsam vor. Sie runzelte die Stirn, beugte sich zu ihm.

»Was war denn da?«

»Das weißt du doch genau.«

»Nein, weiß ich nicht.«

»Wenn ich es dir erzähle«, er sah sie mit vor Schreck geweiteten Augen an, »wenn ich es dir erzähle, dann liebst du mich bestimmt nicht mehr.«

»Wie weit seid ihr?« Polizeichef Guido Ermter schaute auf die Uhr.

»Gleich fertig, Chef.« Oliver Brackhausen streckte sich.

»Hat jemand etwas von der Ärztin gehört? Weymann? Sie sollte vor einer halben Stunde hier sein.«

»Nö. Soll ich versuchen, sie zu erreichen?« Vera Schmidt sprang eilfertig auf. Dabei streifte sie mit ihrer Hand Oliver Brackhausens Arm. Guido Ermter nickte.

»Was ist mit dem Trainer?«

»Ich habe ihn immer noch nicht erwischt, Chef. Es ist wie verhext. Heute Morgen hat er Schwimmunterricht gegeben. Ich bin also zur Schwimmhalle nach Bockum gefahren, aber da sagte man mir, dass er den Unterricht im Lehrschwimmbecken in Linn abhält. Als ich dort ankam, war die Stunde schon vorbei und er weg. Ich versuch's aber nachher noch mal.« Oliver Brackhausen rieb sich über die Stoppeln am Kinn. Es knisterte.

»Ist dein Rasierapparat kaputt?« Hauptkommissar Günther Volkers grinste.

»So was Ähnliches.«

Der Regen hatte nachgelassen, aber die Sonne war noch nicht zum Vorschein gekommen. Jemand hatte die Fenster weit geöffnet und kühle Luft strömte in das Besprechungszimmer.

»Wo ist Jürgen?« Ermter schloss nacheinander alle Fenster.

»Unterwegs.«

»Hallo.« Die Staatsanwältin betrat das Besprechungszimmer. »Gibt es irgendetwas Neues?«

Ermter schüttelte den Kopf. »Wir fischen immer noch im Trüben.«

»Na dann, Petri Heil. Ist Hauptkommissar Fischer da? In seinem Büro ist er nicht.«

Ermter schüttelte den Kopf, warf einen genervten Blick auf die Uhr. Frau Rüthings musste noch einmal befragt werden, und eigentlich hatte er Fischer dafür vorgesehen.

»Unten in der Eingangshalle steht eine Frau und zetert. Sie hat wohl einen Termin.« Martina Becker grinste.

»Hat sie rote Haare? Ein wenig aufgedonnert?«

»Genau.«

Ermter verdrehte die Augen. Wenn sie jetzt schon zeterte, konnte es ja heiter werden. »Frau Rüthings, ich kümmere mich um sie.« Er stopfte das Hemd in die Hose, richtete seinen Schlips, holte tief Luft und verließ den Raum.

Der Verkehr auf der Strecke von Neuss nach Krefeld war dicht wie immer. Frank Weymann drehte die Musik leiser. Das Baby in der Sitzschale neben ihm schlief unruhig. Es hatte einen Schnuller im Mund und saugte immer wieder heftig daran.

Nachdem er die größte Baustelle auf der A 57 passiert hatte, konnte er endlich Gas geben. Sein Wagen schnurrte wie eine große Katze. Das gleichmäßige Geräusch schien das Kind zu beruhigen. Sein Atem wurde tiefer, die Augen unter den geschlossenen Lidern zuckten nicht mehr. Das Baby öffnete den Mund und der Schnuller fiel heraus.

Er hatte sich immer eine Familie gewünscht. Gemeinsam mit Angelika. Dieses Kind war in einem Moment unkontrollierter Lust gezeugt worden. Er hatte die Mutter überreden wollen, es nicht zu bekommen, doch sie hatte sich nicht darauf eingelassen. Nun war es eine Last, größer als er es sich je hatte vorstellen können.

Angelika würde das Kind untersuchen. Er ging davon aus, dass sie nichts Besorgniserregendes finden würde. Und damit endete dann seine Verantwortung.

Wieder warf er einen Blick auf das Kind. Blut von seinem Blut, Fleisch von seinem Fleisch. Trotzdem regte sich nichts in ihm.

Er wusste, dass er Angelika mit dieser Untersuchung verletzte, ihr etwas antat, was tiefe Wunden schlagen könnte. Bisher hatte sie das Baby erst einmal gesehen, und das nur flüchtig. Wenn alles vorbei wäre, würde er seine Tochter aus seinem Leben verbannen, würde alle Kontakte abbrechen, die Spuren beseitigen.

Er brauchte Angelika. Ein Kind mit ihr? Wenn alles überstanden wäre? Ein Neuanfang? Der Gedanke tauchte auf, so flüchtig wie eine Wolke am Sommerhimmel. Frank Weymann biss die Zähne zusammen, bis sein Unterkiefer schmerzte.

Er fand einen Parkplatz vor der Praxis. Als er den Motor ausstellte, öffnete das Baby die Augen, sah ihn an. Er schnallte die Sitzschale los und trug sie in die Praxis.

In der Mittagszeit war es immer ruhig hier. Der vertraute Geruch von Desinfektionsmitteln und grüner Seife stand in den Räumen.

»Angelika?«

»Ich bin hier hinten.«

Er ging um den Empfangstresen herum in den Behandlungsraum. Seine Frau saß mit hängenden Schultern auf der Liege, den Kittel hatte sie ausgezogen, er lag zusammengeknüllt neben ihr. Der lange Zopf ihrer dunklen Haare hing ihr über die Schulter. Sie sah verletzlich aus.

Das kleine Mädchen machte brabbelnde Geräusche. Eine Spuckeblase formte sich auf ihren Lippen, zerplatzte. Das schien sie zu begeistern.

Frank Weymann stellte den Kindersitz auf den Boden, schaute seine Frau an.

»Ich weiß, es ist eine Zumutung.«

»Das ist es tatsächlich.«

»Ich bin dir sehr dankbar …«

»Ach ja?« Angelika Weymann schnaubte.

»Ja, wirklich.«

Im Vorraum klingelte das Telefon. Die Ärztin hob den Kopf, nahm den Zopf in die eine Hand und drehte die Haare um ihre Finger.

»Ich sollte jetzt eigentlich auf dem Präsidium sein. Das ist bestimmt die Polizei am Telefon.«

»Ich dachte, du wolltest heute Morgen dahin?«

»Ich war nicht da.«

»Warum nicht?«

Angelika zuckte mit den Schultern. Sie stand auf, ging langsam auf ihn zu.

»Hast du ihre Laborergebnisse dabei?« Angelika deutete flüchtig auf das Kind.

Ihr Mann zog einen Zettel aus der Jackentasche. »Alles im grünen Bereich. Zwei Werte sind noch erhöht.«

Sie hockte sich vor die Babyschale, betrachtete das Kind.

Dann fuhr sie mit dem Zeigefinger ganz sanft über die winzigen Augenbrauen und die Nase.

»Sie hat deine Augen.« Es war eine Feststellung. »Ich war vorhin im Krankenhaus bei Achim. Er hat mir viel erzählt.«

KAPITEL 26

Oliver Brackhausen zog seine Jacke aus, schmiss sie auf den Stuhl. Vera Schmidt trat nach ihm ins Zimmer, nahm die Jacke und hängte sie an den Garderobenhaken. Sie grinste verschmitzt.

»Schlechte Laune?« Jürgen Fischer hob den Kopf, sah seinen Kollegen an.

»Ich habe mit dem Schwimmmeister gesprochen, Verheyen. Komischer Typ.«

»Inwiefern?«

»Absolut schwammig. Seine Name ist Hase …«

»Was sagt er denn? Ist Graz der Vater von Rüthings' Kind?«

»Er weiß es nicht. Angeblich hat Graz nie mit ihm darüber gesprochen, es wäre kein Thema gewesen – O-Ton Verheyen. Kein Thema, wer's glaubt, wird selig.« Brackhausen stieß wütend den Atem aus.

Jürgen Fischer lehnte sich zurück, zog eine Zigarette

aus der Packung, die auf dem Tisch lag, drehte sie in seinen Fingern.

»Warum glaubst du ihm denn nicht?«

Brackhausen setzte sich auf die Tischkante, verschränkte die Arme vor der Brust. Er sah kurz zu Vera Schmidt hinüber, sie lächelte zurück.

»Damals, als das mit Ina war, mit Ina Slobomka, meiner Ex, da waren wir *das* Thema im Freundeskreis. Alle haben sich das Maul über sie und mich zerrissen. Ich hab's erst später erfahren, weil ich mich aus dem sogenannten Freundeskreis zurückgezogen hatte. Sie war schwanger von mir, hat's mir aber nicht gesagt. Aber allen anderen. Na ja, sie war nie die Unschuld vom Lande, es gab jede Menge Gerüchte über andere potenzielle Väter. Und über Susanne Rühtings gibt es keine Gerüchte? Keine Vermutungen? Angeblich hat sich niemand Gedanken gemacht? Ich glaub's nicht.«

Fischer steckte die Zigarette zwischen die Lippen, suchte in seiner Hosentasche nach dem Feuerzeug. »Da ist was dran. In dem Verein wird ganz sicher geredet worden sein. Nun war Graz aber mit dem Trainer befreundet und dieser will vielleicht nicht über seinen toten Freund sprechen. Vielleicht sollten wir andere Mitglieder befragen. Ich bezweifle aber, dass uns das weiterbringt.«

»Nehmen wir mal an, Graz war nicht der Vater, sondern ein anderer Mann, und dieser hat jetzt das Kind ...«

»Oliver, überleg doch mal, das ist doch sehr unwahrscheinlich. Der Vater war nie da, er hat in Rüthings' Leben keine Rolle gespielt, ihre Mutter weiß nicht, wer er ist, hat keinen Verdacht außer vielleicht Christian Graz. Der ist aber tot. War es schon zu dem Zeitpunkt, als die Rüthings starb. Er kann das Kind nicht haben. Seine Eltern haben es auch nicht, glauben auch nicht, dass es von ihm ist.« Fischer unterbrach kurz, ließ das Feuerzeug aufschnappen, zündete die Zigarette an, inhalierte tief.

»Außerdem, die Rühtings bringt sich um. Ihre Leiche wird gefunden, die Mutter dreht durch. Die Ärztin, die gerufen wurde, um den Tod festzustellen, bescheinigt der Mutter, dass sie nicht fähig ist, sich um das Kind zu kümmern. Irgendjemand – und das ist der Knackpunkt – verständigt jemand anderen, der das Kind dann abholt. Und weg ist es. Wir sind davon ausgegangen, dass das Jugendamt informiert wurde. Dem war aber nicht so. Aber wer hat wen angerufen?« Fischer stützte den Ellenbogen auf den Tisch.

»Der Kollege am Tatort meint, dass es die Ärztin war. Diese geht aber davon aus, dass die Polizei jemanden gerufen hatte. Eine Nullrunde.« Oliver Brackhausen rieb sich über die Stirn.

»Wer war denn noch am Tatort?« Vera Schmidt zog sich einen Stuhl heran. »Die Mutter. Und was, wenn sie gar nicht so hysterisch war?«

»Aber dann wüsste sie doch, wer das Kind hat, und würde jetzt nicht alle verrückt machen.« Fischer runzelte die Stirn. »Die beiden Freundinnen waren auch da. Aber auch die beteuern ihre Unschuld.«

»Die Freundinnen der Rühtings oder die der Mutter?« Die Anwärterin schaute von einem zum anderen.

»Die der Rühtings. Sie wissen angeblich auch nicht, wer der Vater ist.«

»Das ist ziemlich unwahrscheinlich. Ihren Freundinnen wird sie es anvertraut haben. Sagen wir mal, es gibt diesen mysteriösen Mann, den Vater des Kindes, und die Freundin hat ihn angerufen, so mitten im Trubel. Er kam und holte die Kleine.«

»Aber warum geben sie das dann nicht zu? Sie haben sich ja nicht strafbar gemacht. Der Vater hat Anspruch darauf, das Kind mitzunehmen.«

»Viel Sinn macht es nicht, aber wir sollten da doch noch mal nachhaken.«

»Übrigens, Jürgen, diese Ärztin …« Oliver Brackhausen kratzte sich über das Kinn. Er sehnte sich nach einer heißen Dusche und einer Rasur. »Diese Dr. Weymann betreut die Schwimmer des Vereins bei Wettkämpfen.«

»Ach?« Fischer drückte die Zigarette aus. »Das ist ja interessant. Was wissen wir eigentlich über sie? War sie schon zur Vernehmung da?«

»Sie sollte eigentlich heute Mittag kommen, aber hat den Termin nicht eingehalten.«

»Angelika hat mit Achim gesprochen.« Frank Weymann presste das Handy an sein Ohr, lenkte den Wagen mit einer Hand durch den dichten Verkehr. »Danach war sie verstört, Henk. Was weiß Achim eigentlich? Und was ist mit ihm los? Was ist mit allen los?«

Er lauschte auf die Antwort. Die Verbindung war schlecht und er musste sich konzentrieren, um etwas zu verstehen. Der Wagen vor ihm wurde langsamer, und Weymann schaffte es gerade noch, rechtzeitig zu bremsen.

»Henk, ich bin auf der Autobahn Richtung Neuss. Ich rufe dich an, wenn ich da bin. … Was? … Laura?« Er warf einen Blick neben sich. Das Baby spielte mit dem Schnuller. »Laura ist bei mir. Wieso?«

Die Verbindung wurde unterbrochen. Frank Weymann steckte das Handy weg und schüttelte den Kopf. Henk hatte sich merkwürdig verhalten.

Angelika Weymann holte tief Luft, straffte die Schultern und ging über den Vorplatz auf den Haupteingang des Polizeipräsidiums zu.

Den ganzen Nachmittag über hatte sie mit Patienten verbracht. Die Arbeit tat ihr gut, sie ging ganz darin auf. Ihr war nicht wohl dabei, noch einmal befragt zu werden. Immer wieder überlegte sie, was sie bisher ausgesagt hatte über die Nacht, als Susanne Rühtings gestorben war.

Jürgen Fischer streckte die Arme hoch, gähnte ausgiebig. Die Abendbesprechung war wieder ohne Ergebnisse geblieben. Rühtings' Mutter wollte partout keine Angaben über den Vater ihres Enkelkindes machen. Nach einer Stunde ermüdender Befragung erwähnte sie widerstrebend einen älteren Mann, für den ihre Tochter geschwärmt hätte. Doch einen Namen oder weitere Angaben konnte sie nicht machen. Er sei Arzt gewesen, meinte sie.

Die Freundinnen bestätigten diese Aussage, aber konnten auch keinen Namen nennen. Susanne hätte sich weder zu der Schwangerschaft noch zu dem Vater geäußert. Christian Graz war allerdings ganz sicher nicht der Vater des Kindes, sagten die beiden jungen Frauen unabhängig voneinander aus.

Wieder eine Spur, die ins Nichts führte. Irgendetwas hatte Fischer am heutigen Tag gehört, was an ihm nagte. Eine vage Unsicherheit, ein Hinweis, dem er noch nachgehen wollte, aber er wusste nicht mehr, was es war. So sehr er auch darüber nachdachte, er kam nicht drauf.

Aus langer Erfahrung wusste er, dass die Erinnerung dann kommen würde, wenn er sich mit etwas ganz anderem beschäftigte. Zu Hause hätte er den Rasen gemäht oder sich handwerklich betätigt. Irgendetwas zu schrauben oder zu bohren hatte es am Haus immer gegeben. Er fragte sich, wer das nun übernehmen würde. Susanne war nicht ungeschickt, aber gewisse Dinge hatte sie stets ihm überlassen.

Seine Gedanken wanderten weiter. Wer tat diese Dinge in Martina Beckers Haus? Er konnte sich die kleine Person schwer mit einer Bohrmaschine in der Hand vorstellen, doch vielleicht täuschte er sich ja.

Er hatte die Staatsanwältin heute weder gesehen noch etwas von ihr gehört. Zweimal war er kurz davor, sie anzurufen, unterließ es dann aber.

Martina Becker nahm einen unbestreitbaren Wohnrechtsstatus in seinen Gedanken ein, und er wunderte sich darüber.

Fischer beschloss, den Dienst zu beenden und nach Hause zu gehen. Kaum war er aufgestanden und hatte seine Jacke genommen, öffnete sich die Tür. Christiane Suttrop, Ermters Sekretärin, sah in sein Büro.

»Jürgen? Hier ist Frau Doktor Weymann …«

»Ach? Jetzt? Ist noch jemand da? Sabine? Guido? Oliver?«

»Günther. Soll ich ihn rufen? Wo willst du sie befragen? In deinem Büro oder im Verhörzimmer?«

Fischer sah sich um. Sein Büro glich seiner Wohnung, Chaos.

»Überall, nur nicht hier.«

Christiane Suttrop lachte.

Hauptkommissar Jürgen Fischer nahm sich die bisherigen Aussagen von Angelika Weymann aus dem Spurenkörbchen. Er hatte sie mit Sabine in der Praxis befragt. Es wäre von Vorteil, wenn Sabine diesmal wieder mit dabei sein könnte. Sie hatte eine gute Beobachtungsgabe. Er wählte ihre Handynummer. Sie meldete sich atemlos.

»Sabine? Die Weymann ist hier zur Befragung.«

»Jetzt?« Sie klang überrascht. »Aber warum erst jetzt?«

»Ich habe keinen blassen Schimmer. Kannst du kommen? Dabei sein? Du warst bisher dabei, wenn sie befragt wurde. Du weißt, wenn sie etwas verbirgt. Du hast dafür ein besonderes Gespür. Bitte.«

»Jürgen, *muss* das sein? Ich habe Feierabend. Und du eigentlich auch. Kann das nicht bis morgen warten? Müssen wir uns nach ihr richten?«

Jürgen Fischer wusste, dass seine Antwort sie treffen würde. Er benutzte sie trotzdem.

»Es geht um ein Kind, Sabine. Ein Baby, das wir suchen.«

Sabine Thelen holte tief Luft, es hörte sich schmerzhaft an. Dann legte sie auf. Fischer war sich sicher, dass sie kommen würde.

Henk Verheyen ging langsam am Beckenrand entlang. Immer wieder forderte er die Jugendlichen auf, schneller zu schwimmen. Seine Finger schlossen sich nervös um die Stoppuhr, öffneten sich wieder, zuckten.

Als alle die Bahn zu Ende geschwommen waren, scheuchte Verheyen sie in die Dusche. Unruhig warf er einen Blick in das kleine Büro. Zu seiner Erleichterung wartete dort niemand. Schnell packte er seine Tasche, zog sich um und verließ dann überstürzt das Schwimmbad. Normalerweise wartete er immer, bis alle gegangen waren. Heute konnte er sich nicht darum kümmern und nicht hinter ihnen abschließen. Er hatte Wichtigeres zu tun. Die Zeit drängte.

Das Telefon im Labor klingelte überlaut. Frank Weymann verschüttete eine Probe, fluchte laut, schmiss das Reagenzglas ins Waschbecken, wo es mit einem Klirren zerbrach.

Dann wischte er sich die Hände an seinem Kittel ab und griff nach dem Telefonhörer.

»Ja?« Er klang alles andere als freundlich und wusste das auch.

»Pet-Technics, guten Abend, Herr Weymann.« Die weibliche Stimme klang ruhig, so als hätte sie mit dem genervten Tonfall schon gerechnet.

»Ja?«

»Wir haben Ihnen eine E-Mail geschickt, aber noch keine Antwort erhalten.«

»Nicht? Ich habe das meiner Assistentin überlassen.« Muss ich mich denn um alles kümmern, dachte Weymann und fühlte, dass sein Blutdruck gefährlich stieg, während seine Geduld schwand.

»Manchmal verschwinden E-Mails ja im Nirwana. Es ist aber wichtig.« Immer noch blieb die Frau höflich und ruhig. »Es geht um die Ratten, die wir Ihnen geschickt haben. Ist mit ihnen alles in Ordnung?«

Frank Weymanns Blick schweifte über die Käfige. Nichts war in Ordnung. Mehr als ein Drittel der Tiere war verendet, ein weiteres Drittel war ungewöhnlich unruhig.

»Wieso fragen Sie? Worum geht es?«

Sie antwortete nicht auf seine Frage. »Können Sie mir bitte die Nummer auf dem Lieferschein durchgeben?«

»Lieferschein?« Weymann brummte wütend. »Moment, ich lege Sie auf die andere Leitung.« Er drückte zwei Knöpfe am Telefon und stand auf. Der Lieferschein musste vorne im Büro auf Gabys Schreibtisch im Ablagekörbchen sein. Dort fand er ihn aber nicht. Wütend schmiss er die Aktenordner, die dort lagen, auf den Boden, nahm den Hörer auf. »Ich finde ihn gerade nicht. Kann das nicht bis morgen warten? Dann ist meine Assistentin wieder da.«

Die Frau am anderen Ende der Leitung schwieg einen Moment, nur ihr Atem war zu hören. »Wissen Sie, Herr Weymann, wir haben Grund zur Annahme, dass die Ratten falsch ausgeliefert wurden. Es wäre deshalb wichtig, die Lieferscheinnummern zu vergleichen.«

»Was?« Frank schrie in das Telefon. Er versuchte mühsam sich zu beherrschen. Sein Herz schien sich zusammenzukrampfen. »Was meinen Sie mit falsch ausgeliefert?« Langsam ließ er sich auf den Stuhl gleiten.

Jürgen Fischer nahm zwei Tassen aus dem Schrank, stellte sie umständlich auf den Tisch. Nach einigem Suchen fand er Würfelzucker und eine Dose Kaffeesahne. Dann holte er den Kaffee aus der kleinen Küche. Angelika Weymann saß am Tisch des Verhörzimmers, knetete nervös ihre Hände. Immer wieder schaute sie auf ihre Armbanduhr. Hauptkommissar Fischer ließ sich Zeit. Er tat das mit Absicht. Sie sollte ruhig noch ein wenig länger warten, noch nervöser werden.

Günther Volkers kam am Verhörzimmer vorbei. Er trug drei Spurenkörbchen und sah genervt aus. »Brauchst du mich?«

»Nein, ich denke nicht. Sabine wollte kommen.« Fischer nickte ihm zu. »Viel Arbeit?«

»Ich muss nur die Berichte schreiben, Ermter will sie morgen auf seinem Schreibtisch haben. 30 Vernehmungen. Ist nichts bei rumgekommen, das habe ich ihm auch gesagt. Und weißt du, was er geantwortet hat?«

»Dann kann es ja keine große Arbeit sein.« Fischer grinste und zwinkerte Volkers zu.

»Richtig. Typisch Chef. Wie lange mag es her sein, dass er Befragungsbogen ausgefüllt hat? Jahre?«

in ihn zu verlieben, und wollte sich nicht wie ein Teenager benehmen.

Sie würde ihn frühestens am Montag wiedersehen. Montag. Bis dahin war eine Ewigkeit.

Sie nahm die Aktenstapel, knallte sie auf den Rollwagen, schob ihn in den Flur und verschloss ihr Büro.

KAPITEL 27

»Ihr Name bitte?« Hauptkommissar Jürgen Fischer spielte mit dem Kugelschreiber.

»Name? Mein Name?«

Fischer nickte freundlich.

»Aber … na gut, Angelika Weymann.«

»Ihre Adresse ist?«

»Herr Fischer, das wissen Sie doch schon alles.« Angelika Weymann rieb ihre Hände aneinander, als wäre ihr kalt.

Fischer setzte sich bequemer hin, schlug das linke Bein über das rechte, legte die Fingerspitzen aneinander. Ein Tipi, er erinnerte sich an die Indianerspiele mit seinen Söhnen.

»Frau Dr. Weymann, wir ermitteln in einem Fall. Es ist wichtig, dass wir gründlich vorgehen.«

»Was hat meine Adresse, die sie ja schon längst haben, damit zu tun?«

Sein Atem klang keuchend, es rasselte in seiner Brust.
»Ich will nur reden.«
»Und worüber?«
»Ich schätze, das weißt du genau.«

Martina Becker schichtete die Akten auf ihrem Schreibtisch ordentlich übereinander. Sie lehnte sich zurück, faltete die Hände, betrachtete den Stapel. Dann kniff sie die Augen zusammen. Eine Akte lag nicht gerade. Sie nahm einige Ordner wieder herunter, baute drei Türmchen nebeneinander. Sie hatte alle Arbeit für heute erledigt. Morgen war die Beerdigung ihres Vaters und dafür bekam sie frei.

Die Beerdigung. Seit ihrem letzten Besuch zu Hause hatte sie nicht mehr mit ihrer Mutter oder ihrem Bruder gesprochen. Sie bekam Magenschmerzen bei dem Gedanken an den nächsten Tag.

Die Staatsanwältin konzentrierte sich auf die Aktenstapel auf ihrem Schreibtisch. Sie versuchte, sich daran zu erinnern, was in ihrem Kühlschrank war. Sie wollte nicht an den morgigen Tag denken. Ihr Bruder und ihre Mutter würden ihn benutzen, um Geschäftsverbindungen zu knüpfen. Plötzlich drängte sich Jürgen Fischer in ihre Gedanken.

Nach dem Tod ihres Mannes war sie eine Zeit lang sehr verzweifelt gewesen. Dann wurde ihr klar, dass es nur zwei Dinge gab, die sie tun konnte. Entweder dasitzen und die ganze Welt hassen oder aufstehen und weitermachen. Als sie sich um den Job in Krefeld bewarb, war sie einem Impuls gefolgt.

Allerdings hatte sie nicht damit gerechnet, so schnell einen Mann wie Jürgen zu treffen. Jemanden, mit dem sie reden konnte, dem sie sich anvertrauen konnte.

Sie war ihm heute nicht begegnet und es wäre ihr peinlich, schon wieder bei ihm aufzutauchen. Sie war dabei, sich

Tropf neben sich her und roch nach Zigarrenqualm. Henk Verheyen rümpfte die Nase, lächelte dann gezwungen. Er wollte sich nicht unterhalten und überlegte, wie er sich verdrücken könnte, ohne zu unhöflich zu wirken.

»So laut und wie gesagt, das geht den ganzen Tag schon so«, fuhr der Mann ungerührt fort. »Ich muss hier durch, wenn ich rauchen will. Nach vorne. Find ich auch unmöglich, dass es keinen Raucherraum gibt. Hat mich fast umgebracht, als ich noch nicht aufstehen konnte.«

Verheyen ließ ihn stehen und ging zum Aufzug. Er hoffte, dass das Gespräch so flüchtig gewesen war, dass der Mann sich später nicht mehr an ihn erinnern würde.

»Hallo, Achim.« Henk Verheyen war froh, dass sein Freund ein Einzelzimmer hatte. Achim Polieska schien zu schlafen. Seine Augen waren geschlossen, doch ein Nerv unterhalb des Mundwinkels zuckte heftig.

»Achim, ich bin's, Henk.« Verheyen sprach mit sanfter Stimme und trat näher an das Bett. Polieskas Hautfarbe war von einem ungesunden Gelb, sein Körper dünstete unangenehme Gerüche aus. Verheyen atmete flach mit geöffnetem Mund. Er besah sich die verschiedenen Geräte, die rings um Polieska aufgebaut waren. Medizinisch war er unerfahren, aber bei einigen Anzeigen war der Sinn zu erkennen.

Verheyen zog sich einen Stuhl an das Bett, setzte sich. Immer noch hielt Achim Polieska die Augen krampfhaft geschlossen. Verheyen bemerkte, dass der Atem flacher und unruhiger wurde.

»Achim, Achim. Du wirst doch keine Angst vor mir haben?« Henk lachte leise. »Oder etwa doch?«

Polieska öffnete die Augen halb. Seine Lider hingen schwer herab, so als hätte er Probleme wach zu bleiben. »Was willst du?«

»Eher Jahrzehnte. Viel Spaß noch. Sollte Sabine nicht kommen, finde ich dich in deinem Büro?«

Volkers nickte ergeben.

»Dauert es noch lange?« Angelika Weymanns Stimme hatte einen schrillen Klang. Fischer drehte sich zu ihr um, ging drei Schritte in den Raum hinein.

»Kann ich Ihnen etwas zu trinken anbieten, Frau Weymann? Einen Kaffee oder Wasser?«

»Nein, danke.«

»Sind Sie sicher?«

»Absolut.«

Hauptkommissar Jürgen Fischer schenkte sich Kaffee ein, rührte gemächlich um, nahm die Tasse und trat an das Fenster. Von hier oben konnte er auf den Parkplatz schauen. Sabines Auto war nicht zu sehen.

Henk Verheyen sah immer wieder zurück über seine Schulter. Er spürte den Schweiß unter den Achseln und an seinem Rücken. Bisher hatte er niemanden gesehen, der ihn verfolgte, aber sicher war er sich nicht. Bewusst langsam ging er durch die große Eingangshalle des Krankenhauses. Auf den Wartebänken schienen Roma zu kampieren, sie tranken Kaffee und Bier, hatten Brote ausgepackt, redeten lautstark miteinander. Mehrere Frauen hielten knatschende Kinder in den Armen.

Verheyen blieb stehen, so als würde er die Gruppe Leute betrachten.

»Die sind schon den ganzen Tag da. Irgendeiner aus der Sippe ist wohl operiert worden. Ich habe mich schon beschwert, aber das Krankenhaus sieht keinen Handlungsbedarf.« Ein älterer, hagerer Mann in einem Polyester-Jogginganzug sprach Verheyen an. Der Mann schob einen

»Ich gehe nur den vorgeschriebenen Weg.« Endlich hörte Jürgen Fischer Schritte im Flur. Er hatte sich nicht getäuscht, Sabine Thelen betrat atemlos den Raum, setzte sich.

»Guten Abend, Frau Weymann.« Thelen nickte Fischer zu, warf einen schnellen Blick auf das Befragungsformular vor Fischer. Es war noch leer. »Wir hatten Sie eigentlich heute Mittag erwartet.«

»Das weiß ich. Ich konnte aber nicht, ich musste einen Patientenbesuch machen.«

»Sie hätten uns Bescheid geben können.« Ein deutlicher Vorwurf lag in Sabine Thelens Stimme.

»Mag sein. Ich bin doch jetzt hier, reicht das nicht?«

Die Stimmung in dem kleinen Zimmer war deutlich angespannt. Jürgen Fischer nahm sich einen weiteren Kaffee, bot Frau Weymann wiederum etwas zu trinken an. Vorwürfe würden sie nicht weiterbringen.

»Wir müssen noch mal ganz genau den Ablauf an Susanne Rüthings' Todestag untersuchen. Haben Sie sie eigentlich gekannt?«

»Nein.« Die Antwort kam schnell.

»Wirklich nicht?«, hakte Fischer nach.

»Wie kommen Sie darauf? Die Familie ist bei dem Arzt, den ich vertrete, in Behandlung. Deshalb hat Frau Rüthings auch in der Praxis angerufen.«

»Aber Sie kannten Susanne Rüthings nicht?«

Frau Weymann schüttelte trotzig den Kopf.

»Auch nicht aus dem Schwimmverein?«

Die Ärztin wurde blass.

Nachdem er das Telefonat beendet hatte, blieb Frank Weymann eine Weile regungslos sitzen. Erleichterung machte sich in ihm breit. Endlich schien sich der Knoten zu lösen. Sie hatten ihm die falschen Ratten geliefert. Die Tiere waren für ein anderes Projekt gezüchtet worden. Ihre Gene waren anders verändert worden als die der Ratten, die er bestellt hatte. Die Versuchsreihe konnte gar nicht funktionieren.

Weymann lachte. Das Lachen hallte durch das Labor. Er nahm den Telefonhörer und wählte die Nummer seiner Assistentin. Sie würden von vorne beginnen müssen, aber das schreckte ihn nicht. Alles würde gut werden. Er würde die richtigen Ratten bekommen und an ihnen sein Medikament testen. Diesmal, da war er sich sicher, würden die Experimente gelingen. Das war ein weiterer wichtiger Schritt auf dem Weg zur Zulassung. Wenn das erst einmal gelungen war, konnte er sich wieder anderen Dingen widmen. Angelika. Sie könnten einen Neuanfang ihrer Ehe wagen. Er liebte sie und sie war die Mühe wert.

Henk Verheyen öffnete die Tür des Krankenzimmers und schaute vorsichtig den Flur entlang. Niemand war zu sehen. Er ging mit schnellen Schritten zum Aufzug, hoffte, dass er nicht gesehen wurde. Durch die Eingangshalle lief er fast. Der Mann mit dem Tropf war verschwunden, stellte Verheyen erleichtert fest.

Erst als er in seinem Wagen saß, spürte er sein Herz schlagen, heftig und unregelmäßig. Ganz ruhig, sagte er sich. Du musst ganz ruhig bleiben, dann wird dir nichts passieren. Er steckte den Schlüssel in das Zündschloss und startete den Wagen. Ein weiterer Besuch stand noch aus.

Er war kaum auf die Autobahn gefahren, als der Druck in seiner Blase unerträglich wurde. Verheyen steuerte den nächsten Parkplatz an und stieg aus. Nur zwei Lastwagen standen dort, die Fahrer waren nirgendwo zu sehen.

»Ich kannte sie nicht näher.« Angelika Weymann räusperte sich.

»Was heißt das genau?«

»Susanne Rühtings war im Schwimmverein, dort habe ich sie ein paar Mal gesehen. Privaten Kontakt hatten wir nicht. In den letzten Monaten trainierte sie nicht mehr.«

»Wegen des Kindes?«

Angelika Weymann sah Hauptkommissar Fischer an, blinzelte. Er wertete das als Zustimmung und nickte.

»Das Kind ist verschwunden. Sie waren in der Nacht auch vor Ort, als es zuletzt gesehen wurde. Sie haben gesagt, dass die Mutter zu durcheinander war, um es zu betreuen. Haben Sie jemanden angerufen? Den Vater vielleicht?« Jürgen Fischer ließ sie nicht aus den Augen. Er suchte ein Blinzeln, ein leichtes Zittern, einen abtrünnigen Muskel, irgendein Zeichen von Nervosität. Angelika Weymann kaute auf der Innenseite ihrer Wange.

»Nein.« Frau Weymann senkte den Kopf.

Fischer wechselte mit Sabine Thelen einen schnellen Blick.

»Als Zeugin sind Sie zur Wahrheit verpflichtet, denken Sie daran. Es gab im Verein Gerede über Susannes Schwangerschaft. Sie war lange mit Christian Graz zusammen, aber er ist nicht der Vater des Kindes.«

»Ich kümmere mich nicht um Klatsch.« Angelika Weymann starrte konzentriert auf die Nagelhaut ihres linken Zeigefingers.

»War Susanne mit jemand anderem aus dem Verein liiert?«

»Möglich.«

»Mit wem? Nennen Sie einen Namen. Sie kennen doch die Schwimmer.«

»Ich sagte doch schon, dass ich mich nicht um das Gerede gekümmert habe.«

»Sie war sehr lange mit Christian zusammen. Er hat sich auch umgebracht.«

»Ich weiß.« Die Weymann sah Fischer immer noch nicht an. Ihre Antworten kamen kurz und knapp heraus.

»Wissen Sie, warum er sich umgebracht hat?« Fischer ließ sie nicht aus seinem Blick.

»Nein.«

»Aber Sie kannten ihn doch?«

»Ja.«

Die Befragung ist witzlos, dachte Fischer resigniert. Wir müssen einen Ansatzpunkt finden. Ganz sicher verheimlicht sie etwas. Sie meidet Blickkontakt, macht einen nervösen Eindruck.

»Könnte Susanne sich umgebracht haben, weil sie immer noch etwas für Christian empfand?«

»Ich bin Medizinerin, keine Psychologin.«

»Aber Sie haben darüber nachgedacht?«

»Um ehrlich zu sein: nein!«

»Es hat Sie nicht schockiert, zu der Leiche einer jungen Frau gerufen zu werden, die Sie kannten? Und sei es noch so flüchtig?«

»Das gehört zu meinem Berufsrisiko.«

»Ach ja.« Fischer nahm sich eine Zigarette, zündete sie an. Es war schon die dritte, und der Qualm stand dicht im Raum.

»An dem Abend, als Sie zu Frau Rühtings gerufen wurden, wie war das genau?«

»Das habe ich Ihnen doch schon gesagt.«

»Ich möchte es noch mal hören. Und vielleicht ein drittes Mal, wenn es mir immer noch nicht klar ist.«

Endlich hob Angelika Weymann den Kopf.

»Ich bekam einen Notruf. Es war nicht ganz klar, ob die junge Frau schon tot war. Ich fuhr hin, informierte die Rettung. Als ich ankam, war jemand von der Polizei da. Wer die Polizei gerufen hatte, weiß ich nicht. Vermutlich Susannes Mutter.«

»Und dann?«

»Dann bin ich in die Wohnung gegangen. Susannes Mutter war völlig aufgelöst. Sie saß neben ihrer Tochter auf dem Sofa und schüttelte sie. Ich habe ihr eine Beruhigungsspritze gegeben und Susanne untersucht. Ich konnte nichts mehr für sie tun. Ich bestellte den Krankenwagen wieder ab. Es war eine übliche Routine.«

»Außer dem Polizisten und der Mutter, wer war noch in der Wohnung?«

»Zwei junge Frauen. Freundinnen. Sie waren mir nicht bekannt. Niemand aus dem Verein.«

Fischer machte sich Notizen. »Wo war das Baby?«

Angelika Weymann umklammerte die Armlehnen des Stuhles, als wäre sie beim Zahnarzt.

»Im Nebenzimmer.« Es klang wie eine Frage.

»Sie haben es nicht gesehen? Ein kleines Mädchen, es heißt …« Fischer blätterte in den Unterlagen.

»Laura.« Angelika Weymann hauchte den Namen. Fischer hob den Kopf, runzelte die Stirn und sah die Ärztin an. Sie schloss für einen Moment die Augen.

»Stimmt, Laura heißt die Kleine. Und sie wird immer noch vermisst. Ich habe ein Foto von ihr. Schauen Sie mal. Ein hübsches Kind.« Er hielt das Bild hoch. Angelika Weymann starrte es an, drehte dann den Kopf zur Seite.

»Haben Sie Kinder, Frau Weymann?«

»Nein.«

Immer noch hielt er das Bild in ihr Blickfeld.

»Nehmen Sie das Bild weg.« Angelika Weymanns Stimme zischte. Jürgen Fischer zog die Augenbrauen hoch.

»Sie haben also den Tod der jungen Mutter festgestellt? Und dann?«

Die Ärztin schluckte mehrfach.

»Möchten Sie vielleicht doch etwas zu trinken?« Es war das erste Mal, dass Sabine Thelen etwas sagte. Bisher hatte sie der Befragung aufmerksam zugehört, aber sich nicht eingebracht.

»Ein Wasser wäre gut.«

Die Kommissarin füllte ein Glas, stellte es vor Angelika Weymann auf den Tisch. Sie schwiegen, während Frau Weymann hastig trank. Sabine Thelen füllte das Glas erneut.

»Wer hat das Kind abgeholt?«, fragte sie mit leiser Stimme. »Der Vater?«

Die Ärztin schüttelte den Kopf.

»Aber Sie wissen, wer der Vater ist, nicht wahr?«

Nachdem Henk Verheyen sich erleichtert hatte, stieg er wieder in seinen Wagen. Seine Hände waren schweißnass und zitterten. Verheyen stieß eine Verwünschung aus. Nach einigem Suchen fand er in seiner Jackentasche einen Aluminiumstreifen. Er hatte nur noch zwei Tabletten. Er drückte sie aus der Verpackung, schluckte sie trocken herunter. Die Wirkung würde schnell einsetzen, das wusste er aus Erfahrung.

Verheyen wartete, bis das Zittern nachließ, dann startete er den Motor und fuhr auf die Autobahn Richtung Neuss.

Auf der Intensivstation stieg der Geräuschpegel an, wie jedes Mal, wenn Schichtwechsel war. Der Pfleger, der in dieser Nacht Dienst hatte, überflog die Krankenblätter. Im Hintergrund piepste ständig ein Alarm.

»Kann mal jemand den Alarm ausschalten?«, rief er genervt.

»Das muss Zimmer 265 sein. Der alte Herr mit Herzinfarkt. Emil Soundso. Er ist fettleibig, kein Kontakt hält. Den ganzen Tag geht das schon so.« Die Schwester war mit einem Fuß aus dem Schuh geschlüpft und rieb den Fuß an ihrer Wade. Sie war müde und ausgelaugt. »Jedes Mal bin ich gerannt. Immer war es falscher Alarm. Der Oberarzt will ihn morgen auf die Innere verlegen. Hoffentlich.«

»Hm.« Der Pfleger kontrollierte die Medikamentenliste, sah dann flüchtig über die Schulter zu den Monitoren. »Okay«, murmelte er. Dann schreckte er hoch. »Zimmer 265? Aber der Alarm ist in 231.«

Sie sprangen auf und eilten den Flur hinunter.

»Wer ist der Patient?«

»Achim Polieska. Wahrscheinlich Drogenmissbrauch. Organversagen, Rhythmusstörungen. Heute ging es ihm aber eigentlich besser.«

»Frau Weymann, Sie müssen doch einsehen, dass das für uns wichtig ist.«

»Was hilft es Ihnen, wenn Sie den Vater kennen? Soweit ich weiß, wollte Susanne Rühtings nichts mit ihm zu tun haben.«

»Haben Sie den Vater verständigt? Hat er das Kind?«

Angelika Weymann überlegte. Dann schüttelte sie den Kopf. »Nein, ich habe den Vater nicht verständigt.«

»Aber Sie wissen, wer es ist?«

»Ich glaube kaum, dass das eine Rolle spielt.«

Sie bewegten sich im Kreis. Fischer biss die Zähne aufeinander. »Entschuldigen Sie mich.« Er stand auf und verließ den Raum. Er war sich sicher, dass die Ärztin viel mehr wusste, als sie zugab. Allerdings verstand er nicht, weshalb sie ihre Informationen zurückhielt. Sabine Thelen war ihm in den Flur gefolgt.

»Sie weiß etwas.« Sabine schloss sorgfältig die Tür, trat zu Fischer. »Sie weiß, wo das Kind ist, wer es hat. Sie hat denjenigen angerufen. Ich bin mir ganz sicher.«

»Das denke ich auch. Nur wie bekommen wir sie dazu, es zuzugeben?«

»Wir machen weiter, Jürgen. Nur noch ein wenig. Fangen wir meinetwegen von vorne an. Es fehlt nicht viel und sie kippt.«

»Was willst *du* hier?« Frank Weymann richtete sich überrascht auf, als sich die Tür zum Labor öffnete.

»Reden.«

»Ich habe keine Zeit, Henk. Wirklich nicht. Etwas ist schief gelaufen und ich muss …«

»Stimmt, Frank. Es ist so einiges schief gelaufen.« Henk Verheyen drängte sich an Weymann vorbei.

»Was meinst du damit?«

»Hast du dir noch keine Gedanken gemacht? Christian, Susanne, all die anderen im Verein? Achim?«

»Doch, sicher. Klar. Aber was hat das mit mir zu tun? Wir müssen umdenken, neu planen. Aber nicht jetzt. Ich habe keine Zeit.«

»Ich schätze, die wirst du dir nehmen müssen.« Henk Verheyen lächelte. Auf seinem Gesicht glänzte Schweiß, es sah aus wie mit frischem Lack überzogen.

Frank Weymann runzelte die Stirn. Ihm stellten sich die Nackenhaare auf. Eine Vorahnung beschlich ihn.

»Wie sind Sie eigentlich zum Verein gekommen? Haben Sie selbst Schwimmsport betrieben?« Sabine Thelen übernahm die Befragung. Fischer hatte eine neue Flasche Wasser mitgebracht und sie vor die Ärztin gestellt. Diese trank, als stünde sie kurz vor dem Verdursten.

»Nein, ich bin nicht sonderlich sportlich.«

»Und wie wird man dann Betreuerin eines Schwimmvereins?«

»Der Trainer hatte mich gefragt. Henk Verheyen.« Angelika Weymann trank wieder hastig, verschluckte sich, hustete.

»Woher kannten Sie sich?«

»Er kannte meinen Mann.« Angelika Weymann biss sich auf die Lippe, sie blickte zur Tür, so als plane sie ihre Flucht.

Hauptkommissar Jürgen Fischer stöhnte innerlich auf. Wenn das in dem Tempo weiterging, würden sie die ganze Nacht hier sitzen und der Weymann eine winzige Aussage nach der nächsten aus der Nase ziehen.

»Der Patient ist tachykard, kalter Schweiß, hoher Puls, Zittern. Ruf sofort den Oberarzt. Blut abnehmen, Zuckerwerte kontrollieren!«

Der Pfleger überprüfte schnell alle Geräte, schaute nach dem Tropf, dem Katheter. Nichts wies darauf hin, wie es so plötzlich zu der Krise kommen konnte.

Achim Polieska gab ein leises Geräusch von sich, das alles andere als menschlich klang. Ein Ächzen rasselte in seiner Kehle und drang durch die zusammengebissenen Zähne.

Auf einmal schlug er die Augen auf, sah den Pfleger an. »Polizei! Polizei, schnell. Verheyen, es war Verheyen.«

Dann fielen ihm die Lider wieder zu und ein weiterer Anfall schüttelte seinen Körper.

KAPITEL 28

»Da war gerade ein Anruf vom Klinikum. Ein Patient ist ins Koma gefallen. Er soll aber vorher die Polizei verlangt haben, denn er fühlte sich bedroht. Der Patient heißt Achim Polieska. Hat der nicht was mit eurem Fall zu tun?« Günther Volkers hatte Fischer in den Flur gebeten.

»Achim?« Angelika Weymann sprang auf und kam aus dem Besprechungsraum. »Achim? Was ist mit ihm?«

Fischer sah sie an, blickte dann zurück zu Volkers. »Polieska ist der mit der illegalen Haschfarm in der Innenstadt.«

»Das wissen Sie?« Die Ärztin wich zurück, schaute auf den Boden.

»Ja, Frau Weymann, das wissen wir. Und noch so einiges mehr. Sie kennen Polieska? Hat er was mit dem verschwundenen Kind zu tun? Vielleicht sind Sie ja jetzt bereit, mit uns zusammenzuarbeiten?«

Angelika Weymann zupfte nervös an ihrem Zopf. »Ich weiß, wo das Kind ist«, murmelte sie kaum hörbar.

»Günther, versuch, Brackhausen zu erreichen und fahr mit ihm ins Klinikum. Wenn du Brackhausen weder mobil noch zu Hause erreichst, versuch es bei der Anwärterin. Wie heißt die gleich noch?«

»Vera Schmidt? Die und Oliver?« Sabine Thelen konnte sich ein wohlwollendes Grinsen nicht verkneifen.

Hauptkommissar Günther Volkers nickte.

»Sie wissen, wo das Kind ist?« Jürgen Fischer führte Frau Weymann zurück in das Zimmer.

»Ja, es ist bei Gaby, der Assistentin meines Mannes. Dem Kind geht es gut, Sie müssen sich keine Sorgen machen.«

Jürgen Fischer bemerkte erst jetzt, dass er die Luft angehalten hatte. Die Spannung löste sich in ihm und er lehnte sich zurück.

»Dann erzählen Sie mal.«

»Du brauchst keine Angst zu haben.« Henk Verheyen lachte schrill. »Überhaupt keine Angst. Du musst nur das machen, was ich sage.«

Frank Weymann sah ihn wütend an. Plötzlich hielt Verheyen ein großes Springmesser in der Hand.

»Henk ... was soll das?« Angst kroch in Weymann hoch.

»Achim hat mit Angelika gesprochen.« Verheyen ließ das Messer in seiner Hand wippen.

»Ja, das hab ich dir doch gesagt.«

»Was hat er ihr erzählt?« Verheyens Hand zitterte wieder. Er hoffte, dass Weymann es nicht bemerkte. Er durfte jetzt keine Schwäche zeigen, zu viel hing davon ab.

»Das weiß ich nicht. Nur, dass sie sich Sorgen macht.« Frank Weymann spürte einen Schweißtropfen auf seiner Stirn, traute sich aber nicht, ihn abzuwischen. Langsam lief der Tropfen an seiner Nase entlang.

»Ich glaube dir kein Wort. Er hat ihr sicher mehr erzählt, sonst hättest du mich nicht angerufen.«

»Er hat von der Cannabisproduktion erzählt. Dass ihr viel mehr produziert habt, als wir abgemacht hatten. Dass du einen anderen Abnehmer dafür hast. Es hat mich geärgert, denn dadurch machen wir uns alle strafbar. So hatten wir das nicht vereinbart. Das wird ja auch der Grund gewesen sein, warum er mich nicht mehr bei sich reingelassen hat. Dann hätte ich es gesehen und dich zur Rede gestellt. Nun gut, es ist, wie es ist. Das ist kein Grund, mich zu bedrohen. Steck das Messer weg.«

»Das könnte dir so passen.« Wieder lachte Verheyen.

Frank Weymann zog die Augenbrauen zusammen. Verheyen wirkte verändert, nervöser, seltsam unruhig. Sein Gesicht war schweißnass, die Hände zitterten.

»Hast du gespritzt?«, fragte er ihn. »Sollen wir besser mal deine Blutwerte kontrollieren?«

»Bleib bloß sitzen!«

Angelika Weymann hatte wieder im Verhörraum Platz genommen. Sie umklammerte das Glas vor ihr auf dem Tisch.

»Mein Mann hat Henk in der Klinik kennengelernt. Henk Verheyen ist Diabetiker.« Angelika Weymann schob das Glas über den Tisch. »Frank, mein Mann, arbeitete damals für einen großen Pharmakonzern, und es wurden Probanden für klinische Versuche gesucht. Eine neue Art von Insulin.«

Hauptkommissar Fischer nickte, um sie nicht zu unterbrechen.

»Damals schon spielte Frank mit dem Gedanken, eine eigene Firma zu gründen. Eine pharmakologische Firma. Er hatte ein Konzept für ein neues Medikament entwickelt. Ein Schmerzmittel.« Sie sah von Fischer zu Thelen und dann auf ihre Hände, die sie nun im Schoß gefaltet hatte. »Er hat sich erst vor einem Jahr selbstständig gemacht. Es lief alles gut.«

»Und Verheyen?«

»Verheyen war Proband für diese Insulin-Geschichte. Frank hat die Versuchsreihe überwacht. Die beiden freundeten sich an. Als ein weiteres Medikament der Firma getestet werden sollte und Probanden gesucht wurden, kamen sie auf die Idee, die Vereinsmitglieder zu fragen. Von da an habe ich die Schwimmer ärztlich überwacht.«

»Der Schwimmverein als Versuchslabor?«

»Es war alles genehmigt und wurde genau kontrolliert. Klinische Versuche laufen unter strengen Regeln ab.« Sie seufzte genervt. Es klang so, als hätte sie das schon tausendmal erklären müssen.

»Das kann man sicher überprüfen lassen.«

»Ja, machen Sie das ruhig. Wie gesagt, das war alles legal und fast ohne Risiko für die Beteiligten. Allerdings ist uns ein Fehler unterlaufen.«

»Was für ein Fehler?«, fragte Sabine Thelen.

»Susanne Rühtings sollte zu der Gruppe gehören, die Placebos bekommt. Sie wissen schon, Pillen, die so aussehen, als wären sie echt, die aber keine Wirkung haben. Das macht man, um zu sehen, ob die Wirkung wirklich eintritt, oder ob sie nur auf Einbildung basiert.«

»Und?«

»Aber Susanne hat aus Versehen doch die echten Tabletten bekommen.«

»Hatte das gesundheitliche Folgen?« Kommissarin Thelen beugte sich vor.

»Nein. Nicht für sie. Jedenfalls keine dramatischen. Nur ...« Angelika Weymann zögerte.

»Nur?«

»Nur bei dem Kind waren wir uns nicht sicher.«

»Wo ist das Baby?« Henk Verheyen nahm das Messer in die linke Hand, wischte sich die Rechte an seiner Hose ab. Er spürte Schweiß an seinem Rücken hinunterlaufen.

»Es ist bei Gaby, meiner Assistentin.« Frank Weymann versuchte, so ruhig wie möglich zu sprechen. Irgendetwas stimmte nicht mit Henk. »Kann es sein, dass du unterzuckert bist?«

Verheyen schüttelte den Kopf. »Nein, mein guter Doktor, das ist es nicht. Es ist etwas anderes. Hast du dich nicht gefragt, was los war? Mit Christian, Susanne, Achim, den anderen?«

»Doch, schon.«

»Aber es hat dich nicht interessiert.«

»Das würde ich so nicht sagen.«

»Wie würdest du es denn sagen?«

Der Schweißtropfen hing jetzt vorne an Weymanns Nase. Er hob ganz langsam die Hand und wischte ihn fort. Henks Verhalten machte ihm Angst.

»Ich habe ehrlich gesagt gar nicht darüber nachgedacht. Christian hat sich umgebracht. Susanne ... es hat mich betroffen gemacht, aber sie hatte ja jeden Kontakt zu mir abgebrochen.«

»Ach, und wieso ist Angelika dann in ihrer Wohnung gewesen?«

»Das war Zufall. Wirklich.«

»Wer es glaubt ...« Verheyen lachte höhnisch.

»Henk, beruhige dich. Komm, setz dich und wir reden über alles.«

»Ich hätte nicht gedacht, dass ihr mir auf die Spur kommen würdet. Seit wann wisst ihr es? Durch Christian? Oder erst, als das mit Susanne passiert ist? Habt ihr mich verfolgt?«

»Ich weiß nicht, wovon du sprichst.«

»Was war mit dem Kind?« Fischer spürte, dass er Kopfschmerzen bekam. Sein Mund war trocken. Er nahm die Thermoskanne, schüttelte sie. Die Kanne war leer.

»Haben Sie ein Bild von Susanne gesehen? Sie war eine hübsche, junge Frau. Sie ... sie himmelte Frank an. Ich kann es ihm gar nicht verübeln, ich denke, Männer reagieren da schnell geschmeichelt. Vor allem in seinem Alter.«

»Was verübeln?«

»Sie hatten was miteinander. Frank und Susanne. Das Kind ist von meinem Mann.«

»Ihr Mann ist der Vater von Susanne Rühtings' Kind?« Damit hatte Fischer nicht gerechnet.

»Als sie meinem Mann gestand, dass sie schwanger war, waren wir mitten in den Versuchen. Und erst da ist uns aufgefallen, dass Susanne die Wirkstoffe bekommen hatte statt der Placebos. Frank hat lange darüber nachgedacht. Dann beschloss er, ihr nichts davon zu erzählen, und hat den Versuch weitergeführt. Er hielt es für eine einmalige Chance zu sehen, ob der Wirkstoff fruchtschädigend sei.«

Sabine Thelen schluckte mehrmals hintereinander. Sie war sehr blass geworden. Fischer bemerkte ihre Unruhe. Er bemühte sich, ihren Blick aufzufangen, aber sie sah starr auf die Wand hinter Frau Weymann.

»Wir machen eine kurze Pause.« Fischer stand auf, legte seine Hand auf Sabines Schulter. »Komm mal mit nach draußen.«

»Das kann doch nicht wahr sein, diese Verbrecher ...« Sabine unterdrückte verzweifelt die Tränen. »Ein ungeborenes Kind als Versuchskaninchen.«

»Du hast recht. Aber im Moment dürfen wir uns nicht emotional damit befassen.« Fischer rieb sich über das Kinn. »Ich rufe Ermter an.«

»Was ist mit der Dezernentin?«

»Das hat noch Zeit. Wir wissen jetzt, wo das Kind ist. Beim Vater. Dahin gehend waren unsere Überlegungen also richtig.«

»Sollen wir jemanden dort hinschicken? Eine Streife?«

»Warten wir ab, was der Chef sagt.«

»Soll ich dich wieder zu Vera bringen?« Günther Volkers startete den Wagen. Sie hatten nicht mit dem Patienten sprechen können. Als sie eintrafen, war Polieska ins Koma gefallen und noch wusste niemand wieso. Der Pfleger berichtete, dass der Patient mehrfach den Namen »Verheyen« genannt hätte.

»Niemand hat einen Besucher gesehen. Hatte er Wahnvorstellungen?« Oliver Brackhausen versuchte, seine langen Beine im Fußraum des Wagens unterzubringen.

»Keine Ahnung. Was machen wir nun?«

»Lass uns ins Präsidium fahren. Vielleicht gibt es ja etwas Neues.«

Hauptkommissar Volkers nickte zustimmend.

»Du nimmst jetzt ganz langsam den Telefonhörer auf und rufst deine Assistentin an. Sie soll mit dem Kind hierher kommen.« Wieder wischte sich Henk Verheyen den Schweiß von der Stirn. »Es ist heiß hier drin.«

Frank Weymann beobachtete den jungen Mann voller Sorge. Verheyen wirkte fahrig und nervös, sein Blick war unruhig, die Hände zitterten.

»Ich versteh dich nicht, warum soll Gaby mit dem Kind hierher kommen?«

»Das überlässt du am besten mir. Ich weiß schon, was ich tue.«

»Das bezweifle ich, Henk. Du machst keinen gesunden Eindruck. Wir sollten deinen Blutzucker überprüfen.« Frank Weymann rutschte langsam nach vorne auf die Stuhlkante und spannte die Muskeln an. »Wenn du unterzuckert bist, hast du gleich enorme Probleme, das sollte dir klar sein.«

»Meine Werte sind in Ordnung.«

»Was genau war denn mit Christian? Weißt du, warum er sich umgebracht hat?«

Verheyen stieß den Atem stoßweise aus, dann lachte er leise. »Frank, willst du mich verarschen? Achim hat doch mit Angelika gesprochen. Du weißt doch längst, dass Christian keinen Selbstmord begangen hat. Christian wurde gefährlich, er wusste zu viel, genauso wie Susanne und Achim.«

»Kein Selbstmord …?« Frank wurde blass. »Was willst du damit sagen?«

»Nun tu nicht so, als ob du das nicht schon längst wüsstest. Mir machst du nichts vor. Schon lange nicht mehr. Weißt du, die Idee die Schwimmtruppe als Probanden zu nutzen, war ja gut. Sie brachte uns allen Geld. Doch ich habe mich umgehört. Woanders gibt es mehr Geld.«

»Woanders? Ich verstehe dich wirklich nicht.«

Verheyen lachte wieder, trat näher. Die Messerschneide fing das Deckenlicht ein, blitzte bedrohlich.

»Es gibt noch mehr Pharmafirmen. Und es gibt noch mehr Leute, die Interesse an Tests haben. Manche sind nicht ganz legal, dafür aber besser bezahlt.«

»Du hast an illegalen Versuchen teilgenommen?«

»Ich? Nein, ich nicht. Ich habe nur das Geld kassiert.«

»Du hast was?« Frank Weymann schob sich noch ein Stück weiter auf dem Stuhl nach vorne.

»Ach tu doch nicht so, Frank. Du bist doch weiß Gott kein Heiliger. Du hast Susanne benutzt, du hast sogar deine Tochter benutzt für deine Experimente. Du hast keine blütenweiße Weste, auch wenn du immer so tust. Und nun ruf Gaby an.«

»Woher weißt du das mit Susanne? Woher?«

»Das kann dir egal sein. Nimm das Telefon. Mach jetzt endlich!«

»Henk, weshalb sollen sie herkommen?« Frank Weymann ließ Verheyen nicht aus den Augen. Den ersten kleinen Moment der Unaufmerksamkeit würde er nutzen. Frank war sich sicher, dass er ihn überwältigen könnte. Langsam ging ihm auf, dass es nicht der Zucker war, der Henk Verheyen zu schaffen machte. Es mussten Drogen sein. Fieberhaft versuchte er, sich daran zu erinnern, was Angelika gesagt hatte. Unkonzentriertheit, fahrige Bewegungen, Halluzinationen. Amphetamine, schoss es ihm durch den Kopf. Manche Sportler nahmen Amphetamine zur Leistungssteigerung. Aber der Schuss konnte auch nach hinten losgehen.

»Was hast du genommen, Henk?« Frank Weymann richtete den Oberkörper auf, machte sich zum Sprung bereit.

»Genommen?« Henk Verheyen sah ihn verwirrt an, wischte sich über das Gesicht. Das war der Moment, auf den Frank gewartet hatte.

KAPITEL 29

»'n Abend.« Oliver Brackhausen schmiss seine Jacke achtlos über den Stuhl.

»Und?« Jürgen Fischer nahm eine Zigarette aus der Packung, klopfte sie kurz auf den Tisch.

»Ungeklärt. Der Patient ist nicht aussagefähig. Er soll sich bedroht gefühlt haben. Sie melden sich, sobald sie mehr wissen.«

Fischer nickte und drückte dann einige Knöpfe der Telefonanlage. »Ist eigentlich Ermters private Nummer nicht eingespeichert? Er hat das Handy aus.«

»Hat Guido nicht was von einer Filmnacht erzählt? Alte Winnetoufilme?«

»Ach, ist das heute? Da tut es mir leid, dass ich ihn stören muss.«

»Weshalb denn?«

»Wir wissen endlich, wo das Kind ist.«

»Und wo? Wie habt ihr es herausbekommen? Ein Hinweis aus der Bevölkerung?«

»Längere Geschichte. Das muss warten, Oliver.« Fischer hob lauschend den Kopf, ein lautes Piepen kam aus dem Kopierraum. »Da schickt tatsächlich jemand ein Fax.«

Er hinterließ auf Ermters Mailbox eine Nachricht, stand auf und streckte sich. »Ich schau danach.«

Die Anzeige des Faxgerätes leuchtete. Fischer suchte den Lichtschalter und fluchte, als sich nichts tat. Aus irgendeinem Grund brannte die Glühbirne regelmäßig durch. Wenigstens die kleine Schreibtischlampe funktionierte. Hauptkommissar Jürgen Fischer seufzte, als er feststellte, dass der Papiereinzug des Faxgerätes verstopft war. Er wusste, dass er die technische Begabung einer Bergziege hatte.

»Oliver?« Fischers Stimme hallte durch die nächtliche Stille des Präsidiums. Nur das Gluckern der Kaffeemaschine nebenan und das Summen einer Neonröhre waren zu hören. »Oliver? Das Scheißfax klemmt wieder.«

Oliver Brackhausen betrat breit grinsend den Kopierraum. »Probleme, Techniker?«

»Das Fax klemmt.«

Oliver Brackhausen ging vor dem Gerät in die Hocke. »Da sitzt ein Blatt schief. Wir müssen die Kartusche rausnehmen.«

»Kartusche?«

»Großer Gott, Jürgen.« Mit zwei Griffen entfernte Brackhausen die Abdeckung und zog ein Blatt heraus. »Da ist schon der Übeltäter. Ein Fax an dich von Dr. Meyer aus Duisburg.«

Fischer nahm das zerknitterte Blatt entgegen. Der Text war kaum zu lesen. Schwarze Tintenschlieren zogen sich über das Schreiben.

»Kannst du das noch mal ausdrucken?«

Oliver wischte sich die Finger mit einem Taschentuch ab, sah Fischer skeptisch an. »Ich kann es versuchen. Ist es was Wichtiges?«

»Das weiß ich ja nicht, ich kann's nicht lesen. Schau mal.«

Oliver Brackhausen stand auf, nahm Jürgen Fischer das Blatt aus der Hand. »Irgendetwas über die Blutwerte, nehme ich an. Sieh mal da unten in der Tabelle, er hat Kringel um zwei Werte gemacht. Du wirst ihn anrufen müssen.«

Brackhausen sah auf seine Uhr. »Morgen.«

Hauptkommissar Jürgen Fischer brummte, nahm das Blatt wieder an sich und ging in das Verhörzimmer. Er ließ sich auf seinen Stuhl fallen. Langsam spürte er die Müdigkeit. Ein leichter Kopfschmerz saß direkt hinter seinen Augen. Fischer seufzte.

»Ist was passiert?« Sabine Thelen sah Fischer fragend an.

»Keine Ahnung. Es sind die Blutwerte der beiden Toten. Graz und Rühtings. Was aber die Zahlen bedeuten, weiß der Henker.« Leise murmelnd las er die Zahlenreihen vor. »Ihre Zuckerwerte waren extrem niedrig. Waren Graz und Rüthings auch Diabetiker, Frau Weymann?«

»Wie bitte?« Die Ärztin richtete sich auf, zog nervös an ihrem Zopf, der ihr über die Schulter hing.

»Graz und Rüthings, hatten sie auch Diabetes? Gehörten sie mit zu der Versuchsgruppe Ihres Mannes?« Jürgen Fischer runzelte die Stirn.

»Nein. Nein, nur Henk. Wieso?«

»Weil das aus Dr. Meyers Untersuchungen hervorgeht, wenn ich das richtig verstehe.«

»Die Versuche, an denen die beiden teilgenommen hatten, waren für ein ganz anderes Medikament, nicht für Insulin.« Angelika Weymann schüttelte den Kopf, ließ sich zurücksinken.

»Das ist aber seltsam. Die Zuckerwerte der beiden sind extrem niedrig. Grenzwertig niedrig. Meine Tante hatte Diabetes. Wie war das noch? Wenn man daran erkrankt, bildet der Körper kein Insulin, dann steigt der Zuckerwert. Wenn der Wert zu hoch ist, fällt man ins Koma, kann sterben.«

»Wenn er zu niedrig ist, auch.« Die Ärztin klang resigniert.

»Ja, ich erinnere mich. Sie durfte nicht zu wenig, aber auch nicht zu viel spritzen. Beides war gefährlich.« Fischer rieb sich über die Augen. »Wie kommt man an einen derartig niedrigen Zuckerwert, wenn man nicht Diabetes hat?«

»Darf ich mal sehen?« Bittend blickte die Ärztin von Sabine Thelen zu Jürgen Fischer. Die beiden Kommissare sahen sich an. »Nein, eigentlich nicht, Frau Weymann. Das sind polizeiliche Unterlagen.«

»Ich verstehe. Aber das sind die Blutwerte, nicht wahr? Können Sie die noch mal wiederholen?«

Fischer nahm Sabine das Fax aus der Hand und reichte es der Ärztin über den Tisch.

»Jürgen ...« Sabine biss sich auf die Lippe.

»Ich verantworte das. Was können Sie daraus erkennen?«

»Das muss ein Irrtum sein. Diese Werte sind falsch.«

»Wenn es aber kein Irrtum ist? Wodurch erreicht man so niedrige Werte?«

»Eigentlich nur, wenn man sich zu viel Insulin spritzt.«

In der Luft lag das Knistern von aufgeladener Spannung, so wie kurz vor einem Gewitter. Fischer war wieder hellwach.

»Sie sind ermordet worden. Alle beide. Henk Verheyen hat ihnen Insulin gespritzt.«

»Das ... das glauben Sie wirklich?« Die Ärztin sah ihn erschrocken an, nickte dann. »Es ist eine Möglichkeit. Natürlich. Er hat ihnen Insulin gespritzt, sie sind ins Koma gefallen, gestorben.«

»Was ist mit Polieska? Oliver?« Jürgen Fischer stand auf, öffnete die Tür zum Flur. »Oliver?«

Oliver Brackhausen kam aus dem Kopierraum. »Tut mir leid, Jürgen, ich kann das Fax nicht noch mal ausdrucken.«

»Das ist jetzt egal. Du warst doch im Krankenhaus bei Achim Polieska.«

»Ja.«

»Er fühlte sich bedroht?«

»Ja.«

»Was, wenn Verheyen auch dort war. Was, wenn er auch Polieska Insulin gespritzt hat? Ruf doch mal dort an und frag nach den Zuckerwerten.«

Hauptkommissar Jürgen Fischer nahm wieder am Tisch Platz.

»Eigentlich ist es ganz einfach. Nur Henk Verheyen hatte Zugang zu Insulin, er wird es täglich brauchen, richtig, Frau Dr. Weymann?«

»Das stimmt.«

»Er spritzt es den beiden in einer tödlichen Dosis, sie sterben, aber bei Toten werden die Blutwerte nicht überprüft, schon gar nicht, wenn ihr Tod so aussieht wie Selbstmord.«

»Achim wusste etwas über Henk. Er hat mir gegenüber seltsame Andeutungen gemacht, die ich nicht verstanden habe. Vielleicht auch nicht verstehen wollte. Der Gedanke war zu ungeheuerlich.« Angelika Weymann schwieg, starrte für einen Moment aus dem Fenster, sah ihr Spiegelbild. Dann blickte sie den Hauptkommissar an. »Es ging um Christian.«

»Uns fehlt ein Motiv.« Sabine Thelen schüttelte die leere Kaffeekanne. »Weshalb sollte er sie umbringen, Jürgen? Und wie hat er es gemacht? Hat man Halluzinationen, wenn man unterzuckert ist? Was passiert, wenn einem gesunden Menschen Insulin gespritzt wird?«

»Das kommt auf die Menge an. Ich schätze mal, es war viel Insulin, das Henk Christian verabreicht hat. Dann wird man schnell kaltschweißig, bekommt Herzrasen, der Puls steigt an, Tachykardie setzt ein, die Muskulatur zieht sich zusammen, man zittert und so weiter. Halluzinationen? Ich würde sagen, eher nicht.«

»Es kann also nicht sein, dass man in diesem Zustand seelenruhig die Straße entlang geht?«

»Auf keinen Fall. Man bricht zusammen. Wird nicht schnell darauf reagiert, versagen die Organe.«

»Christian Graz ist von der Rheinbrücke gesprungen. Alleine. Es gibt Zeugen.« Jürgen Fischer rieb sich über das Kinn. Er spürte, dass sie ganz nahe an der Lösung waren. Sabine Thelen hatte die beiden Mappen von Graz und Rühtings geholt. Sie lagen vor ihm auf dem Tisch. Er schlug die Unterlagen von Graz auf. Wie oft in den letzten Wochen hatte er das getan, diese Mappe aufgeschlagen und immer wieder auf die wenigen Spuren gestarrt, die sie gesammelt hatten. Immer wieder hatte er nach Erklärungen gesucht, hatte die Verbindung zu dem anderen Suizid mühsam hergestellt und trotzdem verstand er es noch nicht. Er sah das Foto von Christian Graz an, ein Bild, das der Vater ihnen gegeben hatte. Ein junger Mann, dieser Christian, nicht viel älter als Fischers Sohn. Dunkle, kurze Haare, dunkle Augen, ein sympathisches, offenes Lächeln.

Fischer stutzte, nahm das Bild in die Hand.

»Ist das Christian Graz?« Er hielt das Foto Angelika Weymann hin. Sie nickte stumm.

Fischer legte das Bild zur Seite, suchte die Zeugenaussagen, ging sie erneut durch. Nirgendwo war eine genaue Beschreibung des Selbstmörders angegeben. Junger Mann, Jeans, Wildlederjacke ... Größe, geschätztes Alter ... Haarfarbe? Die letzte Aufzeichnung enthielt den gesuchten Hinweis. ›*Er kletterte über das Geländer, sah sich um, aber nicht unruhig, ein Schiff, eines dieser Binnenschiffe, war genau unter ihm. Er wartete, bis es vorbei war, unter der Brücke durch. Dann erst sprang er. Sein blondes, langes Haar flatterte im Wind. Es war eigentlich ein schöner*

Anblick, wenn es nicht so traurig wäre.‹ Spaziergänger hatten das angegeben. Fischer erinnerte sich an die Aussage. Ein älteres Pärchen, das sich furchtbar gegrämt hatte, weil sie zu weit weg waren und vom Rheinufer aus nicht eingreifen konnten.

»Wie sieht Achim Polieska aus, Frau Weymann? Welche Haarfarbe hat er? Was für eine Frisur?«

»Achim? Lange, blonde Haare. Er trägt einen Zopf.«

»Christian Graz ist gar nicht gesprungen. Das war Achim Polieska auf der Brücke. Achim ist gesprungen. Er hatte Graz' Jacke an mit dem Ausweis darin. Die ließ er auf dem Geländer der Brücke. Er hat abgewartet, bis das Schiff vorbei war, und ist dann gesprungen. Für einen erfahrenen Schwimmer und Turmspringer wie ihn war das kein großes Risiko. Er wird nicht schlecht gestaunt haben, dass der Rucksack mit den Handtüchern und den Wechselkleidern am Ufer verschwunden war, als er dort an Land ging.« Fischer nahm sich zufrieden eine Zigarette aus der Packung und zündete diese an.

»Welcher Rucksack?«, fragte Sabine Thelen.

»Der Rucksack, den unser Herr Schink am Ufer gefunden hat. Graz' Führerschein war dort drin, in einer Seitentasche. Deshalb hat mir Schink den Fund ja mitgeteilt. Er hatte von Graz' Selbstmord in der Zeitung gelesen.« Fischer zog genüsslich an der Zigarette. »Jakob Schink, unser Mann mit dem Hund, hat auf einem Spaziergang einen jungen Mann mit langen blonden Haaren gesehen, der einen Rucksack in ein Gebüsch warf. An der Rheinbrücke. Somit hat er ein wichtiges Beweisstück gesichert.«

»Wer?« Guido Ermter stand in der Tür und bellte die Frage heraus. »Wer hat was?«

Alle zuckten zusammen.

»Guten Abend, Chef, es tut mir leid, dass wir deinen Feierabend stören mussten.« Fischer grinste breit. »Was macht Nscho-tschi?«

»Du kannst dir das nicht vorstellen, Jürgen. Mein Freund Joachim hat Marie Versini, die Nscho-tschi, also Winnetous Schwester, nach Krefeld geholt. Durch Zufall ist er letztes Jahr an ihre Adresse gekommen. Bei einer Lesung hat er sie getroffen. Also, sie ist einfach unglaublich. Diese Frau! Als Junge war ich in sie verliebt, ich wollte sie heiraten. Nie hätte ich gedacht, dass ich sie mal wirklich treffe und nun ...« Er hielt inne, räusperte sich. »Was ist das nun hier?«

»Wir haben einen Verdacht auf versuchte Tötung und auf Mord. Langsam klärt sich die Sicht.«

Polizeichef Guido Ermter zog sich einen Stuhl an den Tisch, stützte die Arme auf den Tisch. »Tacheles, Leute. Mord ist ein hässliches Wort, dafür braucht man Beweise.«

Sabine Thelen fasste kurz zusammen, was sie bisher herausgefunden hatten. Guido Ermter fixierte Angelika Weymann.

»Frau Doktor Weymann, halten Sie es für möglich, dass Henk Verheyen die beiden umgebracht hat?«

»Ja.«

Oliver Brackhausen kam in den Besprechungsraum. »Du hattest recht, Jürgen. Polieska war unterzuckert. Es wurde aber rechtzeitig festgestellt. 'n Abend, Chef.«

Fischer nickte zufrieden. »Das Baby ist übrigens beim Vater, Guido.«

»Das Baby? Bei welchem Vater?«

Wieder war es Sabine Thelen, die dem Polizeichef berichtete, was sie herausgefunden hatten.

»Gut. Da habt ihr eine Menge erreicht. Jetzt sollten wir nach Henk Verheyen fahnden.« Ermter trommelte mit den

Fingern auf der Tischplatte. »Wer hat Dienst? Ich weiß, dass es spät ist, aber wir können nicht bis morgen warten. Zwei Streifen und ihr, Jürgen und Oliver, fahrt zu Verheyen nach Hause. Ich rufe den zuständigen Dezernenten an, wir brauchen einen Haftbefehl.«

Frank Weymann sprang auf. Doch Henk Verheyen war schneller. Mit einem Satz war er bei Frank, packte ihn an der Schulter, drückte ihn brutal zurück und hielt ihm das Messer an die Kehle.

»Wage es nicht!« Verheyen lachte böse. »Ich bin nicht blöd, so läuft das nicht.«

Frank Weymann erstarrte. Sein Rücken verkrampfte sich, er umklammerte die Stuhllehnen. Die scharfe Klinge des Messers ritzte seine Haut, warmes Blut lief ihm den Hals hinunter.

»Henk ...«

»Du bleibst schön sitzen. Wenn du dich nicht rührst, passiert dir auch nichts.« Verheyen wich ein wenig zurück, ließ Weymann aber nicht aus den Augen. »Jetzt hebst du die rechte Hand und nimmst ganz, ganz langsam das Telefon.«

Weymann folgte dem Befehl. Er wählte, schluckte. Sein Mund schien auf einmal mit Staub gefüllt zu sein.

»Gaby ...« Er bekam kaum ein weiteres Wort heraus.

»Gib mir das Telefon!« Verheyen nahm den Hörer, stellte sich hinter Frank Weymann, drückte ihm die Messerspitze in die Wange. Ganz leicht nur, aber deutlich spürbar.

»Gaby, nimm das Kind und komm ins Labor! Ich erklär dir später, warum.«

Frank Weymann stutzte. Der Ton von Henks Stimme war merkwürdig freundlich, es klang, als ob die beiden miteinander vertraut wären.

Henk Verheyen legte auf, blieb jedoch hinter Weymann stehen.

Die Situation machte Frank Angst. Panik breitete sich in ihm aus. Verzweifelt bemühte er sich, ruhig und gleichmäßig zu atmen.

»Du musst das verstehen, Frank. Ich will mich absichern. Achim war ein Risiko, genau wie Christian und Susanne. Sie wussten zu viel.«

»Was wussten sie?«

Henk lachte lautlos. Weymann spürte Henks Atem in seinem Nacken.

»Jetzt kann ich es dir ja erzählen. Ich habe eine Menge Geld bekommen. Von einer Firma, die dich nichts angeht. Eine große Firma jedenfalls. Sie versuchen, Amphetamine so herzustellen, dass die Leistung gesteigert wird, man die Stoffe aber so gut wie nicht nachweisen kann. Du ahnst gar nicht, wie groß der Markt für so etwas wäre. Wie viel Geld da lauert. Eine sehr lukrative Sache. Ich habe meine Schwimmer als Probanden zur Verfügung gestellt. War ganz einfach, das Zeugs habe ich in die Energydrinks gemixt. Sie wussten nichts davon, wozu auch?«

»Wurden die Versuche ordentlich protokolliert? Gab es ärztliche Kontrollen?«

»Nein, nein, es war eine erste Versuchsreihe. Sie lief leider schief. Die Leistungen steigerten sich, aber es gab Probleme. Kreislauf, Bewusstseinsstörungen. Christian kam dahinter. Ich habe ihm die Partnerschaft angeboten, ihm einen Teil des Geldes gegeben. Am Anfang ging es gut, doch dann wollte er halbe-halbe machen. Also habe ich einen Schlussstrich gezogen.«

»Und deshalb hat er sich umgebracht?«

Henk Verheyen lachte böse. »So in der Art, ja.«

»Und Susanne?«

»Susanne hat was mitbekommen. Sie hatte ja immer noch Kontakt zu Christian. Sie war ein Risiko, das es zu minimieren galt.«

Weymann hielt die Luft an. Ein übles Gefühl machte sich in seinem Magen breit. »Du hast sie umgebracht?«

»Ja!« Verheyen klang, als sei er stolz auf seine Tat. »Und keiner hat es gemerkt. Aber als Angelika bei Susanne auftauchte, wurde ich unruhig. Ich wusste nicht, ob sie Verdacht geschöpft hatte, aber sie hat sich nie etwas anmerken lassen. Nur Achim … er war auch ein Risiko. Und dann beging er einen groben Fehler. Er sprach mit deiner Frau. Die beiden hatten mal was miteinander, hast du das gewusst?«

Frank Weymann zuckte zusammen. Sofort bohrte sich die Messerspitze ein wenig tiefer in seine Haut. Seine Wange wurde warm und feucht, er schmeckte Blut im Mundwinkel.

»Erzähl keinen Scheiß.« Frank Weymann presste die Worte heraus.

»Wie du ihr, so sie dir oder so. Glücklich kann Angelika über dein Kind mit Susanne ja nicht gewesen sein.«

»Sie hat mir verziehen.«

»Tatsächlich?«

»Was willst du jetzt tun? Achim auch noch umbringen? Und mich? Und Angelika? Du glaubst doch nicht im Ernst, dass du damit durchkommst.«

Frank Weymann hörte, dass ein Schlüssel im Schloss umgedreht wurde. Das musste Gaby sein.

KAPITEL 30

»Wird es lange dauern?« Sabine Thelen drehte eine Haarsträhne in ihren Fingern. Sie war müde und unruhig. Die Luft im Besprechungszimmer roch verbraucht und abgestanden.

»Verheyen wird sich noch nicht verfolgt fühlen. Er wird nicht wissen, dass wir ihm auf die Spur gekommen sind. Ich glaube kaum, dass es lange dauert. Willst du nach Hause gehen?«, fragte der Polizeichef.

Sabine überlegte, schüttelte den Kopf. Wie immer war das Ende einer Ermittlung aufregend, und sie wollte dabei bleiben.

»Ich muss nur mal eben telefonieren.«

»Darf ich auch meinen Mann anrufen?« Angelika Weymann nahm ihr Handy aus der Handtasche und sah den Polizeichef fragend an. Sie wunderte sich, dass Frank sich noch nicht bei ihr gemeldet hatte.

»Natürlich. Sie dürfen gehen, Frau Weymann. Wir können alles Weitere morgen klären.« Ermter nickte ihr zu. »Oder nein, warten Sie. Rufen Sie Ihren Mann an. Er soll mir persönlich sagen, dass das Kind bei ihm ist.«

»Bei seiner Assistentin«, murmelte Angelika. Sie tippte die Nummer ein, lauschte. Als die Mailbox ansprang, legte sie auf, wählte eine andere Nummer. Nach dem dritten Versuch gab sie auf. »Ich kann ihn nicht erreichen, weder auf dem Handy noch im Labor, auch zu Hause nicht.«

»Nicht?« Ermter starrte auf das Funkgerät, das vor ihm auf dem Tisch lag. Noch hatten sich Fischer und Brackhausen nicht gemeldet.

»Ich kann meinen Mann nicht erreichen.«

Ermter kniff die Augen zusammen. »Haben Sie die Nummer der Assistentin?«

Angelika Weymann wählte erneut. Sie spürte die Blicke auf sich und wurde nervös.

Das Funkgerät rauschte, dann meldete sich Fischer. Seine Stimme war atmosphärisch verzerrt und ganz weit weg. Verheyen war nicht in seiner Wohnung, keiner der Nachbarn hatte ihn heute gesehen.

»Hat er eine Freundin? Eine zweite Wohnung? Kann er woanders sein? Wo wohnen seine Eltern? Was wissen wir über Henk Verheyen?« Guido Ermter wühlte geschäftig in den Zeugenverhören. Sie wussten erschreckend wenig über den Verdächtigen. Es würde eine lange Nacht werden.

Sabine Thelen stand auf und kochte neuen Kaffee.

»Gaby!« Henk Verheyens Stimme klang erfreut.

Frank Weymann traute sich nicht, den Kopf zu wenden, immer noch war das Messer gefährlich nahe an seinem rechten Auge. Er spürte, dass Verheyens Hand zitterte.

»Henk ... was machst du?«

»Achim hat geplaudert.«

»Verdammt!« Weymanns Assistentin trat in sein Blickfeld. Sie trug die Sitzschale mit dem Kind, das friedlich schlief, stellte sie vor dem Schreibtisch ab. »Und jetzt?«

»Jetzt werden wir die Spuren hinter uns verwischen und abhauen, Süße. Ich habe dir doch versprochen, dass alles gut wird.«

Frank Weymann schluckte, nur mühsam fand er die Fassung wieder. Henk und Gaby waren ein Paar, und er hatte es nicht gewusst, noch nicht einmal geahnt.

Verheyen zeigte auf seinen Rucksack. Gaby nahm eine

Rolle Gewebeband heraus und fesselte Weymann. Erst die Beine, dann klebte sie das Band um den Oberkörper und die Arme, fixierte Frank so am Stuhl.

Weymanns Handy klingelte und kurz darauf das Telefon auf seinem Schreibtisch.

Angelika, dachte er. Das alles war wie ein Albtraum. Sie sollte nicht noch mehr darin verwickelt werden.

»Das ist sicher Angelika.« Gaby zeigte auf das Telefon.

»Ich schwöre«, Franks Stimme klang rau und heiser, als hätte er das Sprechen verlernt, »dass meine Frau nichts weiß. Achim hat ihr nichts gesagt.«

Henk Verheyen nahm das Messer erst weg, als sich Frank nicht mehr rühren konnte.

»Das mag sein.« Verheyen klappte das Messer zusammen. »Aber es spielt keine Rolle mehr.«

»Ich habe alles vorbereitet.« Gaby gab Verheyen einen Kuss. »Die Unterlagen sind im Tresor. Wir werden sie gut verkaufen können.«

»Was willst du verkaufen, Gaby?« Frank Weymann versuchte vorsichtig, seine Hände zu lösen. Es gelang ihm nicht. Irgendwie musste er das Gespräch in Gang halten, musste die Situation entschärfen.

»Ich will deine Testreihen verkaufen. Du glaubst gar nicht, wie froh ich bin, dass es nur an den falschen Ratten lag und nicht an dem Medikament. Das Mittel wird gut werden. Henk hat schon Kontakte geknüpft.«

Frank Weymann schloss die Augen. Er nahm den scharfen Geruch seines Angstschweißes wahr.

»Ich erreiche Gaby nicht. Ich erreiche überhaupt niemanden.« Angelika Weymann klang verzweifelt.

Henk Verheyens Eltern wohnten in Emmerich. Eine Streife

war schon unterwegs. Polizeichef Guido Ermter machte sich allerdings nicht viele Hoffnungen, den Mann dort zu finden.

Ermter nippte an dem bitteren Kaffee und schloss für einen Moment die Augen. Er ließ alle Erkenntnisse Revue passieren. Plötzlich machte sich Entsetzen in ihm breit, als er realisierte, dass der Schwimmverein in illegale Versuche involviert war. War seine Tochter Julia auch dafür missbraucht worden? Er würde am nächsten Tag mit ihr zum Arzt gehen und Tests machen lassen.

»Und nun?« Hauptkommissar Jürgen Fischer ließ sich auf einen Stuhl fallen. »Keine einzige, keine winzige Spur von dem Mann.«

Fischer und Brackhausen waren von Verheyens Wohnung aus in die Innenstadt gefahren. Polieskas Wohnung und die leergeräumte Hanf-Plantage waren unberührt. Auch in Bockum im Schwimmbad hatte sich Verheyen nicht versteckt. Sie telefonierten die Mitgliederliste des Vereins ab. Niemand hatte etwas von Henk Verheyen gehört oder ihn gesehen.

»Wie vom Erdboden verschluckt. Mysteriös das Ganze. Ob er doch ahnt, dass wir ihm auf der Spur sind?«

»Ich habe ihm gesagt, dass Achim mit mir gesprochen hat.« Angelika Weymann richtete sich auf. »Eigentlich wollten wir uns alle heute Abend treffen, um zu besprechen, was mit den Versuchen schief läuft.«

»Wer wollte sich treffen?«

»Frank, Henk und ich.«

»Sie haben mit ihm gesprochen? Wann war das?«

»Heute Mittag, nachdem ich im Krankenhaus war. Achim war seltsam, und das hatte mich stutzig gemacht.«

Sie rieb sich die Augen, zupfte an ihrem Zopf. »Was, wenn er in Neuss ist? Bei Frank?«

Ermter und Fischer wechselten einen Blick, dann sprangen sie gleichzeitig auf.

»Es wird nicht lange dauern. Du wirst kaum etwas spüren.« Henk Verheyen lachte und zog eine Spritze aus seinem Rucksack.

Gaby hatte er zusammen mit dem Baby nach draußen geschickt. Sie solle das Kind schon mal im Wagen anschnallen.

»Was hast du mit dem Baby vor?«

»Ich weiß es noch nicht. Es ist gesund, sagt Gaby. Vielleicht behalten wir es. Weißt du, ich mochte Christian und Susanne. Es hat mir leidgetan, was ich machen musste. Wenn ich Susannes Kind aufziehe, kann ich vielleicht etwas gutmachen. Um dich tut es mir nicht leid. Du warst uns nützlich, hilfreich als Geldgeber für eine Weile. Aber du bist auch dafür verantwortlich, dass ich keine Kinder zeugen kann.«

»Henk, du hast dich damals freiwillig zu den Versuchen gemeldet. Es war eines der Risiken, du hast es gewusst und in Kauf genommen.«

»Ich war zu jung, um das beurteilen zu können. Aber das ist ja nun egal. Ich nehme dein Kind.«

Henk Verheyen trat näher an Weymann heran. Es ging ein saurer Geruch von ihm aus, er atmete stoßweise, noch immer glänzte seine Haut schweißnass und die Hände zitterten.

»Jetzt bring ich das zu Ende, was du angezettelt hast.« Er hielt die Spritze hoch.

»Was ist das?«

»Insulin.«

Weymann schloss die Augen, er zuckte nur kurz, als er

den Einstichschmerz in seinem Arm spürte. Kurz danach ging das Licht im Labor aus und die Tür fiel ins Schloss.

Hauptkommissar Fischer fluchte leise vor sich hin, die A 57 war eine einzige Baustelle. Trotz der späten Uhrzeit waren viele Autos unterwegs. Guido Ermter saß stumm neben Fischer, hatte den Kopf leicht schräg gelegt. Er schien seinen Gedanken zu lauschen oder dem Verkehrsfunk, der leise im Hintergrund lief.

»Am besten fährst du gleich ab und wir nehmen den Weg über die Dörfer nach Neuss.« Ermters Stimme durchbrach die Stille. »Da vorne ist ein schwerer Unfall passiert. Ein Auto hat die Mittelplanke durchbrochen und ist in den Gegenverkehr gerast.«

»Ich hab's gehört. Weißt du den Weg zum Labor?«

»Ja. Die Kollegen sollten schon da sein. Ich hoffe, sie melden sich bald. Wenn ich dieses Schwein in die Finger kriege. Wenn ich rausbekomme, dass Julia betroffen ist.«

»Julia?«

»Meine Tochter ist auch im Bockumer Schwimmverein. Sie hat erzählt, dass der Trainer sich verändert hat, aber sie wollte nicht damit herausrücken, was sie damit meinte. Ich hab es für Pubertätstrotz gehalten und sie unter Druck gesetzt, weiter schwimmen zu gehen.«

»Ich kann mir nicht vorstellen, dass er die Kinder benutzt hat.«

Fischer bremste scharf. Vor ihm war das Stauende.

»Scheiße! Jetzt hat es uns erwischt, wir stecken fest.«

KAPITEL 31

»Hallo?« Die Verbindung war schlecht und brach zwischendurch immer wieder ab. Ermter stieß einen nicht jugendfreien Fluch aus. »Scheiß Funkloch.«

»Ruf die Zentrale in Neuss.«

»Darauf hätte ich auch kommen können.« Ermter fluchte wieder, drehte an den Knöpfen, fand den Kanal.

»Leitstelle? 17/34 aus Krefeld.«

»17/34 kommen.«

»Wir stehen hier im Stau kurz hinter Kaarst-Holzbüttgen. Hatten Unterstützung angefordert.«

»Im Gewerbegebiet?«

»Genau. Ich hatte die Kollegen am Apparat, aber die Verbindung ist unterbrochen.«

»Moment 17/34.«

Es rauschte, knackte.

»17/34?«

»Wir hören.«

»Die Kollegen sind vor Ort. Die Tür ist verschlossen, kein Licht, keine Auffälligkeiten.«

Ermter überlegte. »Was für einen Wagen fährt Weymann, weißt du das, Jürgen?«

»Dunkelblauer Passat. Krefelder Kennzeichen.«

»Leitstelle? Steht ein dunkelblauer Passat mit Krefelder Kennzeichen am Haus oder dort in der Nähe?«

Wieder warteten sie, hörten unterdessen den Funkdurchsagen zu. Der Unfall schien schwer zu sein. Mehrere Krankenwagen wurden angefordert, ein Hubschrauber.

»17/34? Der Wagen ist positiv.«

»Dann ist Weymann noch da, schätze ich«, murmelte Ermter. »Wir vermuten, dass noch mindestens eine Person im Haus ist. Zugriff erforderlich. Gefahr im Vollzug möglich. Tötungsdelikt vermutet.«

»Verstanden, 17/34.«

Ermter stieß die Luft aus. Sie standen jetzt schon über eine Viertelstunde.

»Wir sollten das Blaulicht nehmen und über den Seitenstreifen fahren.«

»Der Seitenstreifen endet in ein paar Hundert Metern, und dann kommt die Baustelle. Keine Chance.«

»Verdammt.« Ermter schlug mit der Faust auf das Armaturenbrett.

»Die Kollegen sind doch vor Ort.«

»Trotzdem würde ich gerne beim Zugriff dabei sein.«

»Der ist schon nicht mehr da. Ganz sicher nicht.«

Sie lauschten dem Funk. Ein Wagen war aus der Gegenrichtung kommend ungebremst durch die Leitplanken gerast. Es war ein Krefelder Wagen mit drei Insassen, Mann, Frau und ein Kleinkind. Die Insassen waren schwer verletzt, nur dem Baby schien wie durch ein Wunder nichts passiert zu sein. Die Insassen des Wagens auf der Gegenspur hatten dieses Glück nicht. Nach einiger Zeit hörten Ermter und Fischer, dass zwei Leichenwagen angefordert wurden.

Plötzlich griff Jürgen Fischer zum Funkgerät.

»Leitstelle? Hier 17/34. Können die Kollegen am Unfallort auf der A 57 die Personalien des Fahrers des Krefelder Wagens ermitteln?«

»17/34 verstanden. Moment.«

Wieder rauschte es in der Funkleitung. Dann klingelte Ermters Handy.

»Ja? Die Verbindung ist beschissen. Was? Was? Ja. Ruft einen Krankenwagen, Notarzt. Der Mann hat mit ziemlicher Sicherheit Insulin gespritzt bekommen.« Ermter legte auf. »Weymann war in seinem Büro. Gefesselt und bewusstlos.«

»17/34?«

»Ich höre.« Fischer rieb sich über das Kinn. Irgendwie wusste er, was die Leitstelle sagen würde.

»Der Fahrer des Wagens ist ein Henk Verheyen.«

Die Sonne schien von einem stahlblauen Himmel. Überall blühte es, Vögel zwitscherten und Insekten summten. Aus der Ferne drangen die Geräusche des Straßenverkehrs nur undeutlich heran. Fischers Schuhe knirschten auf dem Kiesweg.

Sie stand alleine in einem Sonnenfleck zwischen den hohen Bäumen. Nur alte Friedhöfe können diese Art der Ruhe ausstrahlen, dachte Jürgen Fischer. Er blieb stehen und betrachtete die Frau. Schwarz stand ihr gut. Sie hatte die Hände gefaltet und die Augen geschlossen, schien in ein stummes Gespräch vertieft zu sein. Vor ihr war ein Hügel bedeckt mit unzähligen Kränzen und Gestecken. Der Vater der Staatsanwältin war ein bekannter Mann gewesen.

Schließlich hob sie den Kopf und öffnete die Augen. Tränen glitzerten in den dichten Wimpern wie kleine Glasperlen. Sie schluckte, sah Fischer an.

»Was machst du hier?« Bisher hatten sie sich nicht geduzt, aber es klang ganz vertraut.

»Ich wollte dir mein Beileid aussprechen. Ich habe mir gedacht, dass du noch mal alleine hierher kommst.«

Martina Becker nickte, wischte sich mit dem Handrücken über die Wangen.

»Außerdem war heute hier auch die Beerdigung von Susanne Rühtings.«

»Tatsächlich?«

»Ja. Das Leid der Mutter ist dadurch gemildert, dass wir ihre Enkelin gefunden haben. Ich will dich jetzt nicht mit dienstlichen Dingen aufhalten. Du willst sicher zu deiner Familie.«

»Nein, will ich nicht. Ich habe mich selten fremder gefühlt als bei der Trauerfeier.« Langsam kam sie auf ihn zu.

»Das tut mir leid.«

»Das muss es nicht. Es ist eine bittere Erkenntnis, aber sie kommt nicht überraschend. Mein Vater war der einzige Mensch der Familie, der mir nahe stand.«

Die Staatsanwältin blieb vor dem Hauptkommissar stehen, er konnte ihren warmen, kaffeewürzigen Atem riechen. Jürgen Fischer hob die Hand, strich ihr eine Haarsträhne aus dem Augenwinkel.

»Bist du im Dienst?« Sie legte ihre Hand auf seine.

Jürgen Fischer schüttelte den Kopf. »Nein, heute nicht. Wir waren die ganze Nacht unterwegs.«

»Und ihr habt das Kind gefunden?«

»Ja. Henk Verheyen hatte es … es ist eine lange Geschichte, sie endete in einem tragischen Autounfall. Zwei weitere unschuldige Menschen, die das Pech hatten, zur falschen Zeit am falschen Ort zu sein, sind gestorben. Verheyen stand unter Drogen, er hat die Kontrolle über seinen Wagen verloren und ist in den Gegenverkehr gerauscht. Er ist schwer verletzt, wird es aber überleben und sich verantworten müssen.«

»Das klingt nach einer langen Geschichte.«

Martina Becker sah Fischer an. Ihre Augen schwammen. Er legte seine Arme um ihre Schultern, zog sie an sich heran.

»Shhh«, murmelte er beruhigend und drehte sie beide

sacht von einer Seite zur anderen. »Komm, sei traurig. Du hast ein Recht dazu.«

Sie klammerte sich an ihn, als sei sie kurz vor dem Ertrinken. Ihre Schultern zuckten und sie ließ ihren Tränen freien Lauf.

Jürgen Fischer hielt sie fest. Nach einer Weile beruhigte sie sich, ließ ihn los, suchte ein Taschentuch und putzte sich die Nase. Ihre Augen waren verquollen, aber sie lächelte.

»Danke. Ich kenn dich erst kurz, Jürgen Fischer, aber du gibst mir das Gefühl von Vertrautheit.«

Martina Becker beugte sich vor, aus dem Blick wurde ein langer, weicher Kuss.

»Bist du mit deinem Wagen hier?« Fischer strich ihr über die Haare und den Rücken. Sie schüttelte den Kopf.

»Dann bring ich dich nach Hause.«

Auf der Fahrt schwiegen sie. Ab und an berührten sie sich leicht, wechselten einen Blick.

Fischer hielt vor dem Haus.

»Kommst du noch mit hinein?« Es war eher eine Aufforderung als eine Frage, auch wenn sie es so formulierte.

»Nein. Nicht heute. Ich muss erst etwas klären.«

»Meldest du dich?«

»Ja, ganz sicher.« Fischer küsste sie. Dann sah er sie an.

Ein kurzer Ausdruck von Schmerz lag auf ihrem Gesicht, ein mattes Lächeln zur Kompensation.

»Ich werde es glauben in Anbetracht der Alternative. Ich danke dir.«

Fischer sah ihr nach, wie sie die Tür aufschloss und ohne sich umzusehen im Haus verschwand. Sie hatte die Schultern durchgedrückt, hielt den Rücken gerade.

Alles in ihm sehnte sich danach, auszusteigen und ihr zu folgen, aber es wäre nicht richtig gewesen. Noch nicht.

Er seufzte und startete den Wagen.

Im Präsidium herrschte die übliche Unruhe, die eintritt, wenn ein Fall gelöst, aber die Berichte noch nicht geschrieben sind.

Die Erleichterung, das Kind unverletzt gefunden und den Täter gefasst zu haben, war in allen Gesichtern zu lesen.

»Jürgen, ich dachte, du hast frei?« Sabine Thelen lehnte sich gegen die Tür.

»Hab ich. Ich fahre gleich nach Hause, wollte nur noch ein paar Berichte holen. Hast du was von Weymann gehört?«

»Er liegt im Krankenhaus, ist bei Bewusstsein. Kannst du mich auf dem Weg absetzen? Mein Wagen springt mal wieder nicht an. Ich denke, ich brauche einen neuen.«

Christiane Suttrop, Ermters Sekretärin, kam den Flur herunter. »Ach, Fischer, Thelen. Gut, dass noch jemand hier ist. Ich habe gerade einen Anruf bekommen. Der Reitstall am Drücksweg ist ausgeraubt worden. Alle Sättel sind gestohlen.«

Jürgen Fischer und Sabine Thelen sahen sich an, dann lachten beide laut.

»Sorry, wir haben dienstfrei. Günther Volkers übernimmt das sicher gerne.«

Sabine Thelens Wagen stand im Hof. Sie nahm zwei schwere Tüten aus dem Kofferraum und stieg bei Jürgen Fischer ein.

»Was hast du denn da? Backsteine?«

»Nein, Katzenfutter und Streu. Ich habe mir eine Katze zugelegt. Aus dem Tierheim. Sie ist irgendwo angefahren worden. Am Anfang brauchte sie alle paar Stunden Medikamente. Nur gut, dass meine Freundin sie betreut hat.«

»Eine Katze?« Fischer lachte. »Das passt zu dir. Find ich gut.«

»Das hat die Therapeutin auch gesagt.«
»Ach? Du warst da?«
»Ja, ich habe beschlossen, mir helfen zu lassen. Man kann nur eine bestimmte Menge an Dingen schlucken. Irgendwann ist es aber zu viel.«

Jürgen Fischer hatte seine Tasche gepackt, viel war es nicht. Er plante, nicht lange zu bleiben, aber ein paar Dinge musste er geklärt wissen. Diese Erkenntnis nahm eine schwere Last von ihm. Plötzlich war alles ganz einfach. *Es tut mir leid, Susanne.* Der Satz hatte ihn von Anfang an gestört. Er klang wie eine Entschuldigung und nicht wie ein Abschiedsbrief. Jürgen Fischer tat es auch leid, aber er würde sich nicht mehr entschuldigen. Er nahm das Telefon und wählte die Nummer seiner Frau.

»Susanne, ich bin's. Wir müssen reden. Ich nehme jetzt den Zug, holst du mich vom Bahnhof ab?«

DIE NEUEN

ISBN 978-3-8392-2628-5 — Schwarzwald

ISBN 978-3-8392-2615-5 — Donau Passau – Wien

ISBN 978-3-8392-2620-9 — Lahntal

ISBN 978-3-8392-2635-3 — Zwischen Nord- und Ostsee

ISBN 978-3-8392-2618-6 — In und um Passau

ISBN 978-3-8392-2623-0 — Regensburg und Oberpfalz

ISBN 978-3-8392-2630-8 — Tölzer Land – Tegernsee – Schliersee

ISBN 978-3-8392-2631-5 — Vogelsberg und Wetterau

ISBN 978-3-8392-2632-2 — Von der Eifel bis in die Ardennen

ISBN 978-3-8392-2405-2 — Romantischer Rhein Bingen – Bonn

ISBN 978-3-8392-2622-3 — Ostfriesische Inseln

GMEINER KULTUR

ISBN 978-3-8392-2545-5 — Weinviertel

ISBN 978-3-8392-2629-2 — Spreewald

ISBN 978-3-8392-2634-6 — Wesermarsch und Wüste

WWW.GMEINER-VERLAG.DE
Mensch, Kultur, Region

Zeitfracht Medien GmbH
Ferdinand-Jühlke-Straße 7,
99095 - DE, Erfurt
produktsicherheit@zeitfracht.de